Sternenhimmeltage

© John Cohen

Trish Doller wurde in Deutschland geboren und wuchs in Ohio in den USA auf. Während ihres Studiums arbeitete sie in einem Freizeitpark, später beim Radio und als Zeitungsreporterin. Heute lebt sie mit ihrer Familie in Florida, ist Buchhändlerin und vor allem eins: Autorin. »Sternenhimmeltage« ist ihr erstes Buch bei Carlsen.

© privat

Ann Lecker, geboren 1973, hat Literaturübersetzen an der Heinrich-Heine-Universität in Düsseldorf studiert. Seit 2007 lebt sie in London und arbeitet als Übersetzerin und Theaterpädagpgin, am liebsten für und mit Kindern und Jugendlichen.

TRISH DOLLER

Sternenhimmeltage

Aus dem Englischen von
Ann Lecker

CARLSEN

Deutsche Erstausgabe
Veröffentlicht im Carlsen Verlag
Juli 2016

Published by arrangement with Patricia M. Doller
Originalverlag: Bloomsbury Children's Books, New York
Originaltitel: »Where the stars still shine«

Dieses Werk wurde vermittelt durch die Literarische Agentur
Thomas Schlück GmbH, 30827 Garbsen.
Aus dem Englischen von Ann Lecker
Lektorat: Brigitte Kälble
Umschlaggestaltung: formlabor
Umschlagfotos: iStockphoto © briansl01; photocase © bit.it
Vignette: Maria Hecher
Herstellung: Karen Kollmetz
Satz: Dörlemann Satz, Lemförde
ISBN: 978-3-551-31439-0

Für Caroline

Vergebung ist der Nachlass von Sünden.
Dadurch geht das, was verloren war, aber wiedergefunden wurde, nicht mehr verloren.

Augustinus

Kapitel 1

Gelbes Licht durchschneidet die Dunkelheit, als Mom sich wieder zurück in die Wohnung schleicht. Das gedämpfte Knarzen der Dielenbretter unter dem schäbigen Teppich verrät sie, und auch der Geruch von schalem Bier und Zigaretten, den sie immer aus dem *Old Dutch* mit nach Hause bringt. Heute Nacht ist sie nicht allein und das *Pscht*-Geräusch, das sie macht, als sie die Tür schließt, ist laut genug, dass es mich wecken würde, wenn ich nicht schon wach wäre. Seine Gesichtszüge sind in der Dunkelheit verborgen, aber er ist groß und korpulent und fügt dem Raum einen markanten Lederjackengeruch hinzu. Ich drücke mich in die Sofakissen, um mich unsichtbar zu machen, doch als seine Hände nach ihrer Taille greifen, weiß ich, dass ich es schon bin. Mom kichert heiser, löst sich aus seiner Umarmung und führt ihn in ihr Schlafzimmer.

Ich kann nicht schlafen, wenn sie Männer mit nach Hause bringt, deshalb ziehe ich meine dreckige Jeans an und zwänge meine Füße in ungeschnürte Turnschuhe. Die Dielenbretter knarzen auch unter meinen Füßen, als ich rausgehe. Wie immer hängt der beißende Geruch von Curry und Fett im Gang, dank unserer Nachbarn von rechts. Ich habe sie noch nie getroffen. Ich sehe immer nur die Schuhe, die ordentlich aufgereiht vor ihrer Wohnungstür stehen, und manchmal dringt nachts lärmende Bollywood-Musik durch die dünne Wand zwischen uns.

Mein Atem bildet hauchdünne weiße Schwaden, als ich aus dem Apartmentblock in die frostige Novemberluft trete. Ich stecke die Hände in die Ärmel meiner Fleecejacke und wünsche mir, ich hätte meinen Hoodie mitgenommen. Mir kommt es so vor, als wäre gestern noch Herbst gewesen, heute Nacht aber steht der Winter schon ungeduldig in den Startlöchern. Auf der Union Avenue schlüpfe ich in den leeren Waschsalon, einen meiner Lieblingsorte. Dort ist es warm – auf diese feuchtheiße, nach Trocknertüchern duftende Art. Zerfledderte Boulevardblätter fliegen darin herum. Und die Verkaufsautomaten versorgen einen mit den vier wichtigsten Nahrungsmittelgruppen: Salziges, Süßes, Limonade und Schokolade.

Ich krame in meiner Gesäßtasche nach Kleingeld, um mir eine Dose Cola zu ziehen. Zwischen den Münzen ist ein Talisman, ein blaues Glasauge, das vor Bösem schützen soll und das ich schon ewig besitze. Das Einzige, was mir aus der Zeit, bevor wir Florida verließen, geblieben ist. Jemand hat es mir geschenkt, aber egal wie sehr ich mich zu erinnern versuche, ich komme nicht darauf, wer. Ich erinnere mich nur daran, dass es mit vielen anderen blauen Glasaugen auf ein Gummiarmband aufgefädelt gewesen war. Und dass Mom es mir vom Handgelenk riss, als sie mich das erste Mal damit sah – nachdem wir gegangen waren, meine ich –, woraufhin die Glasaugen in alle Richtungen flogen und ein dünner roter Striemen auf meiner Haut zurückblieb. Ich konnte nur dieses eine retten. Seit zwölf Jahren verstecke ich es, lasse es von Tasche zu Tasche und von Ort zu Ort wandern. Als Talisman ist es wirkungslos – das Böse findet einen immer, auch wenn man glaubt, man wäre davor geschützt –, aber ich behalte es trotzdem. Nur für den Fall, dass ich Unrecht habe.

Im Getränkeautomat sind die guten Sachen *immer* alle ausverkauft und ich frage mich, wohin sie verschwinden. Wer trinkt sie, bevor ich die Chance dazu habe? Werden Menschen, die die Union Avenue entlanglaufen, plötzlich von einem brennenden Verlangen gepackt, das nur der Verkaufsautomat im Waschsalon stillen kann? Da ich Traubenlimo nicht mag, behalte ich mein Geld und durchsuche die Trockner nach verwaister Wäsche und Kleingeld. Ab und zu finde ich eine einzelne Socke oder irgendein Unterwäscheteil, aber einmal hat jemand einen hellgelben Hoodie vergessen. Bei einer anderen Gelegenheit, als ich tatsächlich zum Wäschewaschen dort war, fand ich einen Geldbeutel. Ich steckte die sechs Dollar ein, die drin waren, zerschnitt die Kreditkarte, damit niemand sonst sie benutzen konnte, und warf den leeren Geldbeutel in den Gully.

Diesmal ist meine Suche erfolglos. Ich mache es mir mit einer zwei Jahre alten Ausgabe des *National Enquirer* auf einem grünen Plastikstuhl bequem. Ein oder zwei Stunden später versuche ich gerade mich daran zu erinnern, ob sich mein Horoskop von vor zwei Jahren bewahrheitet hat – der unerwartete Geldregen ist ausgeblieben, das steht schon mal fest –, als ein Mann ohne Wäsche in den Salon kommt. Das macht mich nervös. Wer geht ohne Wäsche in einen Waschsalon? Außer mir, meine ich.

Er ist groß und korpulent und trägt eine Lederjacke wie der Mann, den Mom mit in die Wohnung gebracht hat. Er ist so zwischen vierzig und fünfzig, mit einer Nase, die offensichtlich mal gebrochen war. Als er mich anlächelt, muss ich an einen Halloween-Kürbis denken – nicht unattraktiv, aber mit schiefem Gebiss und ein wenig unheimlich – und mich überkommt der Drang, die Flucht zu ergreifen. Ich lege die Zeitschrift weg, ein flaues Gefühl in der Magengrube.

»Du bist Ronnies Mädchen, oder?« So wie er Moms Namen ausspricht, besteht kein Zweifel mehr, dass er der Mann aus der Wohnung ist. Sie kann es nicht ausstehen, wenn man sie Ronnie nennt. Sie heißt Veronica. »Sie hat gesagt, dass du wahrscheinlich« – eigentlich sagt er *w'scheinlich* – »hier bist.«

»Was wollen Sie?« Ich hoffe, dass ich mutiger klinge, als ich mich fühle.

Sein Blick wandert von meinem Gesicht nach unten und bleibt vorne an meinem T-Shirt hängen. Mein Herz schlägt schneller, aber auf keine gute Art. Ich fühle mich nackt und hasse, wie seine Augen mich berühren. Er pfeift leise durch die Zähne. »Deine Mom sieht ja schon heiß aus, aber du ...«

Der Mann macht einen Schritt auf mich zu und eine altbekannte Angst lässt mich aufspringen und an den Waschmaschinen vorbei zur Hintertür sprinten, die von einem Betonklotz offen gehalten wird. Ich renne in die Gasse, ohne zurückzublicken. Ohne stehen zu bleiben.

Er schreit mir etwas hinterher, doch ich höre nur die letzten beiden Worte. Sie verfolgen mich wie mein eigener Schatten.

»... beide verrückt.«

Beide. Verrückt. Beide. Verrückt. Beide. Verrückt. Auf dem Weg zurück zur Wohnung hallen die Worte mit jedem Schritt in meinem Kopf wider. Schwingen im Takt mit jeder Stufe, die ich das alte Treppenhaus hinauf erklimme, bis ich unsere Tür erreiche. Und ich frage mich unweigerlich: Hat er Recht?

Mein brauner Tweedkoffer liegt offen auf dem Sofa und ich höre das abgehackte Klack-Klack-Klack von Moms Absätzen, als sie vom Bad in ihr Schlafzimmer stöckelt. Ich weiß, was das bedeutet.

Wir brechen auf.

Mal wieder.

Ich lehne mich an den Türrahmen und beobachte, wie sie einen Haufen Kosmetikartikel in ihren blauen Koffer wirft. Wir haben unsere Koffer bei der Heilsarmee gekauft, an dem Tag, als wir Florida verließen. Auch wenn meine Erinnerung an diese Zeit sehr verschwommen ist, kann ich mich immer noch lebhaft daran erinnern, wie sehr ich den pinkfarbenen Hello-Kitty-Koffer mit dem kleinen Griff und den Rollen wollte. Doch sie sagte, dass er zu leicht wiederzuerkennen wäre. *Denkwürdig*, hatte sie gesagt. Ich verstand nicht, was das bedeutete, aber in ihrer Stimme lag etwas Endgültiges, das mir zu verstehen gab, dass ich diesen Koffer nicht bekommen würde. Sie versuchte es wettzumachen, indem sie den braunen Koffer als »Vintage« bezeichnete, doch manchmal ist das einfach nur ein ausgefallenes Wort für »alt und hässlich«.

Neben ihrer Tasche liegt ein Bündel Geldscheine, das sie gestern noch nicht hatte. Ich vermute, dass sie es dem Mann mit der Lederjacke gestohlen hat.

»Dann hat dich Anthony also gefunden.« Moms Augen-Make-up ist verschmiert und sie hat einen wilden Ausdruck im Gesicht, den ich kenne. »Wo warst du?«

»Nirgendwo.«

»Mir wäre es lieber, wenn du nicht ständig mitten in der Nacht zu diesem Waschsalon rennen würdest, Callie.« Ihr Tonfall ist sanft, aber ich kann die Wut hören, die unter der Oberfläche köchelt. Deshalb weise ich sie erst gar nicht darauf hin, dass sie offensichtlich bereits wusste, wo ich war. »Ich habe Angst, dass dir etwas Schlimmes zustoßen könnte.«

Schlimme Dinge können überall passieren, auch wenn deine Mutter im Zimmer nebenan schläft. Sie sind schon passiert. Aber das behalte ich auch für mich.

»Tut mir leid.« Und das tut es wirklich. Wenn ich nicht wäre, würde meine Mom vermutlich ein anderes – besseres – Leben führen.

»Was stehst du da rum?« Sie lächelt mich unsicher an,

wie immer, wenn sie ... also, ich weiß nicht genau, was sie denkt, aber vermutlich fragt sie sich, was in meinem Kopf vorgeht. Sie wirft mir ein zerknittertes T-Shirt zu. »Geh und pack deine Sachen.«

»Jetzt? Mom, es ist mitten in der Nacht.«

Die Secondhand-Kaminuhr mit dem rissigen Zifferblatt im Wohnzimmer – die mich nachts jede halbe Stunde aufweckt – schlägt dreimal, als stimme sie mir zu.

»Fang jetzt nicht so an.« Ihr Lächeln verschwindet. »Wir fahren in drei Minuten.«

Ich wüsste gerne, was diesmal der Auslöser war. Vielleicht etwas, das der Mann in der Lederjacke gesagt hat. Es ist, als würde sie Dinge auf einer anderen Frequenz hören, so wie ein Hund Geräusche wahrnimmt, die uns entgehen. Oder sie hört etwas, das überhaupt nicht da ist. So oder so, wenn sie startbereit ist, hat es keinen Sinn, sich mit ihr zu streiten. Es bleibt einem nichts anderes übrig, als ihr zu folgen.

Außer den Kleidern, die ich anhabe, besitze ich nur noch ein paar T-Shirts – das in meiner Hand eingeschlossen. Das T-Shirt, das mich zu einem Mitglied der Waynesville-Highschool-Leichtathletikmannschaft erklärt. Ich war noch nie in Waynesville. Ich war nie in der Highschool. Das Einzige, was dieses T-Shirt und mich verbindet, ist das Rennen. Ich werfe es in den Müll. Im nächsten neuen Ort gibt es immer einen Secondhandladen voller T-Shirts, die mich in eine Fußballspielerin, einen Cowboy-Fan oder jemanden verwandeln, der auf dem Jenkins-Carter-Familientreffen war.

Den meisten Platz im Koffer nehmen meine Bücher ein.

Der Einband des Mathebuchs, das ich für einen Vierteldollar bei einem Büchereiverkauf erstanden habe, löst sich schon langsam auf. Es ist von 1959, aber mir gefällt, dass es immer noch Gültigkeit hat, dass Mathematik eine Konstante in einer sich ständig verändernden Welt ist. Ich fürchte, das Buch wird einen weiteren Umzug nicht überleben. Ich packe das Exemplar von *Per Anhalter durch die Galaxis* ein, das voller Eselsohren ist, den Weltgeschichtsatlas, den ich von der Straßenauslage einer Buchhandlung gestohlen habe, mein Flohmarktexemplar von *Walden* – und *Mandy*, mein absolutes Lieblingsbuch, eine Geschichte über ein kleines Waisenmädchen, das sich unbedingt ein Zuhause und eine Familie wünscht. Ich habe es schon so oft gelesen, dass die Seiten herausfallen, aber ich kann es nicht zurücklassen. Ich kann keins meiner Bücher zurücklassen. Sie sind die einzigen Freunde, die ich je hatte.

»Zwei Minuten«, ruft Mom aus dem Schlafzimmer.

Wir lassen ein Spülbecken voll dreckigem Geschirr zurück, den alten Fernseher, den wir vor einem Haus auf dem Gehsteig gefunden haben, ein Vinylsofa, auf dem mein Gesicht immer kleben blieb, wenn mein Kopf vom Kissen rutschte, und diese bescheuerte, laute Uhr, die sie gekauft hat, weil sie sie an die im Haus ihrer Großeltern erinnerte, als sie ein kleines Mädchen war. Wir verschwinden sogar, ohne die letzte Miete unserer Kurzzeitwohnung bezahlt zu haben.

Wir leben immer in solchen Unterkünften. Immer auf der heruntergekommenen Seite der Stadt, wo keiner nach

Referenzen fragt oder eine Kaution verlangt. Wo Vermieter nur den Kopf schütteln, wenn man mitten in der Nacht verschwindet, und das ausstehende Geld in den Wind schreiben. Einmal wohnten wir illegal im Musterhaus eines Neubaugebiets, das nie fertiggestellt worden war. Wir haben in Langzeitpensionen gelebt. Und ein anderes Mal »borgten« wir uns das Haus von Leo und Dotty Ruskin, einem älteren Ehepaar, das den Winter in der trockenen Hitze von Arizona verbrachte. Ich habe mich immer gefragt, ob sie sich wie die sieben Zwerge fühlten, als sie nach Hause zurückkehrten. Kamen sie sich eine Weile ausgenutzt und beschmutzt vor? Verriegelten sie Türen, die sie sonst nie abschließen, bis sie sich irgendwann wieder sicher fühlten? Manchmal habe ich deswegen immer noch ein schlechtes Gewissen, aber es war nett, in einem richtigen Gästezimmer zu schlafen. Ich machte die Betten und wusch unser ganzes Geschirr ab, bevor wir weiterzogen. Ich hoffe, es entschädigte sie dafür, dass Mom die Büchse mit Kleingeld leerte, die sie in ihrem Schrank aufbewahrten.

Ich binde meine verknoteten und fettigen Locken zu einem Pferdeschwanz zusammen. Ich wünschte, ich hätte Zeit für eine Dusche. Wünschte, wir müssten nicht weg von hier. Ich habe keine emotionale Bindung an diese Stadt. Keinen Job. Kein Schulteam, dem ich zujuble. Keinen Freund, es sei denn, man zählt Danny, was ich nicht tue, weil er schon eine Freundin hat. Aber ich wünsche mir trotzdem, dass wir hier bleiben könnten – oder sonst irgendwo. Sesshaft werden. Leben. »Ich will nicht weg.«

»Du hast keine andere Wahl«, ruft Mom aus ihrem Schlafzimmer.

Ich blinzele, überrascht, dass sie meine Gedanken lesen kann. Dann wird mir klar, dass ich es laut ausgesprochen habe. Jetzt ist sie bestimmt wieder sauer auf mich.

»Du bist *meine* Tochter«, blafft sie und steuert auf die Eingangstür zu. »Du gehst dorthin, wohin ich gehe. Und ich gehe in einer Minute.«

Ich packe frische Unterwäsche – die ich *nicht* in Secondhandläden kaufe, egal was sie sagt – in die freien Ecken meines Koffers. Meine blaue Zahnbürste. In meinem Tagebuch stecken so viele Zettel, Geschichten, Gedichte und Postkarten, die ich im Laufe der Jahre gesammelt habe, dass ich es mit einem breiten pinkfarbenen Gummiband zusammenhalte, damit die Seiten nicht herausfallen. Der Großteil meines Lebens ist in diesem Buch aufgezeichnet, seit ich in krakeligen Buchstaben schreiben kann. Der Großteil. Denn es gibt Geheimnisse, die man nicht einmal sich selbst erzählen will.

Meine Minute ist um, als ich das Hupen des alten grauen Toyota Corona höre, den meine Mutter mit ihrem Trinkgeld aus der Bar von einem Schrotthändler gekauft hat. Ich ziehe den Reißverschluss meines Koffers zu, seufze müde und berühre meine Hosentasche, um das Glasauge zu ertasten. Der Toyota hupt ein zweites Mal und teilt mir deutlich Moms Ungeduld mit.

Als Letztes packe ich meine Gitarre ein, eine alte Martin aus Rosenholz und Fichte, mit einem Hals aus Mahagoni. Ein

Weihnachtsgeschenk. Mom hat sie mir gekauft, als ich elf war, bei einem Pfandleiher in Omaha. Es war nicht so, als hätte ich zu dem Zeitpunkt noch nie eine Gitarre gesehen. Aber während Mom mit dem Typen hinter der Ladentheke flirtete, damit er sein Angebot für den Ring erhöhte, den sie verkaufen wollte, verliebte ich mich in die Martin. Meine Mutter schlug kein zusätzliches Geld heraus, doch er gab uns die Gitarre kostenlos dazu. Mom meinte sofort, dass ich ja vielleicht die nächste Courtney Love werden würde. Ich erzählte ihr nicht, dass ich eine Seite meines Tagebuchs mit »Ich hasse Courtney Love« vollgeschrieben hatte. Meine Abneigung ihr und ihrer Band gegenüber ist inzwischen nicht mehr ganz so stark, aber das war, bevor Moms *Hole*-Kassette endgültig futsch ging. Jedenfalls, meine Martin ist das reinste Schlachtfeld, voller Kratzer und Risse im Lack, doch ihr Klang ist immer noch genauso weich und voll, als wäre sie neu.

»Startklar?«, fragt sie, als ich ins Auto steige. Sie versucht sich eine Zigarette anzuzünden, aber ihre Hände zittern. Das beunruhigt mich auf eine Art, die ich nicht genau bestimmen kann. Ich nehme ihr die Zigarette aus dem Mund, zünde sie an, ziehe kurz und reiche sie ihr zurück. Sie schenkt mir ein Lächeln und für den Bruchteil einer Sekunde sehe ich das Mädchen, das sie einmal war. Das Mädchen, das meine Hand hielt, als es mich an meinem ersten Vorschultag zur Bushaltestelle brachte. Sie war damals unglaublich hübsch, mit ihren kurzen platinblonden Haaren und den nackten Beinen, die in abgewetzten Doc Martens steckten. Die Leute starrten sie an und ich war stolz wie Oskar, weil sie *meine* Mom war. Als wir an der Haltestelle ankamen, setzte sie sich auf die Rückenlehne der Bank, während wir warteten, und rauchte eine Zigarette.

»Du wirst gut in der Schule sein«, sagte sie, während sie den Rauch nach oben und weg von mir blies und mir mit dem Handrücken über die Wange strich. »Ein so schlaues Mädchen wie du kann alles.«

Damals glaubte ich ihr – als wir in einer richtigen Wohnung lebten, mit Zimmerpflanzen, Bildern an der Wand und einem winzigen Balkon, der zum Fluss zeigte. Sie arbeitete in einem Café in der Nähe des Parks, und wenn am Ende des Schultages die Glocke läutete, war sie immer da und lehnte am leeren Fahrradständer. Inzwischen nehme ich ihr das nicht mehr einfach so ab, weil wir nie irgendwo bleiben.

»Wohin gehen wir?«, frage ich, als Mom losfährt.

Sie hat immer einen Plan. Sogar wenn wir uns um drei Uhr morgens davonmachen, hat sie unser nächstes Ziel klar vor Augen.

»Oh, ich dachte, Colorado könnte nett sein«, sagt sie zu meiner Überraschung. Sonst machen wir uns immer in wärmere Gefilde auf, wenn es kälter wird. »Wie heißt die Hauptstadt von Colorado?«

Als ich klein war, vertrieb sie mir auf langen Busfahrten die Zeit, indem sie mich nach den Hauptstädten der einzelnen Bundesstaaten fragte. Als ich älter wurde, gingen wir zu Ländern über, aber es fiel ihr schwer, sich alle Länder, geschweige denn ihre Hauptstädte zu merken. Sie greift immer auf die Bundesstaaten zurück, auch wenn die seit Jahren in mein Gedächtnis eingebrannt sind.

Ich stöhne. »Ich hab jetzt keine Lust auf dieses Spiel, Mom.«

»Tu mir den Gefallen.«

»Es ist Denver. Die Hauptstadt von Colorado ist, war und wird immer Denver sein.«

Sie bläst Rauch aus, der durch den Spalt oben am Fenster nach draußen gesaugt wird. »Bist du sicher?«

»Ich bin mir sicher, seit ich sechs war.«

Mom lacht. »Du könntest in Colorado Skifahren lernen.«

Ich verdrehe die Augen.

»Doch, könntest du«, beharrt sie. Sie streckt die Hand aus und streicht mir über die Wange. Ihre Finger sind rau vom Gläserspülen in der Bar. »Ein so schlaues Mädchen wie du kann alles tun, was sie will.«

Ich antworte nicht. Denn wenn ich es täte, würde ich ihr sagen, dass sie Unrecht hat. Ich kann keine Büchereikarte beantragen. Ich kann nicht mit Freundinnen durchs Einkaufszentrum bummeln. Ich kann nur auf den Tag warten, an dem sie wieder die Paranoia packt, weil der Mann an der Tankstelle sie komisch angesehen hat oder weil sie *einfach weiß*, dass die Frauen, an denen sie auf dem Gehsteig vorbeigelaufen ist, über sie getuschelt haben. Dann packen wir unsere Koffer. Ich sage kein Wort. Denn wenn ich es täte, würde ich ihr sagen, dass ich ihr nicht mehr glaube.

Wir sind auf dem U.S. Highway 34 in westliche Richtung unterwegs, als von hinten Blaulicht aufflackert. Mir schlägt das Herz bis zum Hals. Ich halte den Atem an und warte darauf, dass der Streifenwagen an uns vorbeischießt, seinem eigentlichen Zielobjekt hinterher. Wir können es nicht sein, weil Mom sich immer an die Geschwindigkeitsbeschränkungen hält. Sie blinkt. Wir sind angeschnallt.

»Er ist bestimmt hinter jemand anderem her«, sagt sie.

Aber zu dieser nächtlichen Stunde herrscht nicht viel Verkehr auf dem Highway, und als meine Mom auf dem Kies am Straßenrand anhält, folgt uns der Streifenwagen. Das Innere des Corona ist in blaues Licht getaucht, das ihr Gesicht erleuchtet. Mir wird ganz anders, als ich darauf einen Ausdruck erblicke, den ich noch nie zuvor gesehen habe – Angst.

»Mom, was hast du getan?«

»Nichts«, flüstert sie. »Ich habe gar nichts getan.«

Der Deputy erreicht das Auto und sie kurbelt das Fenster herunter.

»Stimmt etwas nicht?« Sie klimpert mit den Wimpern und lächelt den jungen Deputy an, der neben dem offenen Fenster steht. Ihr Klimpern prallt von ihm ab, als würde er eine flirtsichere Weste tragen. Sie ist erst dreiunddreißig, aber jahrelanges Rauchen und Trinken – doch vor allem das ständige Auf-der-Flucht-Sein – haben sie vor ihrer Zeit altern lassen.

»Ma'am.« Der Deputy beugt sich zu ihrem Fenster hinunter, als ein zweiter Streifenwagen vor dem Toyota anhält. Das ist nicht gut. »Führerschein, Fahrzeugschein und den Versicherungsnachweis, bitte.«

Sie tut so, als würde sie in ihrer Handtasche nach den nicht existierenden Papieren suchen, während ich auf meinem zerbissenen Daumennagel herumkaue. Ihr Führerschein ist schon lange nicht mehr gültig, dieser Wagen ist nicht angemeldet und hundertprozentig nicht versichert.

»Ich muss sie in meiner anderen Tasche gelassen haben«, erklärt sie.

»Wissen Sie, warum ich Sie angehalten habe?«, fragt der Deputy. Durch die dreckige Windschutzscheibe beobachte ich, wie ein anderer Polizist aus dem zweiten Streifenwagen steigt. Er ist älter und ein bisschen dicker als der erste Deputy.

Mom schüttelt den Kopf. »Nein, Sir.«

»Ihr linkes Rücklicht ist kaputt«, sagt er. »Und ich wollte Ihnen vorschlagen, dass Sie bei der nächsten Autowerkstatt anhalten und es reparieren lassen –«

»Oh, das werde ich«, unterbricht sie ihn. »Wir werden schon auf dem Parkplatz warten, wenn sie aufmachen.«

»– aber ich habe Ihr Kennzeichen überprüft und festgestellt, dass es als gestohlen gemeldet wurde. Ich muss Sie daher bitten, aus dem Auto zu steigen.«

Das alte Scharnier quietscht, als er die Tür öffnet, aber Mom rührt sich nicht. Sie sitzt einfach nur da. Wie vor den Kopf gestoßen. Als würde ihr zum ersten Mal bewusst werden, dass sie nicht unbesiegbar ist. Dass die Zeit sie eingeholt hat.

»Ma'am«, wiederholt der Polizist. »Aussteigen, bitte.«

Als ich sieben war und wir in einer winzigen Stadt namens Kearneysville lebten, wurde ich krank und bekam sehr hohes Fieber. Drei Tage lang verlor ich immer wieder das Bewusstsein, mir war schwindlig und ich war mir nicht sicher, ob ich wach war oder träumte. Genau so fühle ich mich jetzt.

»Es muss sich um irgendeinen Irrtum handeln«, beharrt Mom, als ihr der erste Polizist Handschellen anlegt und sie über ihre Rechte belehrt. »Das Kennzeichen war schon am Auto, als ich es gekauft habe.«

Das ist vermutlich gelogen, weil ihr Leben ein sorgfältig errichtetes Kartenhaus aus Lügen ist, das jeden Augenblick zusammenbrechen kann. Wenn sie die Wahrheit erfahren, wird das gestohlene Kennzeichen das geringste unserer Probleme sein. Denn vor zwölf Jahren, als sich meine Eltern scheiden ließen, entführte mich meine Mutter. Ich bin wie gelähmt, als der Deputy sie zu seinem Auto führt. Hatte ich mir nicht erst vor einer Stunde gewünscht, dass wir aufhören würden ständig wegzulaufen? So hatte ich mir das nicht vorgestellt.

»Sag kein Wort«, ruft Mom mir zu. Ihre Gesichtszüge sind durch einen wässrigen Tränenschleier verzerrt, was sie in jemanden verwandelt, den ich nicht wiedererkenne. »Halt den Mund.«

Die Tür neben mir öffnet sich. Meine Beine zittern, als ich aus dem Toyota steige, und ich halte mich am Türrahmen fest, um nicht umzufallen. Meine ganze Welt kippt wie der Boden eines Kirmes-Geisterhauses.

»Ist sie deine Mutter?«, fragt der zweite Deputy.

Mom hatte nie einen Plan für den Fall, dass wir erwischt würden, daher weiß ich nicht, was ich sagen kann, ohne sie den Wölfen zum Fraß vorzuwerfen. Ich hefte den Blick auf das Loch in meinem linken Turnschuh, nicke. »Ja, Sir.«

Er führt mich zu seinem Streifenwagen. Versichert mir, dass ich nicht verhaftet bin. Fragt mich nach meinem Namen. Meine Kehle ist wie ausgedörrt und meine Lippen sind rissig, als ich mit der Zunge darüberfahre. Was kann ich sagen, ohne meiner Mom in den Rücken zu fallen? Was soll ich tun, damit die Wahrheit nicht herauskommt?

»Callie.« Ich habe im Laufe der Jahre so viele Identitäten gehabt – stibitzt aus Babynamenbüchern, Fernsehsendungen und Märchen. Einmal forderte mich Mom dazu heraus, mich nach dem nächsten Autobahnkreuz zu nennen, und ich verbrachte einen Monat als Loma Linda Charles. Mir entschlüpft ein Lachen, als ich daran denke, aber es ist nicht wirklich lustig. Ich habe Angst. »Callie Quinn.«

Er schließt die Tür und berät sich ein paar Minuten lang mit dem ersten Deputy. Der setzt sich daraufhin in seinen Wagen und fährt auf den Highway. Das Blaulicht geht an und die Dunkelheit verschluckt das Auto mit meiner Mutter.

Der zweite Polizist kommt zurück. Auf der anderen Seite des Trenngitters tippt er etwas in den Computer. Was dieser ihm verrät, ist ein Geheimnis, das er nicht mit mir teilt; er schenkt mir nur ein grimmiges Lächeln im Rückspiegel, bevor er in die Nacht hinausfährt und den Corona am Straßenrand zurücklässt, zusammen mit einem braunen Tweedkoffer, der mein ganzes Leben enthält.

Und meine Gitarre.

Übrig bleiben nur ein Glasauge, das mich nicht gegen das Böse schützen kann – und ich.

Kapitel 2

Der Mann, der am nächsten Tag in der Eingangshalle des Sheriffbüros steht – mit Händen, die tief in die Hosentaschen seiner Jeans gegraben sind –, ist ein Fremder, aber ich erkenne ihn, so wie ich mein eigenes Gesicht erkenne. Das Braun seiner Augen. Der Bogen seiner Nase. Die Wangenknochen. Der Kiefer. Und die Art, wie er angespannt auf seiner Unterlippe herumkaut, ist mir so vertraut, dass ich nicht überrascht bin, als ich mich auch dabei erwische. Ich fahre mit dem Finger über meine rissigen Lippen und frage mich, ob er genauso nervös ist wie ich. Mein Vater.

Er entspricht nicht dem Bild, das ich mir von ihm gemacht habe. Mom mag für gewöhnlich Boxertypen, korpulent und mit eingeschlagenen Nasen und dicken Unterarmen. Alternde Männer, die Whiskey trinken und coole Autos fahren, die älter sind als meine Mutter. Aber diesem Mann kann ich noch den netten Jungen von nebenan ansehen, der er einmal war.

»Alles klar, Kleine?« Die Leiterin der Telefonzentrale ist

eine Frau namens Ancilla, deren bauschige Großmutter-Frisur und Gleitsichtbrille im krassen Gegensatz zu ihrer dunkelgrünen Polizeiuniform stehen. Doch es war Ancilla, die den Deputy anwies, meine Sachen aus dem Toyota zu holen. Sie ließ mich in ihrem Gästezimmer schlafen, während sie meine dreckige Jeans wusch. Machte für mich Waffeln mit echter Butter und Ahornsirup zum Frühstück. Ging mit mir zu einem Textildiscounter und kaufte mir ein rotes Hippie-Top, dessen Ausschnitt mit winzigen türkisfarbenen Blumen bestickt ist. Ich kann mich nicht mehr erinnern, wann ich das letzte Mal etwas anhatte, das nicht zuerst jemand anderem gehörte. Kann mich nicht erinnern, jemals etwas so Hübsches getragen zu haben.

Ihre Hand auf meinem Rücken spendet mir Trost, als sie mich sanft nach vorne schiebt. Ich möchte die Absätze in den Boden rammen und Rillen auf den Fliesen des Flurs hinterlassen wie eine Zeichentrickfigur. Stattdessen mache ich den Schritt.

»Wird, ähm ... wie geht es meiner Mom?«

»Sie hält sich gut«, versichert sie mir. »Und Richter Daniels ist ein fairer Mann. Er wird dafür sorgen, dass sie die Hilfe bekommt, die sie braucht.«

Die Hilfe, die sie braucht? *Was soll das heißen?*

Bevor ich nachfragen kann, treten wir durch die Schwingtüren und stehen im Eingang und die Arme meines Vaters sind um mich geschlungen.

»Korítsi mou.« Seine Stimme ist leise, tief und erstickt und mich übermannt ein Déjà-vu-Gefühl. Ich verstehe diese

Worte nicht, aber ich bin sicher, dass ich sie schon einmal gehört habe. »Du kannst dir nicht vorstellen, wie sehr du mir gefehlt hast.«

Seine Wange ruht auf meinem Kopf und mein Gesicht ist in den warmen, sauberen Geruch seines T-Shirts gedrückt, doch im Innern seiner Umarmung bin ich völlig steif, weil alles an dieser Situation *falsch falsch falsch* schreit. Während all der Jahre habe ich geglaubt, dass mein Vater mich nicht liebt, dass er mich nur deshalb für sich wollte, damit Mom mich nicht haben konnte. Das muss unbedingt die Wahrheit sein, denn wenn sie es nicht ist, bedeutet es, dass sie nicht nur alle anderen angelogen hat. Sie hat auch mich angelogen.

»Entschuldige.« Er zieht sich zurück. »Es war nicht meine Absicht, dich so zu überrumpeln. Ich meine, du kennst mich ...« Er streckt die Hand aus, als würde er mir über die Wange streichen wollen, und als ich zusammenzucke, füllt die Traurigkeit in seinen Augen den ganzen Raum. Er steckt die Hände in die Hosentaschen. »Du kennst mich nicht einmal.« Er hebt den Blick zur Decke und atmet aus, und als er mich wieder ansieht, glänzen seine Augen. »Aber ich bin so *unglaublich* froh dich zu sehen.«

Ich habe keine Ahnung, was ich sagen soll; deshalb beiße ich mir auf die Unterlippe und konzentriere mich auf den brennenden Schmerz, den mein Speichel verursacht.

»Darf ich ...?« Er streckt die Hände nach meinem Koffer und meiner Gitarre aus, aber ich umklammere beide noch fester und schüttele den Kopf.

»Pass gut auf dich auf, Schätzchen.« Ancilla kommt mir ein weiteres Mal zur Hilfe und reicht mir eine Visitenkarte mit ihrem Namen. »Ruf mich an, wenn du irgendetwas brauchst, okay?« Ich nicke und sie tätschelt mir den Rücken. »Kommt gut nach Hause.«

Nach Hause.

Bei diesen Worten brennen mir die Augen, doch ich möchte keine Tränen an meinem neuen roten Oberteil abwischen und ich habe kein Taschentuch. Ich blinzele, um sie zurückzuhalten, als mein Vater ein zerknittertes Taschentuch aus seiner Hosentasche zieht.

»Es ist sauber«, sagt er und ich lasse ihn kurz meine Gitarre halten, damit ich mir die Augen abtupfen kann. »Na ja, so ziemlich. Ich, ähm ... seit ich den Anruf bekommen habe, bin ich das reinste Nervenbündel. Ich bin gekommen, so schnell ich konnte.«

In mir tobt ein wütender Wirbelsturm und ich muss mich zusammenreißen, um meinen Koffer nicht durch den Raum zu schleudern und zu schreien, bis mein Hals wund ist. Wie konnte sie das tun? Wie konnte sie mich jemandem wegnehmen, der mit tränenerstickter Stimme mit mir redet und mir ein abgeranztes Taschentuch anbietet, wenn ich weine? Wie konnte sie das tun? *Wie konnte sie das bloß tun?*

Ein Hass, der so stark ist, dass er mich zu verzehren droht, flammt in meiner Brust auf, gefolgt von einer Woge des Kummers, die den brennenden Hass auslöscht. Mom war zwölf Jahre lang meine ganze Welt. Ich liebe sie.

»Ich weiß nicht, was dir deine Mom über mich erzählt hat«, sagt er und öffnet den Kofferraum eines silbernen Mietwagens, der vor dem Büro des Sheriffs parkt. Ich lege meine Gitarre und meinen Koffer hinein. »Ich heiße Greg. Du kannst mich bei meinem Namen nennen, wenn dir das angenehmer ist.« Ich bin erleichtert, dass ich nicht Dad zu ihm sagen muss. »Ich, ähm ... ich habe wieder geheiratet und meine Frau Phoebe und ich haben zwei kleine Jungs, Tucker und Joe.«

Er öffnet seine Brieftasche und zeigt mir ein Familienfoto. Phoebe ist hübsch mit weizenfeldblonden Haaren und Mädchen-von-nebenan-Charme. Der ältere Junge kommt nach ihr, während der kleinere genau wie Greg aussieht. Er ähnelt mir auch, was irgendwie ... merkwürdig ist. Ihre Familie ist perfekt und glücklich und ich frage mich, ob auf dem Foto Platz für ein siebzehnjähriges Mädchen ist. Möchte ich in diesem Bild sein? Habe ich die Wahl?

»Die Jungs sind noch nicht alt genug, um zu verstehen, was vor sich geht«, sagt Greg. »Aber sie sind total begeistert, dass sie eine große Schwester haben.«

Obwohl ich sie direkt vor mir habe, auf Papier festgehalten mit einem immerwährenden Lächeln und T-Shirts im Partnerlook, fällt es mir schwer, das Konzept überhaupt zu begreifen. Ich habe *Brüder.* Greg schließt den Kofferraum und lächelt mich an. Er sieht so viel jünger aus als Mom, obwohl sie ungefähr gleich alt sein müssten. Er hat keine Falten und kein einziges graues Haar. »Startklar?«

Das bin ich nicht, aber ich tue, was ich immer tue, wenn

es Zeit ist zu gehen: Ich setze mich ins Auto und schnalle mich an.

Er lässt den Motor an und der kleine digitale Buchstabe in der Ecke des Rückspiegels informiert mich, dass wir in östliche Richtung unterwegs sind. Doch irgendwie glaube ich nicht, dass Greg unsere Zukunft fest vor Augen hat so wie Mom. Vor allem, weil er auf seiner Unterlippe herumkaut, während er fährt.

Auf dem Weg zum Flughafen von Chicago reden wir kein Wort, er meint nur, dass ich Bescheid sagen soll, wenn es im Auto zu heiß ist oder ich lieber einen anderen Radiosender hören möchte. Mom redete – *redet* – immer, sie redet immer zu viel, als würde die Stille sie einsam machen. Mir macht es nichts aus, der leisen Musik im Radio zu lauschen oder dem Summen der Reifen auf dem Asphalt, und ich bin froh, dass Greg mich nicht mit Worten überschwemmt, für die ich noch nicht bereit bin. Wenn niemand es laut ausspricht, besteht immer noch die Möglichkeit, dass es nicht real ist.

»Setz dich ans Fenster.« Greg zeigt auf den hinteren Platz in Reihe acht. »Dann kannst du sehen, wie wir abheben und landen.«

Er hat keine Ahnung, ob ich schon mal geflogen bin, weshalb mir sein Vorschlag das Gefühl gibt, er würde denken, dass ich unter Wilden groß geworden bin. Ich werde rot vor Wut, aber als ich seine aufrichtige Miene sehe, wird mir klar, dass er einfach nett sein will. Die Wahrheit ist: Ich bin noch nie in einem Flugzeug geflogen und *möchte* sehen, wie wir abheben und landen.

Neben dem Fenster zu sitzen erinnert mich an Mom. Wir hatten nicht immer ein Auto. Manchmal nahmen wir den Bus und fuhren so weit, wie es unser Geldbeutel erlaubte. Sie überließ mir jedes Mal den Fensterplatz und setzte sich zwischen mich und die Verrückten – wie die alte Dame, deren Lippenstift sich in den Falten um ihren Mund herum sammelte. Sie war überzeugt, dass ich ihre von den Toten auferstandene Tochter war. Als Mom sich weigerte mich ihr zu überlassen, schrie die Frau los, bis der Fahrer anhielt und sie aus dem Bus warf. Das Flugzeug nach Tampa ist anders als der Bus. Es riecht nicht schlecht und fast alle Passagiere lächeln. Vermutlich, weil sie sich freuen dem kalten Atem des Winters zu entkommen, den wir in den vergangenen Wochen im Nacken gespürt haben.

»Beim Fliegen gefällt mir der Start am besten«, sagt Greg und reckt den Hals, um aus dem Fenster zu schauen, als unter uns Chicago immer kleiner wird. »Wahrscheinlich, weil das Ziel – es sei denn, man war schon dort – voller Möglichkeiten steckt.«

Die Stadt verschwindet unter einer Wolkenbank und ich schließe die Augen, um nicht wieder zu weinen. Mit jedem Kilometer entferne ich mich weiter von meiner Mom, als ich es je gewesen bin, und ich fühle mich ... verloren. Das Leben mit ihr ist wunderbar und schrecklich zugleich, aber zumindest kenne ich mich damit aus, ihre Tochter zu sein. Ich habe keine Ahnung, wie ich in Gregs Welt zurechtkommen soll.

»Ich habe etwas für dich.« Er hält mir ein rotes, in Leder gebundenes Fotoalbum hin. Ich nehme es und schlage es auf. Auf der ersten Seite klebt eine pinkfarbene Geburtsanzeige für Callista Catherine Tzorvas.

Ich fahre mit den Fingerspitzen über die geprägten schwarzen Buchstaben und spreche ihn zum ersten Mal an. »Ich heiße Callista?«

Gregs Lachen bleibt ihm im Hals stecken, als ihm klar wird, dass das kein Scherz ist. »Das hast du nicht gewusst?«

Ich schüttele den Kopf und er runzelt die Stirn. Ich beobachte, wie sich auf seinem Gesicht eine Schlacht abspielt, und frage mich, ob er gerade dieselben schlimmen Dinge über Mom denkt wie ich. Als sie mich weggestohlen hat, hat sie alles zurückgelassen, was sie nicht mehr haben wollte. Meinen echten Namen eingeschlossen.

»Es ist ein griechischer Name«, sagt er schließlich. »Er bedeutet ›die Schönste‹. Und Tzorvas« – er spricht das *tz* wie *zz* aus – »bedeutet, dass du Teil einer großen, verrückten griechischen Familie bist, die ihre Nase ständig in deine Angelegenheiten steckt, aber alles stehen und liegen lassen wird, wenn du sie brauchst.«

Ich will nicht schon wieder wütend auf meine Mutter werden, deshalb schiebe ich das Gefühl weg und blättere die Seite um. Da ist ein Schnappschuss von ihr, wie sie mich als Säugling im Arm hält, und neben ihr steht Greg. Sie sind beide Teenager – etwa so alt wie ich jetzt – und sie ist das schöne Grunge-Girl, an das ich mich erinnere. Mom blickt auf mich herunter und er sieht sie an. Er hat sie *geliebt* und sie hat ihn fertiggemacht.

Ich atme aus, als ich das Album zuklappe.

»Es tut mir leid«, sagt er. »Das ist eine Menge, was du da verarbeiten musst.«

»Ja.«

»Ich hab es für … ähm … es gehört dir, du kannst es dir ansehen, wann immer du willst. Lass dir Zeit.«

Ich lehne den Kopf gegen das kleine ovale Fenster und sitze eine Weile einfach nur da und beobachte, wie die Wolken und die Kilometer vorbeiziehen. Als die Wolkendecke aufbricht, sehe ich – glaube ich jedenfalls – Tennessee. Mom und ich haben dort ein paar Monate lang gelebt, als ich sieben war. Ich erinnere mich daran, weil sie damals morgens in einem Schnellrestaurant arbeitete und manchmal mit mir in den Park ging, damit ich mit anderen Kindern spielen konnte. Die anderen Mütter standen zusammen – manche mit Babys auf dem Arm – und unterhielten sich, bezogen meine Mom aber nie in ihre Gespräche ein. Falls ihr das etwas ausmachte, zeigte sie es nicht. Sie legte sich meistens mit ihrem Discman ins Gras, rauchte eine Zigarette nach der anderen und sang zu ihrer absoluten Lieblingsband Pearl Jam vor sich hin. Auch wenn Tennessee nicht ganz so nett war wie unsere erste Station in North Carolina – wo ich noch zur Schule ging –, waren wir dort glücklich. Und Mom hatte Frank noch nicht kennengelernt.

»Warum hat sie mich mitgenommen?«, frage ich.

»Sie hatte Angst«, antwortet Greg. »Unsere Beziehung

ging in die Brüche und meine Eltern wollten, dass ich das alleinige Sorgerecht beantrage, damit sie sich um dich kümmern konnten, während ich auf dem College war. Deine Mom ... sie war überzeugt, dass ich sie nicht mehr in deine Nähe lassen würde. Also ist sie gegangen.«

Er klingt so aufrichtig und es scheint mir unmöglich, dass er nicht die Wahrheit sagt, aber in Moms Version der Geschichte ist er der Bösewicht.

»Glaubst du, dass sie ins Gefängnis muss?«

»Vielleicht.« Er fährt sich mit der Hand durchs Haar. »Wahrscheinlich.« Er seufzt. »Ich wollte das nicht. Niemals.«

Die Flugbegleiterin mit dem Getränkewagen unterbricht unser Gespräch. Greg bestellt zwei Cola, doch ich habe ein schlechtes Gewissen, dass ich in einem Flugzeug sitze und Limonade trinke, während Mom im Gefängnis steckt. Hat sie Angst? Vermisst sie mich? Fragt sie sich, warum ich sie nicht besucht habe?

Der Kapitän teilt uns mit, dass das Wetter in Tampa sonnig und warm ist und wir planmäßig landen werden.

Greg bricht das Schweigen. »Zwölf Jahre sind eine lange Zeit. Und wenn du die Wahrheit wissen willst, bin ich immer noch stinksauer. Ein großer Teil von mir möchte deine Mom so behandeln, wie sie mich behandelt hat, aber das kann ich nicht. Das wäre dir gegenüber nicht fair. Also die Sache ist die ... Ich möchte, dass du bleibst. Du bist auch meine Tochter und ich möchte dich kennenlernen. Aber falls deine Mom vor deinem achtzehnten Geburtstag aus dem Gefängnis kommt und du zu ihr zurückwillst, werde ich dich nicht aufhalten.«

»Wirklich?« Bis zu meinem Geburtstag im Mai sind es nur noch sechs Monate. Ein halbes Jahr. Vorübergehend. Und *vorübergehend* kann ich im Schlaf.

Sein Blick verrät mir, dass er dieses Angebot eigentlich nicht machen will, doch er nickt trotzdem. »Versprochen.«

Kapitel 3

Einen weiteren Flughafen und eine einstündige Autofahrt später halten wir schließlich in der Auffahrt eines kleinen gelben Hauses in einer Stadt namens Tarpon Springs an. Eine Hollywoodschaukel voller geblümter Kissen bewegt sich langsam in der Nachmittagsbrise. Ich frage mich, ob ich diesen Ort erkennen sollte. Habe ich hier gelebt? War das unser Haus, bevor Mom mich entführt hat?

»Phoebe und ich haben das Haus vor ein paar Jahren gekauft«, beantwortet Greg die Frage, bevor ich sie stellen kann, und schaltet den Motor des dunkelblauen Geländewagens ab, der uns auf dem Flughafenparkplatz von Tampa erwartet hat. »Es war ziemlich heruntergekommen, aber wir haben es wieder auf Vordermann gebracht. Ich bin Architekt, das ist ... was ich so mache.«

Als wir durch die Pforte eines niedrigen weißen Lattenzauns gehen, öffnet sich die Fliegengittertür knarzend und zwei kleine Jungs kommen aus dem Haus gestürmt und stürzen sich auf ihren Dad. Er geht in die Hocke und lässt sich von ihrer Umarmung umwerfen. Sie lachen und rollen sich wie kleine Welpen im Gras, als Phoebe herauskommt. Sie erinnert mich an eine dieser perfekten Moms aus dem Park in Tennessee, mit ihrer hochgerollten Capri-Jeans und den glitzernden Flip-Flops. Sie ist noch hübscher als auf dem Foto.

»Du bist also Callie.« Sie streicht sich eine Strähne hinters Ohr, bevor sie mir die Hand gibt. Ihre ist nicht rau wie die von Mom; sie ist weich und an einem Finger trägt sie einen geflochtenen Silberring. »Ich bin Phoebe. Es ist so schön, dich endlich kennenzulernen.«

»Ich, ähm ... ebenfalls.«

Greg befreit sich und steht auf, während er sich Grashalme von den Kleidern klopft.

»Ich bin Tucker«, sagt der größere der beiden Jungs. Derjenige, der Phoebe ähnelt. »Bist du meine Schwester? Weil Daddy sagt, dass du meine Schwester bist. Willst du mal meinen Finger sehen? Ich hab ein Wehweh.«

Er hält mir die Hand hin, sein Zeigefinger steckt in einem Verband, der mit breitmauligen Comicaffen verziert ist. Ich bin kleine Kinder nicht gewöhnt und unsicher, wie ich reagieren soll, deshalb sage ich einfach: »Cool.« Er strahlt mich an und lugt dann unter den Verband, um die Wunde zu inspizieren. Es ist nicht mal ein richtiger Kratzer, aber für Tucker ist das eine ernste Sache.

Greg wuschelt seinem Sohn durch das dunkelblonde Haar. »Er ist drei«, sagt er, als würde das alles erklären.

»Das ist Joe.« Tucker zeigt auf seinen Bruder. Joe hat die

Finger im Mund und seine braunen Augen blicken misstrauisch. »Er ist kleiner als ich. Er ist noch nicht mal zwei.«

»Nimm Joes Zurückhaltung nicht persönlich«, sagt Greg. »Er braucht immer etwas länger als Tucker, um mit Leuten warm zu werden, aber wenn er so weit ist, wird er wie eine Klette an dir kleben.«

»Klebeklette!«, kreischt Tucker und rennt dann mit ausgestreckten Armen um uns herum, als würde er wie ein Superheld fliegen. Phoebe fängt ihn ein und schimpft ihn sanft – ohne wirklich zu schimpfen –, dass er ein wenig leiser sein muss.

Ich vermisse meine Mom.

Greg bemerkt meine Verzweiflung. »Also, wer will Callie ihr neues Zimmer zeigen?«

»Ich, ich, ich!« Tuckers T-Shirt schiebt sich nach oben, als er sich aus der Umarmung seiner Mutter windet. »Bitte, Daddy.«

Ohne auf eine Antwort zu warten, nimmt er meine Hand, als wäre ich keine völlig Fremde, und zieht mich an der Seite des Hauses entlang in den Garten. An den hinteren Zaun geschmiegt steht ein altmodischer silberner Wohnwagen, die Art, die man an ein Auto anhängt, um campen zu fahren. Tucker rennt voraus, um die Tür zu öffnen, und macht dann wieder in meine Richtung kehrt.

»Du schläfst hier drin.« Er sagt es ehrfürchtig, als wäre dieser Wohnwagen der Heilige Gral aller Schlafstätten.

Drinnen ähnelt es einem Miniapartment mit Spülbecken, Ofen und Kühlschrank, mit einem Esstisch, einem eingebauten Sofa, einem Bad mit Dusche und sogar einem winzigen Schlafzimmer. Auf dem Bett liegt eine lilafarbene Tagesdecke, die mit Blumen und winzigen Spiegelstücken bestickt ist, sowie eine Menge Dekokissen. Zwischen den Kissen thront eine Patchwork-Eule, bei der ich dasselbe Déjà-vu-Gefühl habe wie im Büro des Sheriffs.

»Es ist nichts Besonderes«, sagt Greg, als er den Wohnwagen betritt. »Der Ofen funktioniert nicht und ich muss noch das Gas für Heißwasser und für die Heizung anschließen, aber wir haben nur zwei Schlafzimmer und ... ich dachte, dass du es vielleicht vorziehen würdest, deine eigenen vier Wände zu haben.«

Ich nehme die Eule. Manche Flicken sind so verschlissen, dass man fast das Füllmaterial darunter sehen kann.

»Du hast sie früher überall mit hingenommen«, erklärt er. »Dein Name für sie war ...«

»Tuut.« Es ist nur ein winziger Erinnerungsblitz, aber ich weiß plötzlich wieder, wie ich mich jeden Abend vor dem Schlafengehen vergewisserte, dass sie da war. »Ich dachte, das wäre, was Eulen rufen.«

Ich kann die Verbitterung sehen, die sich in Gregs liebenswertes Lächeln mischt. In all diesen Jahren hatte ich nur sehr wenige Erinnerungen, während er ... er hatte nichts anderes.

»Eulen sagen ›Huhu‹, Dummerchen.« Tucker lacht sich kaputt, als hätte er noch nie etwas so Lustiges gehört, und Phoebe schlägt vor, dass sie zurück ins Haus gehen, um sich um das Abendessen zu kümmern. Er protestiert, aber sie hebt ihn hoch und trägt ihn weg. Greg und ich – und ein stiller Joe, der mich mit eulengroßen Augen aus der sicheren Umarmung seines Vaters betrachtet – bleiben allein im Wohnwagen zurück.

»Also, ähm ... es wird ein paar Regeln geben«, erklärt Greg. »Ich weiß noch nicht, welche, aber ... na ja, du warst ein kleines Mädchen mit einer Stoffeule und hast mich Daddy genannt, als du weggegangen bist. Aber es werden wohl die üblichen Sachen sein. Jungs, wann du zu Hause sein musst, und« – er zeigt auf einen Laptop, der auf einem kleinen Esstisch steht – »alles, was mit Sex zu tun hat.«

Ich nicke, weil mir bei der Vorstellung, einen eigenen Computer zu besitzen, schwindlig wird. Bisher habe ich immer nur die Computer in öffentlichen Büchereien genutzt, oft nur ganz kurz, zwischen zwei regulären Benutzern mit Büchereiausweisen. Die meisten Bibliothekare drückten ein Auge zu, aber manche verscheuchten mich und wollten wissen, warum ich nicht in der Schule war. Jedes Mal, wenn das passierte, versteckte ich mich in der abgeschiedensten Ecke, die ich finden konnte, und las. Ab und zu nahm ich ein Buch mit, ohne es an der Theke auszuleihen. Und wenn ich es nicht in der ursprünglichen Bücherei wieder abgeben konnte, tat ich es in der nächsten.

»Das ist nur dein Schlafzimmer, Callie«, fährt Greg fort. »Der Rest des Hauses ist auch dein Zuhause. Ich möchte nicht, dass du denkst, du müsstest die ganze Zeit hier draußen bleiben, okay?«

Ich nicke noch einmal, von dem Gefühl überwältigt, auf

einmal so viel zu besitzen, nachdem ich so lange mit so wenig ausgekommen bin. Davon überwältigt, wie sehr mein Leben auf den Kopf gestellt worden ist.

»Wir essen wahrscheinlich so gegen sechs«, sagt er, als er Joe durch die Fliegengittertür trägt. Auf der Stufe bleibt er stehen. »Du kannst jetzt mit reinkommen, wenn –«

»Ich glaube, ich werde mich erst mal hinlegen.«

Sein Lächeln wird ein wenig unsicher, als wäre er davon ausgegangen, dass ich es nicht erwarten könnte, neue Bande mit seiner Familie zu knüpfen, weil ich meine gerade verloren habe. Ich bin noch nicht so weit. »Kein Problem, ähm ... dann bis später beim Abendessen.«

Ich lege mich auf die Tagesdecke und lasse den Kopf auf einem der Kissen ruhen. Der weiße Bezug fühlt sich kühl unter meiner Wange an und riecht leicht nach Waschmittel. Ich habe ein schlechtes Gewissen, weil ich auf Phoebes saubere Bettwäsche weine, aber ich kann die Tränen nicht zurückhalten. Ich weine, bis mein ganzer Körper schmerzt, und dann weine ich mich in den Schlaf.

Die Tür klickt leise, als er in mein Zimmer kommt. Ich kneife die Augen so fest zu, bis ich die Wimpern auf meinen Wangen spüren kann, und hoffe, dass er weggeht, wenn er glaubt, dass ich schlafe. Der Rand der Matratze senkt sich, verschwört sich mit ihm und lässt mich in seine Richtung rollen. Er hebt mein Hello-Kitty-Nachthemd hoch und seine Finger tasten nach geheimen Orten. Sein Atem riecht säuerlich von den Drinks, die er und Mom in der Küche hatten, und er flüstert: »Fühlt sich das nicht schön an?« Ich habe diese Orte schon mit meinen eigenen Fingern neugierig erkundet und es hat sich kribbelig angefühlt, doch seine Finger sind dick und rau. Es fühlt sich nicht schön an, aber ich sage nichts. Ich halte die Luft an, atme nur in winzigen Schlucken und bemühe mich nicht zu weinen. Denn wenn ich weine, wird er mich an sich drücken, und die Härchen unter seiner Lippe kitzeln meine Haut, während er meine feuchte Wange küsst und mir sagt, dass ich sein besonderes Mädchen bin. Als hätte jemand anderes und nicht er mich zum Weinen gebracht. Diesmal warte ich, bis er weg ist, bevor ich mich so eng wie möglich zusammenrolle und weine.

Ich wache klitschnass von Schweiß und Tränen auf und frage mich, wo ich bin. Es gibt kein klebriges Vinylsofa, kein unaufhörliches *Tick-Tick-Tick* von der kaputten Uhr und der Staub, der im schwindenden Licht, das neben mir durchs Fenster fällt, herumwirbelt, ist nicht mein Staub. Es ist nicht mein Fenster.

»Mom?« Meine Stimme bricht.

Sie antwortet nicht. Natürlich antwortet sie nicht. Ich bin allein.

Greg hat gesagt, dass es kein Heißwasser gibt, aber ich dusche trotzdem und versuche das Phantomgefühl von Franks Fingern wegzuschrubben. Er war einer von Moms Freunden, derjenige, bei dem wir fast ein Jahr lang in Oregon lebten. Derjenige, der sagte, unsere besondere Zeit zusammen müsste ein Geheimnis bleiben, weil Mom sonst eifersüchtig wäre. Sie würde mich dafür hassen, behauptete er. Da ich schreckliche Angst davor hatte, ihre Liebe zu verlieren, versprach ich es ihm. Und obwohl ich acht war – alt genug, um zu verstehen, dass etwas Besonderes zu sein sich nicht so schlecht anfühlen sollte –, ließ ich zu, dass er mich weiter berührte. Noch jetzt kann ich seine Finger spüren. Und egal wie sehr ich schrubbe, ich kann die Scham nicht wegwaschen.

Als ich mit Duschen fertig bin, ziehe ich meine Kleider wieder an und überquere die kleine Rasenfläche. Die Sonne geht unter und durch die Fenster scheint Licht und lässt das Haus warm und sicher erscheinen. Mein Albtraum verschwindet langsam, als ich durch die Hintertür hineingehe. Die Küche duftet nach Fleisch und Gewürzen, die ich nicht kenne. Mom ist keine große Köchin und meine Fähigkeiten beschränken sich mehr oder weniger auf Makkaroni mit Käsesoße aus dem Fertigpack. Manchmal füge ich Thunfisch aus der Dose hinzu und das nennt sie dann eine Feinschmeckermahlzeit.

Tucker und Joe spielen auf dem Wohnzimmerboden mit Legobausteinen, während Gregs Laptop aufgeklappt auf dem Couchtisch steht. Phoebe hat es sich auf dem Sofa gemütlich gemacht und schaut die Abendnachrichten.

Ich weiß nicht recht, was ich tun soll. Soll ich mich zu ihnen setzen? Mich ankündigen? Ein Geräusch machen?

Bevor ich mich für etwas entscheiden kann, blickt Greg mit dem strahlendsten Lächeln, das ich je gesehen habe, vom Computerbildschirm auf. »Hey, Callie. Hast du Hunger?«

Ich habe von dem Albtraum immer noch ein flaues Gefühl im Magen. »Ein bisschen.«

»Phoebe hat *Pastitsio* gemacht«, sagt er. »Hast du das schon mal probiert?«

»Ich glaube nicht.«

»Es ist so was Ähnliches wie Lasagne, schmeckt aber viel besser, weil es griechisch ist.«

Phoebe schüttelt den Kopf, aber ein Lächeln umspielt ihre Lippen. »Fang nicht wieder so an.«

»Was denn?« Greg dreht sich zu ihr. »Es stimmt doch. Griechenland ist nicht nur die Wiege der Philosophie, Politikwissenschaft und –«

»Demokratie«, werfe ich ein.

»Genau.« Er zeigt auf mich. »Siehst du? Callie hat es begriffen.«

Phoebe lacht und wendet sich dann immer noch lächelnd zu mir. »Ermutige ihn nicht auch noch.«

Greg zwinkert mir zu, als er vom Boden aufsteht. »Jedenfalls« – er hebt Joe hoch, der kreischt, weil er nicht von seinen Legosteinen getrennt werden will, und setzt ihn in einen Hochstuhl neben dem Esszimmertisch – »wird dir Pastitsio schmecken.«

Ich nehme auf dem leeren Stuhl neben Joe Platz, als Phoebe eine dampfende Auflaufform aus der Küche bringt. Es ist sehr lange her, dass ich etwas gegessen habe, das nicht aus der Dose, einer Schachtel oder einem Drive-in-Fenster kommt.

»Also, ich habe einen Freund«, sagt Greg, während ich mir eine kleine Portion Pastitsio auf meinen Teller löffele. »Er ist Studienberater an der Highschool und hat mir erklärt, dass du ein paar Einstufungstests machen musst, damit sie entscheiden können, in welche Klasse du kommst.«

Mit etwa neun oder zehn war ich von der Schule wie besessen. Ich suchte nach Büchern, in denen die Hauptfiguren zur Schule gingen, ich übte Schreibschrift, ich lernte Planeten auswendig, und wenn Mom bei der Arbeit war, verbrachte ich Stunden damit, mit unsichtbaren Mitschülern Schule zu spielen. Wenn ich in der Bücherei Mädchen meines Alters sah, hielt ich mich ständig in ihrer Nähe auf, um zu lauschen, wie sie redeten, und wünschte mir, sie wären meine Freundinnen. Ein Mädchen, das die blassesten Wimpern hatte, die ich je gesehen hatte, und ein glitzerndes, mit einem Einhorn verziertes Heft bei sich trug, beschimpfte mich als »Freak«, weil ich zu nah an ihr dran stand. Freak. Als könnte sie direkt in mein Innerstes sehen und wüsste über Frank Bescheid. Danach wollte ich nicht mehr zur Schule gehen, denn wenn das Mädchen in der Bücherei mein Geheimnis erkennen konnte, konnten es alle anderen auch.

»Ich glaube, es wird dir auf der Tarpon Springs High gefallen«, fährt Greg fort. »Ich bin voreingenommen, weil ich auch dort war, aber es ist eine gute Schule. Außerdem kannst du dort schnell Freunde finden und bei den zusätzlichen Aktivitäten mitmachen. Sport oder Musik oder sonst irgendwas.«

Ich habe schon lange nicht mehr das Bedürfnis, die beste Freundin von jemandem zu sein, und ich habe elf Jahre lang mit einer Vorschulausbildung überlebt. Ich will nicht zur

Schule gehen, doch sein Gesicht strahlt so viel Hoffnung aus, dass ich es nicht aussprechen kann. Ich stecke mir einen Bissen Pastitsio in den Mund, damit ich nicht antworten muss.

Er grinst. »Schmeckt gut, was?«

Ich nicke, weil es genauso lecker ist, wie er behauptet hat, aber mit zugeschnürter Kehle kriege ich den Bissen nur mit Mühe herunter.

Ich kann das nicht.

Ich kann nicht hier sitzen und so tun, als wäre ich ein normales Mädchen, wenn mein ganzes bisheriges Leben so abgefuckt gewesen ist. Greg und Phoebe haben nie auf dem Rücksitz ihres Autos geschlafen oder ihre Mahlzeiten aus einem Verkaufsautomaten geholt, weil ihre Mutter vergessen hat Lebensmittel einzukaufen. Und die einzigen Monster, mit denen Tucker und Joe je zu kämpfen haben werden, sind nicht real und lösen sich bei Tageslicht in nichts auf. Diese Leute sind so unbefleckt, so rein und ich fühle mich so ...

... schmutzig.

Mich übermannt das Bedürfnis, die Flucht zu ergreifen. Ich schiebe meinen Stuhl zurück und verschwinde durch die Küche, nach draußen zum Wohnwagen, wo ich mich unter die Bettdecke verkrümele und Tuut fest an mich drücke. Die Eule riecht staubig, als hätte sie die ganze lange Zeit auf mich gewartet. Es ist zugleich tröstlich und herzzerreißend.

»Callie?« Greg sagt meinen Namen leise durch die Fliegengittertür, kommt aber nicht herein. »Ist alles in Ordnung?«

Ich antworte nicht, in der Hoffnung, dass er weggeht.

»Ich habe mir immer wieder gesagt, dass die echte Callie vielleicht ganz anders ist als die, die ich mir in den vergangenen Jahren vorgestellt habe«, sagt er. »Aber das hat mich nicht davon abgehalten, davon auszugehen, dass du dich auf die Highschool freuen würdest. Oder automatisch griechische Küche toll findest. Oder überhaupt hier sein willst. Jedenfalls ... es tut mir leid.«

Ich warte eine ganze Weile – die Hintertür ist schon lange zugefallen –, bevor ich aufstehe und meine Turnschuhe anziehe. Mein Koffer, den ich noch nicht ausgepackt habe, steht neben der Tür, meine Gitarre liegt immer noch in ihrem Kasten. Ich denke darüber nach, beides zu nehmen und von hier zu verschwinden, aber mit dem bisschen Geld, das ich habe, komme ich nicht weit.

Das Viertel ist still und die mit Spanischem Moos behangenen Bäume sind irgendwie unheimlich. Ich bewege mich unter den Straßenlaternen entlang, von einem Lichtkegel zum nächsten, unsicher, wohin ich unterwegs bin ... und versuche nicht an meine Mom zu denken. An der Ecke wird die Ada Street zur Hope Street und führt immer geradeaus. Es scheint mir ein gutes Omen zu sein – *Hoffnung* –, also laufe ich weiter. Das Wohngebiet weicht Geschäften und die Hope Street trifft senkrecht auf den Dodecanese Boulevard, der von Läden gesäumt ist. Die Schaufenster der Geschenkeläden sind voller Schwämme, Seifen, Muscheln und Touri-Klamotten mit griechischen Motiven; die Bäckereien duften nach Hefe und Honig; und die Restaurants heißen *Mykonos* und *Hellas*.

Fast alles ist geschlossen, aber die gezupfte Mandolinenmusik, die aus ein paar der offenen Restaurants dringt, verfolgt mich und die Melodien verschmelzen ineinander. Das Neonlicht der Geschenkeläden färbt meine Haut blau und ich komme mir vor wie eine Außerirdische in einer weiteren neuen Welt. Ich bleibe auf dem Gehsteig stehen und schließe die Augen. Wenn ich lange genug hier stehe, werde ich mich vielleicht daran erinnern, was es bedeutet, Griechin zu sein, und das Gefühl haben, dass ich nach Tarpon Springs gehöre. Doch hier ist mir nichts vertraut und es ist nicht mein Zuhause. Ich schaue mich um, als könnte sich meine Umgebung verändert haben, während meine Augen geschlossen waren, aber es ist immer noch alles wie vorher, immer noch fremd. Deshalb überquere ich die Straße.

Auf der anderen Seite des Dodecanese Boulevards befindet sich eine Flusspromenade, die mit Fischerbooten gesäumt ist. Auf ihren Decks türmen sich schwarze Klumpen, die ich nicht identifizieren kann. Erst als ich zu einem Boot komme, das von einer Gitterlampe am Kabinendach erleuchtet wird, erkenne ich, dass es Schwämme sind.

Unter der Lampe steht ein Typ, der etwa so alt ist wie ich – nein, wahrscheinlich ein bisschen älter –, und fädelt die dunkelgelben Büschel auf eine Schnur, wie eine übergroße Version der Popcorngirlanden, die Mom und ich immer an Weihnachten gebastelt haben. Ein blaues Bandanatuch ist um seine dunkelblonden Locken gewickelt, und als er sich nach einem weiteren Schwamm bückt, sehe ich an der Stelle, an der sein graues T-Shirt zwischen seinen Schulterblättern klebt, einen Schweißfleck. Er blickt auf und sein Gesicht ist so fein und schön, dass es mir einen Stich gibt, wie wenn ich ein trauriges Lied höre oder das Ende eines Lieblingsbuchs lese.

Falls er mich außerhalb des Lichtscheins seiner Lampe sehen kann, lässt er sich nichts anmerken. Ich beobachte neugierig, wie er den letzten Schwamm auffädelt und dann die ganze Schnur an der Unterseite des Dachs befestigt.

»Weißt du«, sagt er mit leiser Stimme, als er das zweite Ende der Schnur festknotet und dabei die Muskeln seiner gebräunten Arme anspannt, »es ist ganz schön unheimlich, wie du da im Schatten stehst.«

Ich trete ins Licht.

Seine dunklen Augen ruhen lange genug auf meinem Gesicht, um mir die Hitze in die Wangen zu treiben, und er schenkt mir ein kleines angedeutetes Lächeln, bei dem meinem Herzen Flügel wachsen. Sie schlagen gegen meinen Brustkorb, als ich einen mutigeren Schritt nach vorne mache.

»Besser«, sagt er.

»Was, ähm ... was hast du da gerade gemacht? Mit den ...« Ich zeige auf die Schwammgirlanden.

Er gibt ein leises, rumpelndes Lachen von sich. »Du bist nicht von hier, oder?«

»Nicht wirklich, nein.«

»Na ja, ich könnte einfach runterleiern, was in der Touristenbroschüre steht«, erwidert er. »Oder wir gehen ein Bier trinken und ich gewähre dir einen exklusiven Blick hinter die Kulissen.«

Ich weiß, wie das ablaufen wird: Flirt, Bier, Sex. Eine vertraute Strecke auf einer brandneuen Karte.

»Wie spät ist es?«, will ich von ihm wissen, während ich mich frage, ob Greg mitbekommen hat, dass ich weg bin.

»So etwa halb neun? Noch früh.«

»Ich muss wirklich ...« Ich sehe ihn an und er steht auf der Seitenreling seines Boots, bereit auf den Gehsteig zu treten, sobald ich Ja sage. Die Luft zwischen uns ist angefüllt mit Verlangen. Meinem. Seinem. Es ergibt keinen Sinn, weil ich ihn nicht kenne. Ich weiß nicht mal, wie er heißt. Ich habe nur einfach noch nie jemand so Schönen gesehen und die Versuchung ist unglaublich groß. Aber ich weiß auch, wie das endet. Und nach allem, was in den letzten beiden Tagen passiert ist, möchte ich zu der langen Liste nicht auch noch das Gefühl hinzufügen, eine Schlampe zu sein. »Ich muss los.«

»Warte«, ruft er mir nach, als ich mich wegdrehe. »Kann ich dich ... irgendwohin fahren?«

»Nicht heute Abend«, antworte ich. »Aber danke für das Angebot.«

Ich sehe ihn nicht noch einmal an, weil ich sonst meine Meinung ändern werde.

Gregs Haus ist dunkel, als ich zurückkomme, nur ein einziges Licht ist noch an. Ich stelle mir vor, wie er und Phoebe die Jungs ins Bett bringen, ihnen Geschichten vorlesen und einen Gute-Nacht-Kuss geben. Ich erinnere mich an Gute-Nacht-Geschichten, aber vor allem erinnere ich mich daran, wann sie aufgehört haben. Nachdem wir Frank verlassen hatten, lebten wir in dem leeren Musterhaus in Washington State. Es stand ganz für sich am Ende einer Sackgasse. Kein Gras. Keine Bäume. Entlang der Straße waren lediglich Vertiefungen, wo irgendwann einmal Einfahrten sein würden. Mom steckte mich jeden Abend in meinen Schlafsack auf dem Boden des Zimmers mit der Meerjungfrauentapete und sagte, ich solle so tun, als wäre es meine Insel.

»Bleib auf der Insel, damit dich die Haie nicht fressen«, sagte sie jedes Mal und küsste mich auf die Stirn.

Dann ging sie zur Arbeit und ließ mich allein in der Dunkelheit zurück, voller Angst vor unsichtbaren Haien und wirklichen Männern, die Jagd auf kleine Mädchen machen.

Ich schiebe diese Gedanken beiseite und durchquere den Garten. Beim Anblick einer dunklen Gestalt, die auf dem Trittbrett des Wohnwagens sitzt, fahre ich zusammen und bin eine Schrecksekunde lang überzeugt, dass es Frank ist.

Es ist Greg.

»Entschuldige, wenn ich dich erschreckt habe.« Er steht auf. »Aber ... ich habe sofort gedacht ... na ja, ich dachte, du wärst abgehauen.«

»Ich bin nur ... ich bin spazieren gegangen.«

»Du weißt doch noch, dass wir über Regeln gesprochen haben?« Er fährt sich mit der Hand über den Kopf. »Na ja, eine Regel wird sein, dass du mir sagen musst, wohin du gehst und wann du zu Hause sein wirst.«

»Okay.«

»Und morgen besorgen wir dir ein Handy, damit du mir eine Nachricht schicken kannst, wenn du beschließt, auf Wanderschaft zu gehen, okay?«

»Okay.«

Er atmet langsam aus. »Du hast mir einen gewaltigen Schrecken eingejagt. Mach das nicht noch mal.«

»Es kommt nicht wieder vor.« Diese Worte bedeuten gar nichts. Morgen werde ich vielleicht nicht mehr hier sein und ich schulde ihm nichts. Er macht einen Schritt auf mich zu, als wollte er mich umarmen. Ich gehe reflexartig einen halben Schritt zurück und er hält inne. Das Ganze ist peinlich und ich will einfach nur reingehen und schlafen.

»Ich war beim Schwammhafen«, sage ich stattdessen.

»Echt?« Ich kann zwar nicht sehen, wie sein Gesicht aufleuchtet, aber sein Tonfall strahlt und ich kann ihm anhören, dass er sich darüber freut. »Und wie hat es dir da gefallen?«

Meine Gedanken kehren direkt zu dem Typen auf dem Boot zurück und wie einfach es gewesen wäre, mit ihm zu schlafen. »Es war ... interessant.«

Kapitel 4

Der Himmel ist immer noch von orangeroten Sonnenaufgangswolken durchzogen, als ich den Zettel an die Tür des Wohnwagens klebe: *Bin spazieren gegangen. Bin bald zurück.*

Ich weiß nicht genau, was ich davon halte, Rechenschaft ablegen zu müssen, aber die Nachricht zu hinterlassen erscheint mir einfacher, als mir später einen weiteren überfallartigen Vortrag anzuhören. Mom hatte meistens keine Ahnung, wo ich war, vor allem als ich älter wurde und sie mehr Nachtjobs annahm. Tagsüber trieb ich mich in der Bücherei herum und nachts streifte ich durch die Straßen, bis ich müde wurde oder bis zur Sperrstunde – je nachdem, was als Erstes eintraf. So lernte ich Danny kennen.

Der letzte Ort, in dem wir lebten – mein Gott, es ist nur *wenige Tage* her, dass ich von dort weg bin, und doch erscheint es mir bereits so, als wäre das in einem anderen Leben gewesen –, war eine Maisstadt mit ein paar Ampeln und einem Schlachthof am Stadtrand. Jeden Samstagabend –

nie freitags, weil am Freitag Football war – kamen Jugendliche aus dem gesamten County in die Stadt und düsten mit ihren Farm-Pick-ups und in alten Familienkutschen die Union Street auf und ab, bevor sie sich alle auf dem Parkplatz des Big-Chief-Restaurants versammelten, um Pläne zu schmieden.

An dem Abend, als ich ins Restaurant spazierte, arbeitete Mom. Wir waren einen Zahltag davon entfernt, den Kühlschrank auffüllen zu können, und ich hatte gerade genug Geld für eine kleine Portion Chili-Käse-Kroketten. Danny war dort, mit seinen himmelblauen Augen und seinem unwiderstehlichen Lächeln. Er ließ seine Freunde stehen und setzte sich neben mich auf die Bank. Er roch nach Flanellhemd und Männerdeo und ich schlug ihm auf die Finger, als er nach meinen Kroketten griff.

»Au!« Er zog seine Hand zurück, als wäre er lebensgefährlich verletzt, aber seine Augen lachten und er hatte ein breites Grinsen im Gesicht. Er rückte näher heran, bis sein Schenkel fest und warm gegen meinen gedrückt war, und sein Atem kitzelte mein Ohr. »Ich wollte nur was von deinen Leckerbissen abhaben.«

»Ich weiß«, erwiderte ich, den Mund voller Chili-Käse-Kroketten. »Aber ich hab dich nicht eingeladen.«

»Was muss ich tun, um eingeladen zu werden?«

Wie sich herausstellte, war die Antwort darauf, mir ein paar Dosen warmes Bier auf dem Big-Chief-Parkplatz zu spendieren.

Wir fuhren zu einer Schotterstraße, die durch ein paar

Felder führte, und hatten Sex auf der Ladefläche seines Ford-Pick-ups. In dem Moment fühlte es sich gut an, weil ich es wollte. Ich gab ihm was von meinen Leckerbissen. Aber als es vorbei war, musste ich unweigerlich an den ganzen Müll denken, der auf dem Pick-up durch die Gegend transportiert worden war.

Seine Jeans hing noch um seine Knie und ich konnte die Sterne sehen, die hinter seiner Schulter auf mich herabschauten, als ich ihn bat, mich nach Hause zu bringen. Meine Bitte störte ihn nicht und vor der Wohnung gab er mir seine Nummer.

»Am Samstagabend bin ich meistens im Chief«, sagte er. »Aber wenn du mich mit meiner Freundin siehst, musst du so tun, als würdest du mich nicht kennen, okay?«

»Das tue ich nicht.«

Er kapierte es nicht. Er warf mir ein selbstgefälliges Grinsen zu, weil er bekommen hatte, was er wollte, und fuhr weg. Ich rief ihn nicht an, aber am nächsten Abend tauchte er in der Wohnung auf, als meine Mom bei der Arbeit war. Und am darauffolgenden Wochenende traf ich mich mit ihm im Big Chief und wir machten es noch einmal hinten auf seinem Pick-up.

Diesmal erreiche ich den Schwammhafen über die Athens Street. Aus einer der Bäckereien steigt mir der Duft von frischem Brot in die Nase und lenkt mich von den Gedanken an Danny ab. Auf dem Gehsteig gegenüber sitzen zwei alte Männer mit stoppeligen weißen Schnurrbärten und schwarzen Fischermützen vor irgendeinem griechischen Kulturverein, rauchen und trinken Kaffee aus Styroporbechern. Sie sind eine lebende Postkarte.

Ich betrete die Bäckerei, wo die Auslage mit Gebäck gefüllt ist, dessen Namen ich nicht mal annähernd aussprechen kann. *Baklava. Galaktoboureko. Kourabiedes.*

»Eins davon, bitte.« Ich zeige auf etwas, das entfernt einem Käsekuchen ähnelt und dem Etikett nach Galaktoboureko heißt, und bestelle zwei Kaffee zum Mitnehmen. Ich ändere fast augenblicklich meine Meinung, weil ich mir bescheuert vorkomme, dass ich Kaffee und Gebäck für einen Fremden kaufe. Der vielleicht gar nicht am Hafen ist. Der vielleicht keinen Kaffee trinkt. Und das nur, weil er atemberaubend gut aussieht und wir gestern Abend fast etwas miteinander hatten?

»Kann ich vielleicht doch nur einen Kaffee haben?«, frage ich, aber die Frau hinter der Theke hat bereits zwei eingeschenkt und wirft mir einen strengen Blick zu, der mir unmissverständlich klarmacht, dass ich für beide bezahlen werde, ganz gleich ob ich sie will oder nicht. Das Wechselgeld, das sie mir auf meinen Zehn-Dollar-Schein rausgibt, ist alles, was ich noch habe.

Ich erreiche den Hafen und mein Blick geht direkt zu den Booten, auf der Suche nach dem von gestern Abend, aber es ist nicht da. An seiner Stelle gähnt eine große Lücke. Mir steigen Tränen in die Augen, als ich mich auf eine Bank setze, die zum Wasser zeigt. Nicht, weil er nicht hier ist – wegen eines Fremden zu weinen wäre noch bescheuerter, als ihm Frühstück zu besorgen –, sondern weil ich in meiner ganzen lächerlichen Aufgeregtheit vergessen habe, warum ich hier bin. Ich habe Mom vergessen.

»Hey, alles in Ordnung?« Ein Mädchen in meinem Alter setzt sich neben mich auf die Bank. Ihr dunkles Haar – das fast den gleichen Farbton hat wie meines – fällt ihr in einem dicken Zopf über die Schulter. Eine unsichtbare, nach Blumen duftende Wolke umgibt sie.

»Ja.« Ich wische mir mit meinem T-Shirt-Ärmel über die Augen. »Es ist nur ... es ist eigentlich nichts. Alles in Ordnung. Magst du einen Kaffee?«

»Ooh, ja, bitte!« Sie schnappt sich einen der Becher und nippt daran. »Also, da wir uns noch nie begegnet sind, gehe ich davon aus, dass du diesen Kaffee nicht für mich gekauft hast. Und, was gibt's da zu erzählen?«

Ich bin mir nicht sicher, was ich von diesem Mädchen halten soll. Sie hat eindeutig keine Probleme damit, Kaffee von Fremden anzunehmen und ihre Nase in deren Angelegenheiten zu stecken. Oder, genauer gesagt, in den Mangel von Angelegenheiten.

»Da gibt's nichts zu erzählen.« Ich reiche ihr die weiße Papiertüte von der Bäckerei. »Hier, nimm das.«

Sie wirft einen Blick hinein und sieht dann zu mir auf. »Du ... bist meine neue beste Freundin.«

Ich trinke einen Schluck Kaffee und meine Augen wandern zu dem leeren Ankerplatz, als würde das Boot gleich wie von Zauberhand erscheinen. Als sie in den Galaktoboureko beißt, schüttelt sie hektisch den Kopf. Ihr Zopf fliegt vor und zurück.

»Nein«, entfährt es ihr mit vollem Mund. »Nein, nein, nein, nein, nein.« Sie kaut schnell und schluckt. »Sag nicht, dass du das alles für Alex Kosta gekauft hast.«

»Das weiß ich ...« Meine Wangen fangen an zu glühen. Wie soll ich ihr sagen, dass ich seinen Namen nicht kenne? »Ich bin mir nicht sicher.«

»Wahnsinnig attraktiv? Arbeitet am Wochenende für die Schwammtauchtour?« Sie zeigt mit einem Stück Gebäck auf die Stelle, an der das Boot sein sollte. »Und wenn er jetzt hier wäre, würde er ungefähr da sein?«

»Ja?«

»Du hast so ein Glück, dass ich dich noch rechtzeitig getroffen habe«, sagt sie. »Hör zu, ich arbeite mit ihm, daher kenne ich seine Vorgehensweise. Alex Kosta kann man mit zwei Worten beschreiben: männliches Flittchen. Man könnte ihn auch als Casanova bezeichnen.« Sie zuckt mit den Schultern. »So oder so, bloß ... nein.«

Ich nippe an meinem Kaffee und schlucke mit der bitteren Brühe Worte herunter. Worte, die zugeben würden, dass mir das egal ist. Dass ich nicht besonders wählerisch bin. Danny ist der Beweis. Wie auch der Typ vor ihm. Und der Typ *davor.* Ich kann mich nicht mal an den Namen des ersten erinnern, nur dass ich mich danach genauso fühlte wie jedes Mal, wenn Frank mein Schlafzimmer verließ. Ich weiß nicht ... vielleicht ist es eine gute Sache, dass ich gestern Abend Alex Kosta habe stehenlassen.

»Wie heißt du?«, fragt sie. »Ich bin Kat.«

»Callie.«

Sie reißt ihre braunen Augen auf und greift nach meinem Unterarm. »O mein Gott! Du bist Callie! Du bist hier!«

»Ähm ...«

»Das ist so ... Du hast ja keine Ahnung«, sagt sie. »Du bist hier legendär. Alle paar Jahre bringt die Zeitung eine Geschichte über dich und deine Mom. Sie spekulieren, wo du sein könntest, interviewen Leute, die behaupten euch gesehen zu haben, und drucken Bilder von dir, die zeigen sollen, wie du jetzt aussehen könntest. Du bist übrigens viel hübscher, aber ... das ist so aufregend! Ich wusste, dass Greg losgestürmt ist, um dich abzuholen, aber ich habe nicht damit gerechnet, dass ich dich so früh kennenlernen würde! Ich wette, du bist froh zu Hause bei deinem Dad zu sein, was?«

»Ich kann mich nicht wirklich an ihn erinnern.«

»Wow.« Kat lässt die Schultern sacken. »Weil ich ihn schon mein ganzes Leben lang kenne, bin ich irgendwie gar nicht auf den Gedanken gekommen, dass das für dich nicht gilt. Das ist so traurig.«

»Er, ähm ... scheint nett zu sein«, sage ich.

»Greg? Total.« Sie nickt. »Er ist supernett. Als ich klein war, hat er mir zum Geburtstag ein Holzpuppenhaus gebaut, mit richtig funktionierenden Lampen und winzigem Parkettboden und ... du weißt das wahrscheinlich nicht, aber wir sind verwandt. Wenn man Grieche ist und aus Tarpon Springs kommt, ist man natürlich so ziemlich mit jedem verwandt, aber dein Dad ist der Cousin meiner Mom.«

Ich zerknülle die Papiertüte in meiner Hand und stehe auf. »Ich muss los.«

»Hab ich was Falsches gesagt?« Kat zieht die Augenbrauen zusammen.

»Nein.«

»Ich weiß, wie schwer es sein –«

»Du kannst nicht mal *annähernd* wissen, wie schwer es ist.« Meine Worte sind harsch. Scharf. Und andere, hässlichere Worte füllen meinen Mund mit einem schrecklichen Geschmack. Es ist hirnrissig, aber ich bin eifersüchtig, weil ich nie ein Puppenhaus hatte. Oder eine richtige Geburtstagsparty. Oder Cousinen. Ich bin eifersüchtig, dass sie meinen Vater ihr ganzes Leben lang gekannt hat. Ich bin eifersüchtig auf ein *Puppenhaus.* »Du hast nicht die *geringste* Ahnung.«

Ich mache den Fehler zurückzuschauen. Tränen laufen ihr über die Wangen und ich bin ein Monster. Und die Stimme, die aus mir herausgekommen ist, war gespenstisch schrill. Ich habe wie meine Mutter geklungen.

»Das hätte ich nicht sagen sollen.« Ich setze mich hin. Die Papiertüte knistert, als ich eine Serviette heraushole und Kat anbiete. »Entschuldige.«

»Nein.« Sie wischt sich die Augen und verschmiert ihr ganzes Make-up. »Du hast Recht. Ich habe nicht das Recht, anzunehmen, dass ich irgendetwas über dein Leben weiß.«

Aus einem unerklärlichen Grund will ich sie mögen. Und vielleicht will ich, dass sie mich auch mag. »Ich hätte mich deswegen nicht gleich wie die totale Zicke aufführen müssen.«

Sie gibt ein schniefendes Lachen von sich. »Das kannst du laut sagen.«

Ich male vor ihrem linken Auge Kreise in die Luft. »Deine Wimperntusche ist ... verschmiert.«

Kat kramt in einer riesengroßen Handtasche und holt einen Klappspiegel heraus. »O Mann, du hast Recht. Ich glaube, ich geh lieber und bring das in Ordnung, bevor der Laden aufmacht.« Sie zeigt auf einen Geschenkeladen neben dem Fluss. Es ist eines der größeren Geschäfte und davor preist ein Schild Schwammtauchtouren für fünfzehn Dollar an. »Hättest du, ähm ... Lust, irgendwann mal mit mir abzuhängen? Da du dem Alex-Kosta-Fiasko nur knapp entronnen bist, brauchst du ganz offensichtlich jemanden, der dir zeigt, wie die Dinge hier so laufen.«

Ich lache. »Klar.«

»Theo sucht Personal für den Geschenkeladen«, sagt sie. »Ich könnte ein gutes Wort für dich einlegen, wenn du magst. Ich meine, er ist mein Onkel auf der anderen Seite der Familie, du würdest also wahrscheinlich nicht mal ein Bewerbungsformular ausfüllen müssen. Was meinst du?«

Ich hatte noch nie einen Job, es sei denn, man zählt die kurze Periode, in der Mom Zeitungskästen auffüllte. Dafür mussten wir zum Lager fahren, verschnürte Papierbündel in den Kofferraum unseres Autos laden – damals war es ein alter Ford Escort, glaube ich – und dann in der ganzen Stadt herumkurven, um die Ausgabe des Vortages mit der aktuellen auszutauschen. Da es Mom schwerfiel, vor dem Morgengrauen aufzustehen, machte ich die Lieferungen meistens allein, obwohl ich keinen Führerschein hatte.

Ich habe nicht die Absicht, in Tarpon Springs zu bleiben, aber ein Job wäre besser, als zur Schule zu gehen. Dann hätte ich etwas zu tun. Etwas, das mich ablenkt, bis es Zeit ist zu gehen. »Ich denk drüber nach.«

»Phoebe kann mit dir Kleider für die Schule einkaufen«, sagt Greg später, als wir vom Handyladen nach Hause laufen. Eines der Dinge, die er mir über sich erzählt hat, ist, dass ihm Umweltschutz wichtig ist und er die Ansicht vertritt, man sollte bei Strecken unter eineinhalb Kilometern zu Fuß gehen. Es ging wohl darum, die persönliche CO_2-Bilanz zu verringern, aber ich hab nicht richtig zugehört. Ich war zu sehr damit beschäftigt, mir zu überlegen, wie ich ihm beibringen könnte, dass ich nicht die Absicht habe, in die Schule zu gehen. »Mit Handys kenne ich mich aus, aber bei Mode bin ich überfragt.«

»Ich, ähm ... ich werde nicht zur Schule gehen.«

Ich hatte eigentlich nicht vor, es so direkt anzusprechen, und er sieht mich an, als wäre mir ein zweiter Kopf gewachsen. Als ich vom Schwammhafen nach Hause kam, fand ich sein Highschool-Jahrbuch im Bücherregal. Greg spielte im Footballteam, war Kapitän der Baseballmannschaft und Schatzmeister des Schülerrats. An der Wohnzimmerwand hängt auch eine Plakette, die an das Jahr erinnert, in dem er das Dreikönigskreuz hochgebracht hat. Ich habe keine Ahnung, was das bedeutet, aber Greg gehört eindeutig zu den Leuten, die ihre Highschool-Zeit geliebt haben. Er ist jemand, der überall dabei ist. Ich bin nicht überrascht, dass er meine Weigerung nicht wirklich ernst nimmt. »Ich verstehe, dass es anfangs einschüch-«

»Ich bin *nicht* eingeschüchtert.« Es nervt mich, dass schon die zweite Person heute zu wissen meint, was ich fühle. »Ich hab nur keine Lust, eine Freakshow zu sein.«

»Du bist keine Freakshow.«

»Kat hat mir von den Zeitungsartikeln erzählt«, erwidere ich. »Glaubst du wirklich, dass keiner das entführte Mädchen begutachten wollen wird? ›Kann sie reden? Kann sie lesen? Kann sie mit Besteck essen?‹«

Er lächelt. »Es wird schon nicht so schlimm werden.«

»Was soll das denn bringen«, sage ich. »Ich bin fast achtzehn und habe nie davon geträumt, aufs College zu gehen.«

»Aber das ist es doch gerade, Callie. Du kannst jetzt davon träumen, wenn du willst.«

»Jetzt?« Mir gefällt die Unterstellung nicht, dass das Leben mit Mom meine Träume eingeschränkt hat – auch wenn es wahr ist. Oder dass ich jetzt seine Erlaubnis habe, von Dingen zu träumen. »Ich hätte jederzeit vom College träumen können, aber das habe ich nicht.« Meine Antwort ist bissig und sein Lächeln verwandelt sich in ein Stirnrunzeln. Seine Enttäuschung ist mir unangenehm und ich hasse das Gefühl, dass ich etwas sagen sollte, um ihn glücklich zu machen. »Ich meine, vielleicht werde ich irgendwann mal meine Meinung ändern, nur im Moment ...«

Er antwortet nicht sofort, kaut aber auf seiner Unterlippe herum. Daher weiß ich, dass er die Sache gerade von allen Seiten betrachtet, so wie ich es immer tue.

»Ich, ähm ... Kat hat gesagt, dass Theo jemanden für den Laden sucht«, sage ich. »Das könnte ich doch machen.«

»Ich weiß nicht, Callie«, erwidert Greg. »Ich finde, dass es nicht nur aus akademischen Gründen wichtig ist, zur Highschool zu gehen. Es ist auch eine Gelegenheit, sich sozial einzubringen und andere kennenzulernen. Das ist kein Nein, aber ich muss darüber nachdenken.«

»Ich werde nicht gehen.«

Er seufzt über das Patt und wir schweigen den restlichen Weg bis nach Hause.

Kapitel 5

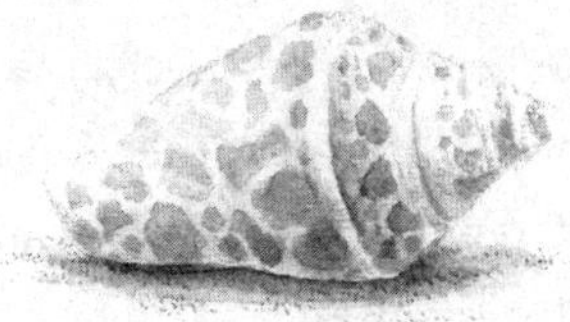

»Callie?« Kats Stimme dringt in den Wohnwagen, als ich auf dem Sofa sitze und meinen Koffer anstarre. Ich bin seit vier Tagen hier, aber ihn auszupacken würde sich anfühlen, als würde ich dauerhaft bleiben, sesshaft werden. Und das beunruhigt mich. »Wir kommen rein.«

Bevor ich antworten kann, geht die Fliegengittertür auf und mein Raum füllt sich mit Kat und zwei Jungs, die ich nicht kenne. Der eine lächelt breit und hat schwarzes Haar, das sich am Rand seiner Baseballkappe lockt. Der andere erinnert mich an einen Retriever – mit gewelltem goldblondem Haar, fröhlichen dunklen Augen und einem Körperbau, der für den Wohnwagen eine Nummer zu groß ist. Er muss sich bücken, um sich nicht den Kopf an der Decke zu stoßen.

»Echt klasse hier drin!« Kat lässt sich neben mich plumpsen und drückt ein pink-goldenes Seidenkissen an sich. »Du hast so ein Glück! Ich würde alles tun für ein eigenes Zimmer, aber stattdessen muss ich es mit einer nervigen Neunjährigen teilen.«

Obwohl die Schränke ein bisschen abgenutzt sind, ist der Wohnwagen netter als die meisten Orte, an denen ich gelebt habe. Er ist sauber und alle heimeligen Details – Vorhänge, Dekokissen, ein paar Hängepflanzen und ein bunter Teppich – zeigen deutlich, dass Phoebe sich bei der Einrichtung Mühe gegeben hat. Sie kann nicht erraten haben, dass Lila meine Lieblingsfarbe ist. Es sei denn, sie war es schon immer und Greg hat sich daran erinnert. Bei ihm erscheint mir das absolut möglich.

»Jedenfalls«, fährt Kat fort. »Callie, das ist Nick Adamidis, mein Baseball spielender Physik-Nerd.« Der dunkelhaarige Typ winkt mir zu. »Und das ist sein Busenfreund Connor Madsen. Er ist unser nicht griechischer Alibi-Freund.«

»Hi.« Seine Stimme ist für jemanden mit so einem jungenhaften Gesicht überraschend tief.

»Also, Callie«, sagt Kat. »Wir drei schauen uns heute Abend bei Nick zu Hause die ursprüngliche *Star Wars*-Trilogie an und Greg hat bereits erlaubt, dass du mitkommst. Hast du Lust?«

»Ich, ähm ...« Ich werfe einen Blick auf den Koffer. Was macht schon ein Tag mehr aus? »Klar.«

»Super.« Kat steht auf und schiebt Nick zur Tür. »Ihr zwei geht jetzt mal raus und übt Fangen oder so, während ich Callie helfe sich fertig zu machen. Ich bin mir ziemlich sicher, dass ich da draußen einen Football gesehen habe.«

Ich schaue auf mein rotes Oberteil hinunter. Ich habe es jeden Tag angehabt, weil Phoebe keine Zeit hatte, mit mir einkaufen zu gehen, und das einzige andere Top, das ich besitze, ist ein ausgewaschenes grünes T-Shirt mit dem Pfadfinderinnen-Logo vorne drauf und der Aufschrift *Got cookies*?. Ancilla hat das löcherige Thermalhemd weggeworfen, das ich an dem Abend trug, als meine Mom verhaftet wurde. Mein rotes Oberteil hat am Saum einen kleinen Zahnpasta-Fleck, aber vielleicht fällt es niemandem auf, wenn wir bloß Filme gucken. »Kann ich nicht …«

Kat macht die Tür zu. »Wir schauen nicht wirklich Filme bei Nick. Wir gehen auf eine Party. Also, wo sind deine Klamotten?«

Sie greift nach meinem braunen Koffer. Als sie ihn hochhebt, reißt der Griff ab. Der Koffer kracht auf den Boden, öffnet sich und meine Bücher, mein Tagebuch und das grüne Pfadfinderinnen-T-Shirt fallen heraus. »O mein Gott, Callie, es tut mir so leid.« Sie geht in die Knie und fängt an, die Bücher aufzusammeln, aber ich stehe nur wie angewurzelt da und möchte losweinen.

Mein Koffer ist kaputt.

»Ich kauf dir einen neuen oder lass den hier reparieren oder finde einen anderen auf eBay«, stammelt sie. »Was immer du willst.«

»Ist schon okay«, sage ich, obwohl es kein bisschen okay ist. Dieser bescheuerte alte braune Koffer – den ich nicht einmal haben wollte – war eine Verbindung zu Mom. Mein Weg zu ihr zurück.

»Bist du sicher?« Kat geht vorsichtig mit meinen Büchern um, stapelt sie ordentlich und legt mein Tagebuch obenauf.

Ich nicke und meine Lippen bringen ein richtiges Lächeln zu Stande. »Das bin ich.«

»Okay, also *wo* hebst du deine Kleider auf?«, fragt sie, während sie das grüne T-Shirt faltet. Ich zeige auf das rote Top, das ich anhabe, und das grüne T-Shirt in ihrer Hand.

»Das ist alles?«

»Ja.«

»Wow, ähm ... wir müssen unbedingt shoppen gehen.« Kat zupft an ihrer Unterlippe. »Okay, ich hab eine Idee. Zieh deine Jeans aus.« Sie knöpft ihren roten Schulmädchenschottenrock auf, windet sich heraus und reicht ihn mir. Sie hat nicht nur kein Problem damit, Kaffee von Fremden anzunehmen und zu viel über ihr Leben zu erzählen, es geniert sie auch überhaupt nicht, in ihrer Unterwäsche herumzustehen. »Wir tauschen.«

Ich brauche länger, um meine Jeans auszuziehen. Ich habe keinen Rock mehr getragen, seit ich ein kleines Mädchen war, und ich bin mir nicht sicher, ob ich mich dabei wohlfühlen werde so viel nackte Haut zu zeigen. Dennoch tausche ich Kleider mit Kat. Das ist einfacher, als an meinen kaputten Koffer zu denken. Ich bin größer, aber wir haben in etwa dieselbe Kleidergröße, weshalb mir ihr Rock passt und ihr meine Jeans – auch wenn sie ein wenig lang ist. Sie rollt die Hosenbeine hoch.

Kat gibt mir das grüne T-Shirt. »Zieh das an«, fordert sie mich auf und öffnet dann die Tür einen Spalt. Ich höre das Wusch eines Footballs, der hin und her geworfen wird. »Nick, ich brauche deine Socken.«

»Die sind irgendwie grad beschäftigt«, erwidert er. »Mit meinen Füßen.«

Sie schnippt mit den Fingern. »Socken. Sofort.«

Als ich das T-Shirt über den Kopf gezogen habe, hat Kat Nicks Socken in der Hand. Es sind knöchelhohe weiße Sportsocken mit zwei grünen Streifen um das Bündchen. Sie reicht sie mir. »Mach dir keine Sorgen«, sagt sie. »Sie sind frisch gewaschen. Er hat sie angezogen, kurz bevor wir rübergekommen sind.«

Als ich fertig bin, läuft Kat um mich herum und betrachtet ihr Styling. »Du musst unbedingt zum Friseur«, erklärt sie schließlich. Mein Haar reicht mir bis zum Rücken, es ist ein Durcheinander aus verknoteten Locken, ungewollten Dreadlocks und messingfarbenen Spitzen, Überreste einer herausgewachsenen Haarfarbe, auf die Mom beharrt hatte, um mich unkenntlich zu machen. »Aber du siehst heiß aus. Du kommst sogar ohne Make-up aus. Nur ...« Sie kramt in ihrer Handtasche und holt einen Lippenbalsam mit Dr-Pepper-Geschmack heraus. »Benutz das. Ein bisschen Farbe kann nicht schaden.«

»Perfekt«, sagt sie zufrieden, als ich den Balsam auftrage. »Fertig?«

»Nein.«

Sie lacht, als würde ich Witze machen, und zieht mich raus in den Garten.

»Siehst gut aus, Cal«, sagt Nick und wirft den Football Connor zu, der nicht einmal versucht ihn zu fangen. Stattdessen starrt er mich mit einem Gesichtsausdruck an, den ich schon bei anderen gesehen habe. Ein Ausdruck, bei dem ich auf dem Absatz kehrtmachen will, doch Kat hält meine Hand und ich kann nicht. »Und du siehst in diesen Jeans klasse aus, Mäuschen.«

Sie küsst Nick auf die Wange und reibt dann den Glanz ihres Lipgloss mit dem Daumen weg. »Gehen wir.«

Greg kommt aus dem Haus und runzelt die Stirn, als er mein Outfit sieht. So etwas Kurzes wie den Rock hatte ich noch nie an. »Hast du dein Handy dabei?«, fragt er.

Ich halte es hoch, damit er es sehen kann. Ich bin mir nicht sicher, dass ich noch weiß, wie man es benutzt, aber ich habe es dabei.

»Komm nicht zu spät nach Hause«, ermahnt er mich. Er hat bestimmt schon durchschaut, dass wir uns keine *Star Wars*-Filme ansehen. »Ruf an, wenn du mich brauchst.«

»Und, was hältst du von Connor?«, fragt Kat, als wir wenig später in der Küche des größten Hauses, das ich je gesehen habe, stehen. Es gehört einem Mitschüler von Kat, dessen Eltern verreist sind. Mal abgesehen vom Haus der Ruskins könnten alle Wohnungen, in denen ich je gelebt habe, in dieses Haus passen. Gleichzeitig. Und so gut wie jedes Fenster bietet einen Ausblick auf den Golf von Mexiko. Sie gießt einen großzügigen Schuss Kokosnussrum in einen blauen Plastikbecher und rundet ihn mit einem Spritzer Ananassaft ab. Die Arbeitsplatte ist voll mit halb leeren Flaschen – Hochprozentiges, verschiedene Limonaden und Säfte – und blauen Bechern wie ihrem. Und meinem. Nur dass in meinem seit unserer Ankunft dasselbe Bier darauf wartet, getrunken zu werden.

»Er ist ...« Connor hat für mich die Wagentür geöffnet und dabei gestammelt, dass ich hübsch aussehe. Nicht genug Information, um mir eine Meinung zu bilden. »Er scheint nett zu sein.«

»Das ist er total.« Kat nickt. »Er ist superschüchtern, aber er mag dich *wirklich.*«

Als ich aufsehe, starrt er mich wieder an. Sein Blick ist nicht lüstern. Es ist aber auch nicht wie bei Alex Kosta neulich abends, als es in der Luft zwischen uns regelrecht knisterte. Kat hat Unrecht. Connor kennt mich nicht, deshalb kann er mich nicht *wirklich* mögen. Er sieht sich gern mein Gesicht an. Ihm gefällt die Form meines Körpers. Das ist etwas anderes.

»Du solltest zu ihm rübergehen und mit ihm reden«, fordert sie mich auf, als Nick mit einem fischförmigen Tablett voller winziger Plastikbecher rüberkommt.

»Ladys, wie wär's mit einem Shot?«

Kat nimmt einen Becher und riecht daran. »Was ist das?«

»Ich nenne es den Pangalaktischen Donnergurgler«, antwortet er. Der Verweis auf *Per Anhalter durch die Galaxis* bringt mich zum Lachen. »Aber im Grunde ist es Wodka, Zitronensaft und Zucker.«

Sie reicht mir einen und hebt ihren, um einen Trinkspruch auszubringen. »Auf Callie« – sie lehnt sich zu mir rüber und senkt die Stimme – »und Connor.«

Ich verdrehe die Augen.

»Auf das Leben, das Universum und alles andere«, sagt Nick.

Der Wodka treibt mir Tränen in die Augen, aber ein warmes Gefühl breitet sich in mir aus. Ich bekomme Lust auf noch einen. Auf noch eine Million. Auf so viele, wie ich brauche, um mich die ganze Zeit so zu fühlen.

Nick stellt das Tablett mit dem Wodka auf die Arbeitsfläche und legt den Arm um Kats Taille. »Wollen wir in den Whirlpool gehen, Mäuschen?«

»Ich hab keinen Badeanzug dabei.«

Er wackelt mit den Augenbrauen und betrachtet sie gespielt anzüglich. »Eben.«

Sie schubst ihn mit der Schulter an. »Komm, stecken wir die Füße in den Pool.«

»Auch gut.« Nick nimmt ihre Hand. »Und jetzt, wo ich *keine Socken mehr anhabe*, geht das sowieso viel einfacher.«

Sie fragen mich nicht, ob ich mitkommen will, und ich folge ihnen nicht. Ich stehe neben der Kücheninsel, wie ein Stein inmitten eines Bachs. Partylärm umgibt mich: Das Geschrei und die Planschgeräusche, die aus dem Garten vom Pool herüberdringen. Das Wummern des Basses aus der Stereoanlage, das einem durch Mark und Bein geht. Das Geplapper der Mädchen, die wie Scharen bunter Vögel dicht zusammengedrängt stehen. Die Explosionen des Zombie-Videospiels, das auf dem Großbildschirmfernseher wütet.

Connor reißt den Blick von dem Videogemetzel los und schaut zu mir. Als er bemerkt, dass Kat und Nick weg sind, reicht er dem Typen neben ihm auf dem Sofa den Gamecontroller. Sein Hundeblick bittet um Erlaubnis, sich zu nähern. Ich kaue auf meiner Unterlippe herum und überlege, ob ich dafür bereit bin. Doch Connor missversteht das als kokette Zustimmung und ein schüchternes Grinsen breitet sich auf seinem Gesicht aus. Ich trinke einen Schluck warmes Bier, als er sich einen Weg durch das gerammelt volle Wohnzimmer bahnt. Bereit oder nicht, da kommt er.

»Hi.« Er stellt sich neben mich. »Alles klar?«

»Es ist laut hier.«

Connor nickt. »Das ist es immer.«

»Hast du Lust, von hier zu verschwinden?«, frage ich. »Wir könnten einen Spaziergang machen?«

Wieder dieses Grinsen und seine weißen Zähne heben sich von seiner braun gebrannten Haut ab. »Klar.«

Er gießt frisches Bier in meinen Becher und schenkt sich selbst eins ein. Ich hake meinen Zeigefinger um seinen kleinen Finger, als er mich durch die dicht gedrängte Menge führt, an einer Gruppe Mädchen vorbei, die sich laut fragt, wer ich bin, und ein älterer Typ – der nicht so aussieht, als würde er auf eine Party voller Teenager gehören – ruft mir zu, dass ich einen netten Hintern habe. Sein Zigarettenatem streicht mir übers Gesicht. Weil es so laut ist, bin ich mir nicht sicher, dass ich ihn richtig verstanden habe, aber als ich zurückblicke, zwinkert er mir zu. Ich erschaudere innerlich und rücke näher an Connor heran, bis wir draußen sind. Die Luft ist kühler und kriecht unter mein Haar, löst es von meinem Nacken. Connor ändert seinen Griff und nimmt meine

Hand ganz in seine. Seine Handfläche ist feucht. »Ist, ähm ... das okay?«

Er hat weder Dannys Gabe, Süßholz zu raspeln, noch besitzt er Matts Bad-Boy-Charme – das war der Typ vor Danny –, doch Connors Schüchternheit ist anziehend. Sie ist nicht aggressiv. Ungefährlich.

»Ja, das ist in Ordnung.«

Ich durchstöbere meine geistigen Aktenschränke nach Small-Talk-Themen, während wir den Gehsteig entlangschlendern. Connor sagt auch kein Wort und die Stille zieht sich unerträglich in die Länge. Ich fülle die Leere, indem ich an meinem Bier nippe, und aus dem Augenwinkel sehe ich, wie er dasselbe tut.

Drei Häuser weiter erreichen wir ein unbebautes Grundstück.

»Hier«, sagt er. »Von hier kann man das Wasser viel besser sehen.«

Am Ende des grasbewachsenen Geländes zieht Connor sein blaues Karohemd aus und legt es auf den Boden. Darunter trägt er ein einfaches weißes T-Shirt.

»Setz dich darauf«, sagt er. »Kat bringt dich um, wenn du ihren Rock dreckig machst.«

Er nimmt neben mir Platz, seine Beine neben meinen ausgestreckt. Der weißsilberne Mond spiegelt sich bruchstückhaft auf der Wasseroberfläche. Es ist ein so schöner Anblick, dass sich meine Augen mit Tränen füllen. Ich will vor Connor nicht weinen.

»Was ist los?«, fragt er.

»Nichts.« Ich wische mir mit dem Ärmel übers Gesicht. Es ist nicht so, als wünschte ich mir, dass meine Mom hier wäre, um das zu sehen, denn sie hat im Laufe der Jahre ihre Fähigkeit, über die Welt zu staunen, verloren. Doch es ist ungerecht – so ungerecht –, dass ich das noch nie gesehen habe. Ich meine, der Mond und die Sterne sind überall, aber ich kann mich nicht erinnern, *hier* gewesen zu sein. Und das ist allein ihre Schuld.

»Also, ich hab gedacht –«

Ich drücke meine Lippen auf seine und lasse ihn nicht aussprechen, was auch immer er sagen will. Ich bin zu wütend, um mich zu unterhalten. Und ich will *nicht* nachdenken.

Als Connors Hirn schließlich begreift, was seine Lippen tun, legt er die Arme um mich. Er erwidert den Kuss und seine Zunge schmeckt nach Bier und Orangen-Tic-Tacs, was angenehmer ist, als es klingt. Seine Hände fühlen sich warm und groß an auf meinem Rücken. Er versucht nicht, mich auszuziehen. Bei Danny hätte ich mittlerweile nicht mal mehr Unterwäsche an. Natürlich hätte mir Danny nie sein Hemd gegeben, damit ich darauf sitzen kann, und ich wäre mit Gras und Sand am Hintern nach Hause gegangen.

»Wow«, sagt Connor, als er zwischen zwei Küssen Luft holt. »Das war –«

»Sag nichts.« Ich küsse ihn noch einmal und setze mich rittlings auf seinen Schoß. Seine ausgewaschene Jeans fühlt sich weich unter meinen Oberschenkeln an.

Seine Hände hängen einen Moment lang in der Luft, als

wäre er unsicher, wo er sie hinlegen soll. Er entscheidet sich für den unteren Rücken, über der Stelle, wo mein T-Shirt hochgerutscht ist, aber ich kann ein paar seiner Finger auf meiner nackten Haut spüren. Wieder bewegt er seine Hände nicht, greift nicht unter mein T-Shirt, um meinen BH zu öffnen. Es ist so, als wäre alles außer seinen Lippen erstarrt.

Connor verblüfft mich. Er benimmt sich anders als jeder Junge, den ich je getroffen habe. Ich löse meinen Mund von seinem und greife nach dem Saum meines T-Shirts.

»Ich dachte, wir könnten vielleicht …« Connors Worte ersterben auf seinen Lippen, als mein T-Shirt über meinen Kopf gleitet. Seine Augen schnellen zu meiner halb nackten Brust, bevor er wegsieht. »Was, ähm …« Sein Blick heftet sich auf etwas hinter mir. Fast so, als würde er mit jemand anderem reden, als wäre ich gar nicht hier. »Sind wir …?«

Mein Gesicht wird feuerrot, als es mich wie ein Schlag trifft. Ich habe die ganze Sache falsch gedeutet. »Ich dachte …« Wie kann er mich nicht wollen? Er ist ein *Junge*. Das ergibt überhaupt keinen Sinn. »Vergiss es.«

Ich kann gar nicht schnell genug von seinem Schoß runter.

»Callie, warte.«

Ich warte nicht. Ich ziehe mein T-Shirt an und renne weg. Nach ein paar Versuchen finde ich das GREG-Icon auf meinem Handy. Als es klingelt, höre ich, wie Connor meinen Namen ruft. Da ich nicht will, dass er mich sieht, verstecke ich mich hinter einem dichten Büschel Strandgräser, das den Vorgarten eines Nachbarn schmückt.

»Kannst du mich holen?« Ich spreche leise, als Greg rangeht. »Bitte?«

»Ist alles in Ordnung?«

»Ich ... Ich will einfach nur nach Hause.«

»Okay.« Ich höre durch das Telefon das Klirren seiner Schlüssel. Die Unmittelbarkeit seiner Reaktion beruhigt mich. »Du bist bei Nick zu Hause, ja?«

»Nein, ähm, ich bin an einem Ort namens Pointe Alexis.«

»Ich frage erst gar nicht«, sagt er. »Ich bin in fünfzehn Minuten da.«

Nachdem ich ihm die Adresse meines Verstecks hinter den Strandgräsern gegeben habe, schreibe ich eine SMS an Kat, dass ich nach Hause gegangen bin. Ich will nicht, dass sie sich Sorgen macht. Sie schreibt eine SMS zurück, aber ich schaue sie mir nicht mal an oder antworte. Ich stecke das Handy in meine Tasche und warte auf Greg.

»Callie?« Connors Stimme ist jetzt näher. Ich ziehe die Knie an die Brust und mache mich so klein wie möglich, damit er mich nicht sieht. Es erinnert mich an die Art, wie ich mich immer zusammenrollte, in der Hoffnung, dass Frank mich mit einem Kissen verwechseln würde – obwohl nichts an diesem Abend so ist wie damals –, und ich drücke die Handballen fest gegen meine Augen, um nicht zu weinen. Connors Handy piept und ich stelle mir vor, wie er auf das Display schaut – vermutlich eine Nachricht von Kat, dass er die Suche aufgeben kann. Er flucht leise und seine Schritte verhallen, als er zur Party zurückkehrt.

In Gedanken spiele ich die Szene zwischen uns in

Schleife ab und die Demütigung flammt wieder und wieder in meinem Gesicht auf, bis es ganz versengt ist. Ich verstehe nicht, was passiert ist, warum Connor mich nicht wollte. Und ich verstehe nicht, warum ich mich genauso wertlos fühle wie nach Danny, nach Matt. Nach Frank.

Ich bleibe in meinem Versteck, bis ich ein Paar Scheinwerfer sehe, die die Straße entlangkommen, und Gregs Geländewagen in der Einfahrt neben mir anhält.

»Geht es dir gut?«, fragt er und die Sorge in seiner Stimme gibt mir den Rest.

Ich schüttele den Kopf und Tränen laufen mir über die Wangen. »Ich will nicht darüber reden.«

»Callie ...« Greg gibt einen frustrierten Seufzer von sich. »Sag mir wenigstens, ob auf dieser Party irgendein Idiot ist, den ich umbringen muss.«

»Nein, da ist niemand.« Der einzige Idiot auf der Party war ich, aber das sage ich ihm nicht. »Stecke ich in Schwierigkeiten?«

»Kurz gesagt, ja.« Greg legt den Rückwärtsgang ein und setzt in der Einfahrt zurück. »Aber darüber reden wir morgen.«

Kapitel 6

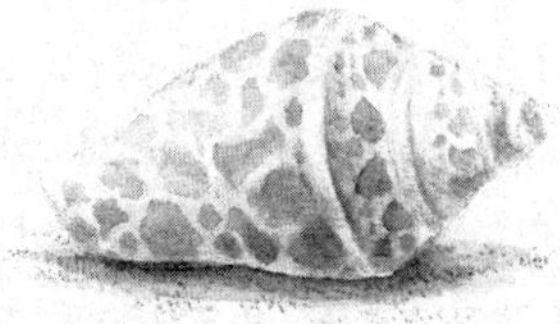

»Entspann dich«, sagt Greg tags darauf, als wir über die Veranda eines alten Hauses mit verblassten grauen Schindeln gehen. Es gehört Georgia, seiner Mutter, und bei der Aussicht, sie – und anscheinend alle anderen Mitglieder von Gregs Großfamilie – zu treffen, zieht sich mein Magen zu einem festen Knoten zusammen. Meine Heimkehr und Thanksgiving sind der Anlass für ein nachträgliches Festmahl. »Sobald sie anfangen zu essen und zu trinken, werden sie vergessen, dass du da bist.«

Ich streiche den Rock des grünen Sommerkleids glatt, das Phoebe mir geliehen hat. Ich bin nicht daran gewöhnt, Kleider zu tragen, und meine Beine sind entblößter, als mir lieb ist, aber der Saum ist mit Blumen bestickt, was mich an das Oberteil erinnert, das Ancilla mir gekauft hat. Phoebe hat mir auch ein Paar Sandalen gegeben, die mit Holzstücken verziert sind, und gesagt, dass ich sie behalten kann.

»Wir sollten morgen shoppen gehen«, hat sie vorgeschlagen. »Wenn man mit drei Männern zusammenlebt, ist es eine nette Abwechslung für mich, mit einem Mädchen einzukaufen.«

Phoebe hat zwar immer gewusst, dass es mich gibt, doch es kann nicht einfach für sie sein, jemanden in ihrem Haus willkommen heißen zu müssen, den sie nicht kennt. Deshalb habe ich gesagt, dass ich darüber nachdenken würde. Ich habe ihr nicht erzählt, dass sich Kat bereits zu meiner persönlichen Stylistin erklärt hat.

Die vom Alter gezeichnete Holztür geht auf und eine Frau mit drahtigen dunkelgrauen Haaren schubst Greg aus dem Weg und schlingt ihre Arme so fest um mich, dass ich das Gefühl habe, zerquetscht zu werden. Ihre Haare kitzeln mich an der Nase, aber ihr Duft – nach Rosenseife – erinnert mich an eine Zeit, als ich Haferkekse gebacken und ein Lied über den Mond gesungen habe.

»Oh, meine kleine Callista«, sagt sie sanft in mein Ohr und wiegt mich auf eine mir vertraute Art hin und her. Ich erkenne ihre Stimme. Sie ist meine *Yiayoúla*, meine Großmutter. Und auch wenn ich mich nicht direkt an sie erinnere, flattern Erinnerungsfetzen in meinem Kopf herum. Sogar mehr als bei Greg. »Wir haben dich so vermisst.«

Georgia tritt einen Schritt zurück, um mich anzusehen, während ihre Hände meine Schultern umklammern, und ich erkenne mein Gesicht in ihren Falten, meine Augen hinter ihrer roten Brille. Es ist merkwürdig, sein Leben lang zu glauben, man hätte als Einziger eine bestimmte DNA, und sich dann selbst in jemand anderem zu sehen.

»Komm.« Sie zieht mich nach drinnen, in ein Wohnzimmer vollgestopft mit Leuten, die auf Sofas und Sessellehnen sitzen und in jeder verfügbaren Ecke stehen, und schiebt mich in einen Kreis von Augen. Mehr Leute, als ich je in meinem ganzen Leben getroffen habe, sind in dieses Haus gezwängt. Das Wimmern eines Babys kommt aus einem anderen Raum und ein kleines Mädchen in Tuckers Alter sagt: »Aber ich will sie *nicht* treffen, Mommy.«

»Hört alle her«, verkündet Georgia. »Hier ist unsere Callista, sie ist endlich wieder zu Hause.«

Sie fangen alle an zu klatschen, außer dem kleinen Mädchen, das sich die Ohren zuhält und mir die Zunge herausstreckt. Ich versuche mich zu fühlen, als wäre ich ein Teil von ihnen, doch sie sind mir alle fremd. Ein paar der älteren Frauen steuern auf mich zu, aber meine Großmutter wehrt sie alle ab, als wäre sie mein persönlicher Leibwächter.

»Lasst dem armen Mädchen Raum zum Atmen«, schimpft sie, als hätte sie mir nicht gerade selbst die Luft abgedrückt. Hinter mir kichert Greg und sie wirft ihm einen strengen Blick zu, worüber ich lächeln muss.

Georgia hat den Arm die ganze Zeit fest um meine Taille geschlungen, während sie mich mehr Tanten, Onkeln und Cousins vorstellt, als ich mir je werde merken können. Manche der älteren Familienmitglieder haben einen so starken Akzent, dass es sich so anhört, als wären sie erst heute Morgen aus Griechenland eingetroffen. Sie berühren mein Gesicht mit papierenen Fingern. Vielleicht überprüfen sie, ob ich es wirklich bin? Ich bin nicht sicher. Es ist mir unheimlich, aber ich sage nichts. Ich lächele und nicke und bedanke mich viel.

»Ma.« Greg kommt mit Kat herüber. Ich bin froh sie beide zu sehen. »Ich glaube, es ist Zeit, Callie eine Verschnaufpause zu gönnen.«

»Du hast Recht«, stimmt Georgia ihm zu. »Und ich sollte nach den *Dolmades* schauen. Ekaterina, du hast so ein hübsches Gesicht. Warum versteckst du es hinter so viel Make-up?«

Kat verdreht die Augen, doch bevor sie etwas erwidern kann, bahnt sich meine Großmutter einen Weg durch die Menge zur Küche. Meine Cousine hakt sich bei mir unter und ich lasse mich von ihr durch die Haustür auf die Veranda führen, wo wir uns hinsetzen.

»Ich hab voll den Kater.« Sie lässt sich auf die Hollywoodschaukel plumpsen und bringt die Kette zum Klirren. »Hast du Ärger bekommen?«

»Ich habe eine Woche Hausarrest.«

»Autsch.« Sie zuckt zusammen. »Sorry. Meine Mom hat nichts gesagt, von daher nehme ich an, dass Greg ihr nichts erzählt hat.«

»Er hat darüber nachgedacht«, erwidere ich. »Aber ich habe es ihm ausgeredet.«

»Du bist die Beste. Ich schulde dir was.« Sie schubst mich mit der Schulter an. »Und was war bei dir und Connor los? Als er zurück zur Party gekommen ist, hat er irgendwie leicht panisch gewirkt.«

»Ich will nicht darüber reden.«

Sie verengt die Augen. »Dasselbe hat er zu Nick gesagt. Habt ihr ...?«

»Nein.«

Sie stößt sich mit dem Fuß ab und bringt die Schaukel zum Schwingen. »Dann kann es nicht so schlimm sein, oder?«

Schamesröte breitet sich erneut auf meinem Gesicht aus. »Ich dachte, wir würden, deshalb, ähm ... habe ich mein T-Shirt ausgezogen.«

»Im Ernst?« Sie hält die Schaukel mit beiden Füßen an. »Wow. Kein Wunder, dass er Panik bekommen hat. Ich meine, ich bin ein wenig überrascht, dass er beim Anblick von« – Kat zeigt auf meine Brüste – »*denen* nicht seinen Mann gestanden hat, aber ich glaube, er wollte dich erst zu einem Date einladen, bevor ihr gleich rummacht.«

Der Gedanke war mir nie gekommen. Nicht einmal ansatzweise. »Oh.«

»Das hast du nicht gewusst?«

»Nein.«

»Warte. Du hast noch nie einen Freund gehabt? *Du?*«

»Nein.« Wenn man an keinem Ort lange bleibt, hat man nicht wirklich die Gelegenheit, die Freundin von jemandem zu sein. Es ist auch sehr unwahrscheinlich, dass man einen Typen kennenlernt, der mehr als Sex von einem will. »Ich hab nur ...« Meine Stimme verliert sich, aber Kat kapiert, was ich nicht ausspreche.

»Boah.« Sie klingt überrascht und ich beneide ihre Naivität, die sie annehmen lässt, dass man immer noch Jungfrau sein könnte, wenn man noch nie ein richtiges Date hatte. Wenn ich hier aufgewachsen wäre, wäre es vielleicht auch so. Zumindest hätte ich dann nicht mit acht Jahren meine Kindheit hinter mir gelassen. »Na ja.« Sie fängt wieder an zu schaukeln. »Ich glaube, du solltest es noch mal mit Connor probieren. Wir könnten ein Doppeldate haben.«

»Vielleicht.« Connor ist ein guter Fang für ein Mädchen, doch ich bin mir ziemlich sicher, dass ich nicht dieses Mädchen bin. Ich weiß nicht, wie man so ein Mädchen ist. Aber er ist nett. Süß.

Wir sitzen eine Minute lang da und Kat fängt an zu kichern. »Ich wünschte, ich hätte Connors Gesicht sehen können, als du dein T-Shirt ausgezogen hast. Ich glaube nicht, dass er echten Möpsen schon mal so nahe war.«

»Na ja, jetzt war er's.«

Sie bricht in schallendes Gesicht aus, als Georgia raus auf die Veranda kommt. »Da seid ihr ja. Callista, die Dolmades sind fertig. Komm rein. Probier welche.«

Sie schiebt mich von Kat weg und ins Esszimmer, wo der Tisch mit einer Vielfalt von griechischen Spezialitäten sowie typischen Thanksgiving-Gerichten wie Truthahn, Maisbrotfüllung und Kartoffelbrei beladen ist.

»Dolmades«, sagt Georgia, während sie eine riesige Portion von kleinen grünen Bündeln auf einen Teller schaufelt, »bestehen aus Reis und Fleisch in ein Weinblatt gewickelt. Als du ein Baby warst, hab ich dir das zu essen gegeben, und du hast den Mund wie ein Vogeljunges geöffnet, das ständig mehr, mehr, mehr will.«

Als wäre ich immer noch dieses Baby, trennt sie mit einer Gabel ein Stück ab und führt es an meine Lippen, damit ich probiere. Der Reis schmeckt wie Reis, aber die Blätter sind zugleich minzig und sauer. Der Geschmack ist widerlich und ich kaue schnell, um ihn loszuwerden. Ich bemühe mich ihr nicht zu zeigen, dass ihre Dolmades nicht mein Ding sind, doch ihr Blick und ihre Mundwinkel drücken Enttäuschung aus, was mir das Gefühl gibt, dass ich bei irgendeinem geheimen Enkelinnentest durchgefallen bin.

Enkelin, Tochter, Freundin, ein Mädchen, mit dem ein normaler Junge ausgehen würde – eine wachsende Liste von Personen, die ich nicht fähig bin zu sein.

»Ah, na ja.« Sie lächelt und reicht mir einen frischen Teller. »Wir können eben nicht ewig Babys bleiben.«

Ich fülle meinen Teller hauptsächlich mit Sachen, die ich kenne, und nehme mir eine Dose Cola aus einer mit Eis gefüllten Wanne in der Küche. Als ich mir einen Weg durch das Wohnzimmer in Richtung der Veranda bahne, höre ich, wie jemand »Veronica« sagt. In einem kurzen Flur, der zu den Schlafzimmern und zum Bad führt, stecken zwei ältere Frauen – nicht ganz so alt wie Georgia, aber auf jeden Fall um einiges älter als Greg – die Köpfe zusammen und reden leise über meine Mutter. Ich halte mich in der Nähe der Tür auf, damit ich hören kann, was sie sagen.

»Entführung ist ein Bundesvergehen«, sagt die Dicke mit so viel Überzeugung, dass ich mich frage, ob sie Recht hat. »Sie wird für eine sehr lange Zeit ins Gefängnis gehen und ich kann nicht behaupten, dass sie es nicht verdient.«

»Wenn du mich fragst, sollte man sie einweisen«, meint die zweite Frau. »Wenn sie nicht diese Irrenkrankheit gehabt hätte, hätte sie das nie getan.«

Irrenkrankheit?

»Ich werde nie verstehen, was Greg an diesem Mädchen gefunden hat.«

Die Erste schnaubt. »Er hat mit seinen *Poutsa* gedacht.«

Ich muss kein Griechisch sprechen, um zu verstehen, was sie meint, und ich will ihnen sagen, dass es nicht um Sex ging. Dass Greg gesehen hat, was andere Leute nicht sehen konnten. Doch ich bleibe bei dem Wort »Irrenkrankheit« hängen und erinnere mich daran, dass Ancilla gesagt hat, Mom würde die Hilfe bekommen, die sie braucht. Und an das, was der Mann in der Lederjacke mir hinterhergebrüllt hat, als ich vor ihm davongelaufen bin. Ich habe mein ganzes Leben mit ihr verbracht. Müsste ich nicht wissen, wenn meine eigene Mutter wirklich verrückt wäre?

Ich stelle meinen Teller und meine Coladose auf einen Beistelltisch und suche Greg. Er trinkt ein Bier und unterhält sich mit Theo, dem Cousin, der den Geschenkeladen am Hafen besitzt.

»Wir müssen reden«, sage ich.

Greg scheint zuerst protestieren zu wollen, weil wir mitten auf einer Party sind, aber er kann mir wohl ansehen, wie ernst es mir ist, denn er nickt. »In Ordnung.«

Draußen auf der Veranda frage ich: »Ist meine Mom verrückt?«

»Nein.«

Greg zeigt mit dem Zeigefinger auf mich. Auf eine abwehrende Art. Als hätte er diese Unterhaltung einmal zu oft geführt. »Veronica leidet an einer Borderline-Persönlichkeitsstörung, Callie. Sie beeinträchtigt ihre Stimmungen und kann mit Therapie und Medikamenten behandelt werden, aber sie ist *nicht* verrückt.«

Ich erinnere mich an eine braune Rezeptflasche in ihrer Handtasche, doch da waren keine Pillen drin. Nur Münzen. Ein Vierteldollar passte genau durch die Öffnung und jedes Mal, wenn wir Kleingeld zurückbekamen, durfte ich die Münzen hineinstecken. »Ich habe sie nie Medikamente nehmen sehen.«

»Das überrascht mich nicht«, sagt er. »Ihr Arzt hatte ihr eine Mischung aus Antidepressiva und Beruhigungsmitteln verschrieben, aber sie hat sich beschwert, dass die Medikamente sie in einen Zombie verwandeln würden. Sie sagte, sie würden ihr das Gefühl geben, wie abgeschaltet zu sein. Aber ohne ihre Medikamente pendelte sie ständig zwischen zwei Extremen hin und her. Ein Tag war alles wunderbar und gleich am nächsten warf sie mir vor, ich würde sie nicht genügend lieben, und versuchte mich dazu zu bringen, ihr zu sagen, dass ich Schluss machen wollte. Sie hat Leuten aus keinem ersichtlichen Grund die Freundschaft aufgekündigt. Manchmal machten sie die kleinsten Sachen übertrieben wütend. Und sie hasste es, allein zu sein.«

Wie wenn man die letzte Zahl an einem Kombinationsschloss einstellt, klickt es auf einmal in meinem Kopf, und alle unterschiedlichen Mütter, die meine Mutter gewesen ist, ergeben auf einmal einen Sinn. Meine Wut gibt mir das Gefühl, meine Haut wäre zu eng, und ich muss von hier weg. Ich steuere auf die Treppe der Veranda zu.

»Callie, wo gehst du hin?«, fragt Greg.

»Ich muss nur ... Ich komme zurück.«

Mit meinen Sandalen kann ich nicht schnell genug laufen, darum ziehe ich sie aus. Der Gehsteig ist warm, als ich darüberrenne, und die winzigen, spitzen Steine, die sich in meine Fußsohlen bohren, stören mich nicht. Wie konnte meine Mutter so selbstsüchtig sein? Wenn sie die Pillen genommen hätte, hätten wir hierbleiben können. Wenn sie die Pillen genommen hätte, hätte sie nie Frank kennengelernt. Sie hätte einfach nur *die verdammten Pillen nehmen müssen* und sie, *ich*, hätte ein normales Leben geführt. Ein glückliches Leben.

Ich gehe zum Schwammhafen. Hauptsächlich, weil es am Wasser so schön ist, aber auch, weil ich sonst keine Orte kenne, wo ich hingehen könnte. Der Ankerplatz, an dem Alex Kostas Boot liegen sollte, ist leer und die Bank, wo ich Kat kennengelernt habe, ebenso. Um mich herum studieren Urlauber Broschüren und besprechen, was sie als Nächstes machen wollen. Das Schwammtauch-Tourboot entfernt sich vom Hafen mit einer Ladung Touristen an Bord. Ein altes Paar, das Sandalen mit Socken trägt, fotografiert sich abwechselnd vor der Bronzestatue eines Mannes in einem altmodischen Schwammtaucheranzug.

Ich erreiche die Bank und versuche ruhig dazusitzen, nur herrscht in meinem Kopf ohrenbetäubendes Chaos. Meine Gedanken wandern zum Waschsalon, als der Mann mit der

Lederjacke mir zurief, dass Mom und ich verrückt wären, und mich überkommt eine ganz neue Angst. Was ist, wenn ich *genau* wie sie bin? Ist eine Borderline-Persönlichkeitsstörung erblich? Bin ich auch verrückt? Und wenn ja, wie kann ich das mit Sicherheit herausfinden?

Ein Motorengeräusch poltert in meine Gedanken, unterbricht sie und bringt mich dazu aufzusehen. Ein weißes Boot, auf dessen Seite mit blauer Farbe der Name *Evgenia* aufgemalt ist, gleitet an den leeren Ankerplatz. Alexa Kosta steht hinter dem Steuerrad. Heute ist sein verschwitztes T-Shirt hellgrün, sein Kopftuch rot und sein Gesicht so perfekt, wie ich es in Erinnerung hatte. Ein Mann ist bei ihm, kleiner und runder als Alex, und hilft ihm, das Boot zu vertäuen. Sie stehen neben dem Boot und unterhalten sich kurz, bevor sie sich die Hand geben, und der kleinere Typ macht sich auf den Weg in Richtung Athens Street.

»Wenn ich gewusst hätte, dass du auf mich wartest ...« Alex läuft vom Boot zu meiner Bank. Mir fällt auf, dass seine Augen überhaupt nicht dunkel sind. Sie sind grünlich braun und an seinem rechten Unterarm schlängelt sich eine Tätowierung vom Ellbogen bis zum Handgelenk: eine Schwalbe mit einem Banner im Schnabel, darauf die Worte *Stehe auf vor dem Morgengrauen und gehe fröhlichen Mutes dem Kommenden entgegen.* Thoreau. »... hätte ich dir gesagt, dass ich ein paar Tage weg bin.«

»Ich habe nicht gewartet«, gebe ich zurück, aber jetzt, da ich ihn wiedersehe, kommt es mir so vor, als würde ich lügen. »Du hast einfach Glück gehabt.«

»Ja, das habe ich.« Er grinst und ich habe das Gefühl, als würde ich innerlich zerfließen. Wenn er diese Wirkung auf mich hat, kann ich mir gut vorstellen, wie Touristinnen auf ihn reagieren. Für einen unerklärlichen Moment bin ich eifersüchtig auf alle diese imaginären Mädchen. Bescheuert, denn er ist Danny. Er ist Matt. Er ist ein weiterer Name auf meiner Unfallfluchtliste.

Er streckt mir die Hand hin. »Ich bin Alex.«

Ohne ihm zu sagen, dass ich seinen Namen schon kenne, lasse ich mich auf die Füße ziehen. »Ich bin Callie.«

Als wir zu seinem Boot laufen, bin ich ihm so nah, dass der Ärmel seines T-Shirts meinen nackten Arm streift, und mir läuft ein angenehmer Schauer über den Rücken. Er steigt zuerst an Bord.

»Hübsches Kleid«, sagt er, als er mir hoch und über die Seite hilft. »Was ist der Anlass?«

»Ich.«

Sein Lachen ist herzlich und ein wenig anzüglich. Es sollte mir Angst einjagen, doch das tut es nicht. Na ja, vielleicht ein bisschen, aber das ist mir egal. »Ja, das bist du unbedingt.«

»Ich meine, der Anlass ist eine Willkommensparty. Für mich.« Ich suche in seinem Gesicht nach Anzeichen, dass ihm ein Licht aufgeht – dass er die Verbindung zwischen mir und dem »entführten Mädchen« herstellt –, doch das scheint nicht zu passieren.

»Wo warst du denn?«, fragt er.

»Überall.«

»Und du bist hierher zurückgekommen?« Alex schüttelt den Kopf. »Na ja, trotzdem herzlich willkommen zu Hause.«

Das Boot stinkt. Buchstäblich. Als hätte ich ein Badezimmer betreten, nachdem jemand vergessen hat zu spülen. Ich wedle vor meiner Nase mit der Hand und er lacht wieder.

»Das liegt an den Schwämmen«, erklärt er, während er den Riegel einer kleinen Tür im Cockpit des Boots umlegt. »Bis sie vollständig abgestorben sind, geben sie dieses widerlich riechende Sekret ab.«

»Wie lange dauert das?«

Er öffnet die Tür und tritt in eine kleine Kabine, die mich an meinen Wohnwagen erinnert. Er gibt mir ein Zeichen, ihm zu folgen. »Drei, manchmal vier Tage.«

»Wie erträgst du den Gestank?«

Alex zuckt mit den Schultern. »Ich bemerke ihn fast nicht mehr.«

Er nimmt zwei Flaschen Bier aus einem kleinen Kühlschrank, dreht die Schraubverschlüsse ab und reicht mir eine. Wir stehen einen Moment lang da und schauen uns an, als könnte keiner von uns damit aufhören. Und diese unerklärliche Anziehung zwischen uns hängt wie Feuchtigkeit in der Luft, schwer und dicht.

Schließlich nimmt er einen langen Schluck, ohne die Augen von mir abzuwenden.

»Ich muss duschen«, sagt er. »Macht dir das was aus?«

»Ja. Ich meine, nein«, antworte ich und mein Gesicht wird rot, während er über mein Gestammel grinst. »Nein, es macht mir nichts aus.«

Er nimmt sein Bier mit ins Bad und kurz darauf höre ich, wie die Dusche läuft. Ich sehe mich in seiner Kabine um, während ich warte. Die Koje mir gegenüber ist gemacht, blau gestreifte Laken und eine marineblaue Bettdecke. Auf dem Boden liegt ein Seesack. Der Reißverschluss ist offen und gibt den Blick auf ein Durcheinander aus T-Shirts, kurzen Hosen und Karo-Boxershorts frei. Eine offene Schachtel Pop-Tarts mit braunem Zucker steht auf der Arbeitsfläche. Und das Spülbecken neben mir ist mit Büchern gefüllt – Burroughs, Kerouac, Bukowski, Hemingway, Thoreau und einem Haufen knallbunter Carl-Hiaasen-Taschenbuchkrimis. Darüber muss ich lächeln.

Ich blättere durch einen Hiaasen, als Alex aus dem Bad kommt. Seine Locken sind nass und ich beobachte, wie ein Wassertropfen auf seinen nackten Oberkörper fällt und abwärtsgleitet, bis er im Bund seiner Shorts verschwindet.

»Meine Bibliothek«, sagt er und mir fällt wieder ein, dass ich ein Buch in der Hand halte.

Er ist in nur wenigen Schritten bei mir. Sein Mund berührt meinen und *Stürmische Zeiten* knallt auf den Kabinenboden. Meine Arme umschlingen seinen Hals. Ich grabe meine Finger in sein Haar, während er an der Rückseite meines Kleids zerrt. Ihn zu küssen bringt dieselbe süße Erleichterung wie einzuatmen, nachdem man zu lange die Luft angehalten hat. Ich weiß nicht, wie lange wir so dastehen, unsere Körper aneinandergepresst. Man könnte mir erzählen, dass die Sonne unter- und am nächsten Tag wieder aufgegangen ist, und ich würde es glauben.

Alex’ Mund löst sich von meinem und wandert meinen Hals hinunter zu meinem Schlüsselbein. Hitze breitet sich zwischen meinen Schenkeln aus und meine Nervenenden explodieren wie winzige Feuerwerke, als seine Lippen meine Haut streifen. Er lockert den Griff um mein Kleid, aber nur, um es mir über den Kopf zu streifen. Er zieht seine Hose aus. Mein BH, seine Boxershorts, mein Schlüpfer folgen. Er legt mich vorsichtig auf die gestreiften Laken, die sich kühl an meinen Rücken schmiegen, während sich seine Haut warm auf meiner Vorderseite anfühlt.

Seine Hand bewegt sich nach unten zwischen meine Beine und Wirklichkeit und Erinnerung verschmelzen. Ich spüre Franks sauren Atem auf meinem Gesicht und Franks raue Finger, die eine Stelle erforschen, an der sie nichts zu suchen haben. Ich packe sein Handgelenk. »Nein.«

»Was habe ich falsch gemacht?« Die Stimme in meinem Ohr ist nicht die von Frank. Es ist die von Alex.

»Tu’s einfach ... nicht. Bitte.«

Aus seinen Augen spricht Verwirrung, aber er sagt nichts. Er nimmt seine Hand weg, legt sie um mein Gesicht und küsst mich, bis sich die Erinnerungen in nichts auflösen. Küsst mich, bis ich ihn wieder will. Es dauert nicht lange.

»Hast du ein Kondom?« Ich bin mir nicht sicher, warum ich flüstere.

»Oh, Mist. Ja. Warte.« Alex schiebt sich hastig von mir herunter und kramt in seinem Seesack, während er flucht, sich entschuldigt und den halben Inhalt über den Boden verstreut. Sein Hintern ist im Vergleich mit seinem ansonsten braun gebrannten Körper so weiß, dass ich lachen muss. »Hab eins gefunden.« Er hält die Verpackung hoch. »Also in meinem Kopf ist das alles glatter abgelaufen.«

»Du hast darüber nachgedacht?«

»Ich war fünf Tage lang mit einem anderen Typen auf einem Boot im Golf von Mexiko.« Er kehrt zum Bett zurück. »Ich habe *viel* darüber nachgedacht.«

»Mit mir?«

»Ja. Mit dir.«

Sex mit Alex ist so anders. Auf einer rein körperlichen Ebene ist da mehr Küssen und weniger Stöhnen, mehr Berühren und weniger Grapschen. Und als es vorbei ist, habe ich das Gefühl, so hell zu strahlen, dass ich den ganzen Raum erleuchten könnte.

»Ich sollte gehen.« Im Moment komme ich mir nicht wie ein Stück Müll vor, das darauf wartet, weggeworfen zu werden, aber ich will selbst entscheiden, wann ich gehe, anstatt dazu aufgefordert zu werden.

Doch Alex ist um mich geschlungen, sein Gesicht an meinen Hals geschmiegt, und macht keine Anstalten loszulassen. »Wirst du irgendwo erwartet?« Seine Stimme ist schläfrig und zufrieden.

Greg und Phoebe fragen sich vermutlich, wo ich bin, und es ist gut möglich, dass ich meine Großmutter gekränkt habe, indem ich einfach so von ihrer Willkommensparty abgehauen bin, aber ich habe nicht vor, dorthin zurückzukehren. »Ich glaube nicht.«

»Hast du Hunger?«

»Ja.«

»Gut.« Als seine Lippen meinen Hals streifen, winde ich mich vor Lust. »Sobald ich meine Beine wieder spüre, holen wir uns was zu essen.«

Dass jemand will, dass ich bleibe – und ich nicht gehen will –, ist eine neue und unerwartete Erfahrung. »Ja, okay.«

Kapitel 7

Alex und ich sagen kein Wort, als wir den Dodecanese Boulevard in Richtung des Parkplatzes entlanglaufen. Wir sind uns wieder genauso fremd wie zu Beginn. Seine Locken sind platt gedrückt, weil er mit nassen Haaren geschlafen hat, mein Kleid ist verknittert und mir kommt es so vor, als könnten uns alle, denen wir begegnen, ansehen, was wir getan haben. Sex war der einfache Teil. Sich Dinge einfallen zu lassen, die man danach sagen könnte, ist schwerer. Aber es fühlt sich nicht komisch an, nicht mit Alex zu sprechen. Er gibt mir nicht das Gefühl, dass es notwendig wäre.

Wir erreichen einen kreideweißen Pick-up, der mit Dellen übersät ist und dessen Radkästen anfangen zu rosten. Alex öffnet die Beifahrertür für mich.

»Ich würde mich nicht dagegen lehnen«, sagt er und hält sie offen, während ich in den Pick-up steige. Der dunkelrote Vinylsitz ist so heiß, dass ich meine Hände unter meine Oberschenkel klemme, damit sie nicht verbrennen. »Sie fliegt immer mal wieder von alleine auf.«

Ich rutsche von der Tür weg, als er sie zuknallt und um das Auto herum zur Fahrertür läuft. Er lässt den Motor an und streckt den Arm auf der Rückenlehne der Sitzbank aus. Er legt seinen Arm nicht direkt um mich, aber auch nicht unbedingt nicht. Mir kommt der Gedanke, dass das mit der Tür gelogen sein könnte, doch ich spüre winzige Hitzepunkte, wo seine Finger meine Haut berühren, und kümmere mich nicht weiter darum.

»Worauf hast du Lust?«, fragt er.

»Auf alles außer Dolmades.«

Alex lacht. »Griechische Küche ist für die Touristen. Ich dachte an Pizza oder so was.«

»Ja.«

Als er durch Tarpon Springs fährt, werfe ich einen Blick auf mein Handy, ob ich irgendwelche Nachrichten bekommen habe. Greg ist nicht glücklich über mein plötzliches Verschwinden, deshalb schicke ich ihm eine SMS, dass ich mir etwas zu essen besorge und dann gleich nach Hause komme. Er antwortet, Hausarrest würde anders laufen, aber ich schreibe nicht zurück. Kats SMS teilt mir mit, dass ich die Ankunft von Nick und Connor auf der Party verpasst habe und zurückkommen soll. Darauf antworte ich auch nicht.

Die Pizzeria befindet sich in einem italienischen Lebensmittelladen mit zwei Gängen voller Pasta-Sorten, Soßen, Keksen, Süßigkeiten und italienischen Weinen sowie einer mit Wurstwaren und verschiedenen Käsesorten gefüllten Feinkosttheke. Die Wände sind mit Erinnerungsstücken aus New York bedeckt – Wimpel von Sportmannschaften, signierte Fotos verschiedener Promis, gerahmte Zeitungsartikel über den 11. September und ein großes gerahmtes Foto der New-York-Skyline bei Nacht. Wir sitzen an einem von gerade mal drei Tischen, mit einer Kerze in der Mitte, doch da sich an der Feinkosttheke die Kunden drängen, ist es nicht romantisch.

Ein kräftiger Typ mit einer weißen, blutverschmierten Schürze kommt hinter der Theke hervor, um unsere Bestellung aufzunehmen. »Das Übliche?«

»Ja«, antwortet Alex. »Und einen Krug Wein.«

Der Kellner-Schrägstrich-Metzger sieht mich mit einer hochgezogenen Augenbraue an. »Hast du einen Ausweis dabei?«

Mom hat mir beigebracht Auto zu fahren, aber da ich nie den Führerschein gemacht habe, habe ich nichts, womit ich mich ausweisen kann. Praktisch gesehen bin ich niemand. Ich schüttele den Kopf. »Eine Cola ist okay.«

»Wie alt bist du überhaupt?«, fragt Alex, nachdem der Typ davongeschlurft ist.

»Siebzehn.«

»Echt?« Er hebt leicht die Augenbrauen. »Hmm.«

Als Matt herausfand, dass ich erst fünfzehn war, rollte er von mir weg, nannte mich Knastköder und sagte, ich solle sofort verschwinden. Die Wohnwagensiedlung, in der Mom und ich lebten, war etwa drei Kilometer von seiner Wohnung entfernt. Deshalb lief ich zu dem Restaurant, in dem sie arbeitete. Als sie mich fragte, warum ich mitten in der Nacht durch die Stadt streifte, log ich und sagte, dass ich nicht schlafen könnte. Ich bin mir nicht sicher, ob sie mir glaubte. Vor allem, weil ich seinen Schweiß und sein Rasierwasser noch auf meiner Haut und in meinen Haaren riechen konnte.

»Ich werde es niemandem erzählen.« Ich konzentriere mich auf die Gabel, mit der er auf die Tischplatte klopft. »Es muss kein Problem sein.«

»Es ist kein Problem.« Er zuckt mit den Achseln. »Ich bin nur ein bisschen überrascht. Du siehst älter aus.«

»Wie alt bist du?«

»Ich werde im April zweiundzwanzig.«

»Mein Geburtstag ist im Mai.«

An der Wand hinter ihm hängt ein Foto des Restaurantbesitzers – das ist nur geraten, erscheint mir aber wahrscheinlich, weil er auch in anderen Bildern zu sehen ist –, wie er einem Spieler der New York Yankees die Hand schüttelt.

»Warst du schon mal in New York?« Ich wechsele das Thema.

Alex nimmt einen Parmesanstreuer, stellt ihn wieder hin und schüttelt den Kopf. Eine seiner Locken steht ab und ich ziehe die Finger ein, um sie nicht auszustrecken und die Locke glatt zu streichen. »Ich war noch nirgendwo.«

»Wohin würdest du gehen, wenn du die Wahl hättest?«

»Australien, Polynesien, Mittelamerika, die Karibik, die Galapagosinseln ...« Er zählt die Reiseziele mühelos an den Fingern ab, als hätte er sehr viel Zeit gehabt, über diese Liste nachzudenken. »Mann, ich würde sogar zu den Keys fahren, wenn ich dort tauchen gehen kann, ohne dass ich Schwämme vom Meeresboden schneiden muss.«

»Ist das dein Job?«

Der Metzger kommt mit einer Flasche Bier und einer Dose Cola zurück. »Die Pizza ist gleich fertig.«

»Es ist ein Familienunternehmen«, sagt Alex. »Früher waren es mein Dad und ich, aber meine Mom ist krank geworden und jetzt arbeite ich allein. Es macht mir nichts aus, aber ... ist auch egal. Nicht wichtig. Warum bist du zurückgekommen?«

»Ich hatte keine andere Wahl.«

»Warum?«

»Meine Mom ist auch krank geworden.« Ich umgehe die Wahrheit, aber mehr will ich einem Typen, den ich kaum kenne, nicht preisgeben. »Deshalb muss ich jetzt hier bei meinem Dad leben.«

Ehrlich gesagt bin ich überrascht, dass er es sich noch nicht zusammengereimt hat. Wie viele junge Mädchen namens Callie kommen nach Tarpon Springs zurück, um bei ihrem Dad zu wohnen, nachdem sie mit ihrer kranken Mom durchs Land gezogen sind? Vor allem, da Kat behauptet, ich wäre hier legendär. Aber falls Alex doch dahintergekommen ist, lässt er sich nichts anmerken. Er lehnt sich in seinem Stuhl zurück. »Tarpon Springs ist kein schlechter Ort.«

Ich lache. »Ja, ich merke, wie sehr du daran hängst.«

Er zieht einen Mundwinkel hoch und ich habe Schmetterlinge im Bauch. »Ich habe immer noch vor, irgendwann zu entkommen«, sagt er. »Aber bestimmt nicht heute.«

Alex bringt mich zurück zum Schwammhafen, als wir mit unserer Pizza fertig sind. Er bietet mir an, mich nach Hause zu fahren, doch ich will nicht, dass Greg sieht, wie ich aus dem Pick-up eines fremden Typen steige. Vor allem, da er sowieso schon sauer auf mich ist.

»Danke für die Pizza«, sage ich, als Alex die klemmende Tür für mich öffnet. Ihre Angeln quietschen. Ich bin ziemlich sicher, dass die Sache mit dem plötzlichen Auffliegen gelogen war.

»Möchtest du die Reste?«

Ich habe noch nie gehört, dass man Pizza mit Karotten oder Spargel oder *capicola* belegt – ich wusste nicht einmal, was für eine Art Schinken das war –, aber so etwas Leckeres habe ich noch nie gegessen, daher ist es ein verlockendes Angebot. Doch Greg würde sich sicherlich darüber wundern, wie ich es geschafft habe, zu einer Pizzeria zu laufen, die so weit von Georgias Haus entfernt ist. »Behalt du sie«, antworte ich.

»Ich hatte gehofft, dass du das sagst.« Er grinst und mein ganzer Körper zerfließt.

Ich weiß nicht, was ich als Nächstes sagen soll. *Danke, dass du mit mir geschlafen und mich nicht wie ein Flittchen behandelt hast? Danke, dass es dir nicht peinlich ist, öffentlich mit mir gesehen zu werden? Danke, dass du mich geküsst hast, als würdest du es ernst meinen?* Also, ich hatte Sex mit einem Fremden und war danach mit ihm Pizza essen. Ich glaube, für diese Situation gibt es keine spezielle Etikette.

»Ich, ähm ... Ich geh jetzt lieber.«

»Soll ich dich wirklich nicht nach Hause fahren?«

»Ja«, erwidere ich. »Aber danke.«

Einen Moment lang kommt es mir so vor, als wäre ich eine Romanfigur, das Mädchen, das hofft, der Junge würde sagen, dass er sie anruft. Allerdings bin ich mir gar nicht sicher, ob ich möchte, dass Alex es sagt, denn ich will nicht, dass er mich anlügt. Wie sich herausstellt, muss ich mir darüber nicht den Kopf zerbrechen, weil er es nicht tut. Stattdessen verabschiedet er sich mit: »Dann bis bald.«

Als ich nach Hause laufe, frage ich mich, was ich von dem Nachmittag halten soll. Vielleicht hat Kat Recht, was Alex betrifft. Vielleicht ist Sex und Pizza seine Standardvorgehensweise. Vielleicht sagt er zu jedem Mädchen »bis bald«. Vielleicht ist er doch nicht so anders als Danny. Und vielleicht bedeutet es, dass ich auch nicht so anders bin. Ich hab mich darauf eingelassen.

Greg und Phoebe sitzen auf der Hollywoodschaukel, als ich durch die Gartenpforte komme. Ich gehe die Treppe hoch und Phoebe steht auf und drückt Gregs Schulter, bevor sie ins Haus geht. Sie schenkt mir ein grimmiges Lächeln, was mich auf den Gedanken bringt, dass es ernst werden könnte.

»Setz dich«, sagt Greg.

Ich setze mich neben ihn auf die Schaukel.

»Hör mal«, fängt er an. »Ich verstehe, dass du durch das Leben mit deiner Mom daran gewöhnt bist, viele Freiheiten zu haben, aber –«

»Was ist, wenn ich genauso bin wie sie?«

Er hebt die Hand und Frustration überschattet sein Gesicht. »Lass mich zu Ende reden.«

»Nein, Greg, das ist wichtig«, wende ich ein. »Was ist, wenn diese Borderline-Persönlichkeitsstörung der Grund dafür ist, dass ich ständig abhaue?«

»Davonzulaufen, wenn man wütend ist oder Angst hat, ist nicht wirklich ein Symptom für diese Störung, Callie«, erwidert er. »Wenn überhaupt, ist es angelerntes Verhalten. Du läufst davon, weil Veronica das immer getan hat.«

»Aber wie kannst du sicher sein, dass ich diese Störung nicht habe?«

»Das kann ich nicht«, gesteht er ein. »Aber als deine Mom so alt war wie du, hat sie bereits Medikamente genommen, weil sie unter Stimmungsschwankungen litt, die sie dazu brachten –«

»Verrückte Dinge zu tun?«

Er seufzt. »Unbesonnene Dinge.«

Sex mit einem völlig fremden Typen zu haben ist nicht gerade wohlüberlegtes Verhalten, aber unter den Umständen halte ich es für keine gute Idee, Greg davon zu erzählen.

»Ich habe deine Mom wahnsinnig geliebt«, sagt er. »Wir waren nur drei Jahre verheiratet und ich wollte nicht, dass wir uns scheiden lassen. Ich wollte auch auf keinen Fall einen Sorgerechtskrieg anfangen, aber Veronica war überzeugt, dass ich dich ihr wegnehmen würde. Und die Sache ist ... Wenn sie dich nicht mitgenommen hätte, bin ich mir nicht sicher, ob sie es alleine geschafft hätte.«

Wir sitzen einen Moment lang da und ein Wagen fährt vorbei. Die Reifen rumpeln über die gepflasterte Straße.

»Glaubst *du*, dass du eine solche Persönlichkeitsstörung hast?«, fragt er.

Ich denke an all die Zeiten, als ich der Greg in Moms Leben war, ihr zuhörte, wenn sie große Reden schwang, dass sie Chefköchin werden wollte – obwohl sie nicht einmal kochen konnte –, und mich mitzerren ließ, als sie beschloss nach New York zu ziehen. Während der zwei Tage, die wir dort verbrachten, schliefen wir im Auto und sie verlor mich fast auf dem Times Square, als sie meine Hand losließ, weil sie im Schaufenster eines Plattenladens ein seltenes Sonic-Youth-Album sah. Ich kann mich an Tage erinnern, an denen sie nicht mal aufstand und ich nichts als Cornflakes aß. Ich verhalte mich nicht so, wie sie sich verhält, aber ich kann die Angst nicht abschütteln, dass die Dinge, die ich tue, meine eigene Art sind, durchgeknallt zu sein.

»Ich weiß nicht.«

»Möchtest du mit jemandem sprechen?«, fragt er. »Auch wenn du diese Störung nicht hast, und davon bin ich überzeugt, könnte es eine gute Idee sein, mit einem Experten über ... na ja, alles Mögliche zu reden.«

Damit es jemand bestätigt? »Nein.«

»Okay. Also. Miss Tzorvas ...«, sagt er und ich muss mich daran erinnern, dass er *mich* meint. Callista Tzorvas ist genauso neu wie die Namen, die Mom und ich immer erfanden. Greg sagt es mit einem bestimmten Ernst, weshalb ich das Gefühl habe, dass wir zu dem Teil der Unterhaltung zurückgekehrt sind, bei dem es um meine Bestrafung geht. »Ich habe zwölf Jahre damit verbracht, mir Sorgen zu machen, wo du bist und was mit dir passiert. Jetzt, da du hier bist, möchte ich mir nicht mehr so viele Sorgen machen müssen. Deshalb erwarte ich, dass du mir sagst, wohin du gehst und wann du zu Hause sein wirst, klar?«

Ich nicke. »Ja.«

»Für heute gebe ich dir einen Freischein«, sagt er. »Aber der Hausarrest gilt immer noch.«

Ich habe den Großteil meines Lebens in irgendeinem Zimmer verbracht mit meiner Fantasie als einzigem Spielgefährten. Deshalb kann ich nicht erklären, warum mich der Gedanke stört, den Rest der Woche im Wohnwagen zu verbringen, ohne etwas zu tun zu haben.

»Hast du noch mal über den Job nachgedacht?«, frage ich.

»Was das betrifft ...«, setzt er an und ich wappne mich für schlechte Nachrichten. »Ich habe heute mit Theo gesprochen und er sagt, du kannst den Job haben, wenn du ihn willst.«

»Echt?«

»Ja, und dafür kannst du dich bei deiner Großmutter bedanken«, sagt er. »Sie hat mir nahegelegt, wie unsinnig es wäre, dass du die Highschool nachholst, wenn du auch eine außerschulische Prüfung machen und gleichzeitig für Theo arbeiten kannst. Du fängst also übermorgen an, aber nur, wenn du dich für diese Prüfung anmeldest.«

Mich packt das Verlangen, ihn zu umarmen, aber ich kann meine Arme nicht dazu bringen. Noch nicht. Darum nehme ich seine Hand und drücke sie. »Danke, Greg.«

So wie er mich anlächelt, habe ich das Gefühl, dass das fast ausreicht.

Kapitel 8

Am nächsten Morgen sitze ich an meinem Computer und informiere mich im Internet über die Borderline-Persönlichkeitsstörung, als es an meiner Tür klopft. Ich klicke die Website weg und klappe den Laptop zu. Kat steht auf der anderen Seite der Fliegengittertür. Sie hat ihr Haar im Nacken zu zwei Knoten zusammengebunden und trägt ein halbes Dutzend Ketten um den Hals. Sie hält auch zwei Pappbecher Kaffee in der Hand.

»Hi«, sagt sie, als ich für sie die Tür aufschiebe. Sie betritt den Wohnwagen und reicht mir den Becher ohne Lipgloss am Rand. »Du hast die Party gestern so plötzlich verlassen, und als du auf meine SMS nicht geantwortet hast, habe ich mir Sorgen gemacht. Ist alles okay?«

»Ja.«

Ihre schwarzen Augenbrauen kräuseln sich, als sie ihren Becher auf den Tisch stellt. »Bist du sicher? Was ist passiert?«

»Ich habe ein paar Frauen über meine Mom reden hören und ... ich weiß nicht. Ich musste da weg.«

Kat lässt sich lachend auf mein Bett plumpsen und wälzt sich hin und her, als hätte sie einen Anfall, was nicht gerade die Reaktion ist, mit der ich gerechnet hatte. Ich bin mir nicht sicher, was so lustig daran ist, dass diese Frauen über meine Mom geredet haben. Vielleicht ist das ein Witz, den ich nicht kapiere. Nach ein paar Sekunden stützt sie sich auf die Ellbogen. »Also *das* ist der Grund, warum Yiayoúla Georgia Carol und Gloria gegenüber total ausgerastet ist. Und als sie damit fertig war, sie zusammenzufalten, hat sie sie rausgeworfen!«

»Echt?«

»Carol hat mit viel Rumgezicke ihren ekligen Spaghetti-Salat eingepackt, und Gloria hat von Yiayoúla Georgia verlangt, dass sie ihre Tupperdose aus dem Geschirrspüler holt«, fährt sie fort. »Und beide haben gesagt, dass sie nie wieder mit ihr reden werden, aber sie meinte nur: *Geschenkt, ihr Tussen.*«

»*Das* hat sie gesagt?«

Kat lacht. »Na ja, nein, das habe ich ein bisschen ausgeschmückt. Aber es war trotzdem der Hammer. Deine Großmutter ist so cool. Ich wünschte, meine wäre mehr wie sie. Es ist schwer zu glauben, dass die beiden Schwestern sind.«

»Ich wollte nicht, dass das passiert.«

»Ach, bitte.« Sie winkt ab, als wäre das nichts. »Es wäre keine richtige Familienfeier, wenn niemand sauer nach Hause geht. In ein paar Wochen hat sich alles wieder eingerenkt. Jedenfalls, ich bin froh, dass es dir gut geht.«

»Danke«, sage ich. »Übrigens, Greg hat mir erlaubt den Job anzunehmen.«

Kate kugelt sich wieder auf dem Bett herum, und als sie sich aufsetzt, haben sich ihre Haarknoten halb aufgelöst und mein Bett ist völlig zerwühlt. »Das ... ist einfach klasse!«

Aber ihre Begeisterung ist ansteckend und in mir steigt so etwas wie ein Glücksgefühl hoch, und obwohl ich deswegen ein leicht schlechtes Gewissen habe, muss ich lächeln.

»Wir müssen shoppen gehen. Ich meine, wir müssen bei der Arbeit T-Shirts aus dem Laden tragen, aber du brauchst Shorts und Jeans und ...« Kat beäugt mein rotes Top, das ich schon viel zu oft anhatte. »Du brauchst alles, Callie.«

»Ich gehe heute mit Phoebe einkaufen.«

Sie zupft ein paarmal an ihrer Lippe. »Okay, weißt du, Phoebe ist super und zieht sich toll an – für eine Mom. *Meine* Mutter trägt *Mom-Jeans*, echt jetzt. Aber wir reden hier von deiner Modezukunft. Die kannst du nicht einfach jedem anvertrauen, vor allem nicht jemandem, der den ganzen Tag mit Kleinkindern verbringt.«

»Und das heißt?«

»Das heißt, dass du mich brauchst, Callie«, sagt sie. »Du bist eine weiße Leinwand. Lass mich dich vollmalen. Moment ... das klingt irgendwie schräg. Vertrau mir einfach, okay?«

»Okay.«

Kat springt plötzlich auf. »Gehen wir.«

»Ich hab Hausarrest, schon vergessen?«

»Überlass das mir.«

Sie verlässt den Wohnwagen und kehrt nach ein paar

Minuten mit einem Lipgloss-Grinsen im Gesicht zurück. Sie hebt beide Daumen. »Alles klar.«

»Wie hast du ...?«

»Ich habe ihn daran erinnert, dass du seit deiner Ankunft dieselben beiden Tops trägst«, sagt sie. »Und ich sowieso viel qualifizierter bin mit dir einkaufen zu gehen, weil wir gleichaltrig sind. Und dass ich, wenn ich mit dir ins Einkaufszentrum darf, die Jungs das nächste Mal umsonst babysitte. Schuldgefühle und kostenloses Babysitten sind die perfekten Druckmittel. Ich hab ihm aber versprochen, dich vor vier zurückzubringen, wir sollten also langsam los.«

Ich nehme mein Handtuch und frische Kleider mit ins Haus, um mich zu duschen, während Kat im Wohnwagen wartet.

»... Ich meine nur, dass du darauf bestehen solltest, dass sie zu einem Therapeuten geht«, höre ich Phoebe sagen, als ich ins Bad gehe. Sie und Greg sind in ihrem Schlafzimmer. Ihre Stimme ist freundlich, aber ich kann die Nachdrücklichkeit heraushören. »Du kannst dir nicht sicher sein, dass sie Veronicas Probleme nicht geerbt hat, und wer weiß, was sie sonst noch für psychische Schäden erlitten hat, so wie sie gelebt haben.«

»Ich kenne meine eigene Tochter.« Als ich die Überzeugung in seiner Stimme höre, möchte ich anfangen zu weinen.

»Das tust du eben nicht«, erwidert sie. »Nicht wirklich. Hör mal, ich wusste, dass Callie eines Tages nach Tarpon Springs zurückkehren könnte, und damit habe ich kein Problem. Wirklich nicht. Aber ich hätte ein besseres Gefühl dabei, dass sie Zeit mit den Jungs verbringt, wenn ich wüsste, dass sie nicht ...«

Ich schließe leise die Tür zum Badezimmer, damit ich nicht hören muss, was sie als Nächstes sagen wird. Auch wenn sie nicht das eigentliche Wort benutzt, tut es trotzdem weh.

Das warme Duschwasser fließt über meinen Kopf und wäscht sowohl die Tränen und das Glücksgefühl weg, das ich vorhin empfunden habe. Ich hebe das Gesicht, um das sprühende Wasser zu spüren, und frage mich einen sehr flüchtigen Moment lang, wie es sich anfühlen würde, zu ertrinken. Dann wäre ich niemandes Problem mehr.

Greg lehnt an der Wand neben der Tür, als ich aus dem Bad komme. »Du, ähm ... hast wahrscheinlich gehört –«

»Dass man deiner verrückten Tochter die Jungs nicht anvertrauen kann?«, unterbreche ich ihn. »Ja, hab ich.«

»So hat sie das nicht gemeint.«

»Ach ja? Denn genau *so* hat es geklungen.«

»Sie ist ... überfordert«, sagt er.

»Sie hatte *Jahre*, um sich darauf vorzubereiten«, erwidere ich und höre wieder die Stimme meiner Mutter aus meinem Mund kommen. »Während mein Leben komplett aus den Angeln gehoben wurde und ich mitten in einen Haufen fremder Menschen geworfen wurde. Entschuldige also bitte, wenn es mir egal ist, dass *Phoebe* überfordert ist.«

Ich remple Greg mit der Schulter an, als ich mich an ihm vorbeizwänge und raus zum Wohnwagen gehe. Ich fühle mich kein bisschen besser, dass ich das gesagt habe. Ich fühle mich vielmehr schlechter, weil es mir *nicht* egal ist. Ich möchte nicht, dass Phoebe wegen mir gestresst ist. Es gefällt mir nicht, dass Greg den Friedensstifter zwischen seiner Frau und seiner Tochter spielen muss. Ich kann es nicht ausstehen, dass ich jedes Mal, wenn ich die Stimme hebe, das Gefühl habe, meine Mom würde aus mir sprechen. Aber vor allem hasse ich den Gedanken, dass Phoebe Recht haben könnte.

»Verschwinden wir von hier.« Das Knallen der Fliegengittertür spiegelt meine Laune wider, als ich den Wohnwagen betrete und mein nasses Handtuch auf das Waschbecken schleudere. Ich verfehle es und es fällt auf den Boden.

»Callie, was ist los?«, fragt Kat, während sie mir durch den Garten folgt. Ihre Autoschlüssel klirren, als sie sich beeilt, um mich einzuholen.

»Ich will nicht darüber reden«, sage ich. »Gehen wir zum Einkaufszentrum und dann kannst du dein Leinwand-... *Dings* machen.«

»Sag das nicht so«, gibt sie zurück und schließt die Wagentür auf. »Ich will dir helfen. Ich will deine Freundin sein.«

»Warum? Damit du jedem erzählen kannst, dass du den entführten Freak kennst?«

»Callie!« Tränen treten ihr in die Augen und ich wünschte, ich könnte die Worte wieder einfangen und runterschlucken. Ich sage ständig die abscheulichsten Dinge zu ihr.

Wir steigen gleichzeitig ins Auto und ich sitze schweigend da, mein Gesicht feuerrot vor Scham, während sie in ihrer Handtasche kramt. Sie nimmt ihren Geldbeutel heraus und ich kann sehen, dass ihre Finger vor Wut zittern, als sie durch die kleinen Plastikfächer mit Ausweisen und Fotos blättert.

»Hier …« Sie schiebt mir den Geldbeutel hin. In der durchsichtigen Plastikhülle steckt ein Bild von zwei kleinen dunkelhaarigen Mädchen, die den gleichen pinkfarbenen Badeanzug tragen und in einem aufblasbaren Planschbecken spielen. Als ich das Foto betrachte, kann ich mühelos das glückliche Kreischen hören und mir vorstellen, wie sie danach Eis am Stiel essen und rote und orangefarbene Tropfen an ihren pummeligen Ärmchen hinunterlaufen. Ich weiß nicht, ob das eine wahre Erinnerung ist oder ein Produkt meiner Fantasie, aber es fühlt sich echt an. »Das sind du und ich, als wir vier waren. Als wir die besten Freundinnen waren.«

Ich komme mir wie ein Miststück vor.

Sie dreht den Geldbeutel herum und betrachtet das Bild mit einem Lächeln. »Natürlich kann ich mich nicht gut daran erinnern, und wenn man vier ist, ist sogar der Nachbarshund dein bester Freund. Aber ich habe mir all die Jahre ausgemalt, wie unsere Freundschaft gewesen wäre, wenn deine Mom dich nicht mitgenommen hätte. In meinem Kopf hatten wir Pyjamapartys, sind zusammen zum Turnen gegangen und hatten unser erstes Date mit Zwillingsbrüdern, was urkomisch ist, weil ich überhaupt keine Zwillinge *kenne*. Und als du nach Hause gekommen bist, hatte ich gehofft …«

»Oh Mann, ich bin so scheiße.«

Kat holt mit verrotzter Nase Luft und lacht dann. »Igitt. Das war ekelhaft«, sagt sie und fischt ein Taschentuch aus ihrer Handtasche. »Ehrlich gesagt freue ich mich darauf, mein Leinwand-*Dings* zu machen, wie du es so elegant ausgedrückt hast, aber nicht, weil ich mit der Freakshow befreundet sein will. Ich will wieder mit meiner Cousine befreundet sein. Außerdem bist du *nicht* scheiße. Halt also die Klappe.«

Als mich Kat ein paar Stunden später nach Hause fährt, habe ich so viele Einkaufstüten, dass sie mir helfen muss, sie alle reinzutragen. Das ganze Erlebnis war anstrengend – vor allem Dutzende Jeans anprobieren zu müssen, weil Kat es sich zur Aufgabe gemacht hat, die »perfekte« zu finden –, aber es ist ein großartiges Gefühl, Kleider und Schuhe und Bücher zu haben, die mir gehören. Die niemand anders getragen – oder gelesen – hat. Sie hat Schmuck für mich ausgesucht, Deko-Vorschläge für den Wohnwagen gemacht und auf Make-up beharrt, obwohl ich normalerweise keins trage. Und obwohl mir Kat versichert, dass all diese Dinge nur ein Bruchteil von dem sind, was sie besitzt, ist es mehr, als ich mir je hätte vorstellen können.

»Deine Haare sind einfach der Hammer«, sagt sie, als ich eine kurze Jeanshose in eine Schublade räume. Das hat sie ungefähr eine Million Mal wiederholt, seit ich mir im Einkaufszentrum die Haare habe schneiden lassen. Jetzt sind die Knoten, die messingfarbenen Spitzen und die verfilzten Strähnen weg und meine Locken fallen füllig und weich. Es fühlt sich gar nicht mehr wie mein eigenes Haar an. »Es sieht so toll aus. Ich bin total neidisch.«

»Danke. Für ... alles«, sage ich. »Und es tut mir leid, was ich vorhin gesagt habe.«

»Ooh! Da fällt mir ein ...« Kat ignoriert meine Entschuldigung und durchwühlt den Haufen Einkaufstüten nach der einen, von der sie sagte, sie wäre eine Überraschung. Darin ist eine Schachtel mit winzigen weißen, sternförmigen Weihnachtslichtern. »Jedes Mädchen braucht eine Lichterkette für ihr Zimmer«, erklärt sie. »Sie sind schön, aber vor allem muss man sich damit nie vor der Dunkelheit fürchten.«

Ich habe einen Kloß im Hals und kann nicht sprechen, aber sie erwartet auch keine Antwort. Stattdessen reicht sie mir ein Ende der Kette. »Komm, hängen wir sie auf.«

Wir wickeln das Kabel um die Vorhangstange am Fenster neben meinem Bett. Es dauert nur eine Minute, und als wir fertig sind, steckt sie das Ende in die Steckdose. Tageslicht strömt noch durchs Fenster und so leuchten die Sterne nur blassgelb und schwach.

»Na ja, okay, im Moment machen sie nicht viel her«, sagt sie. »Aber sobald es dunkel wird, werden sie einfach toll aussehen.«

Kapitel 9

Nach meinem Wutausbruch auf dem Flur vorhin graust es mir vor dem Abendessen. Auch wenn ich nicht finde, dass ich Greg und Phoebe eine Entschuldigung für meine Gefühle schulde, sollte ich mich zumindest dafür entschuldigen, so eine Zicke gewesen zu sein. Doch ich will ihnen nicht begegnen, daher warte ich bis zum allerletzten Moment, sehe mir meine neuen T-Shirts an, blättere durch Bücher, die zu lesen ich kaum erwarten kann, und rieche an meinem neuen Granatapfel-Duschgel aus dem Laden, der ausschließlich Lotionen und Seifen verkauft.

Es ist niemand in der Küche, als ich reinkomme, aber der Ofen verströmt immer noch Wärme und ich höre Stimmen aus dem Esszimmer. Ich gehe um die Ecke und durch die Tür und bleibe abrupt stehen.

Alex Kosta sitzt am Tisch.

Er schaut hoch und reißt für den Bruchteil einer Sekunde die Augen auf, dann schenkt er mir sein umwerfendes Lächeln und ich habe das Gefühl, dass mein ganzer Körper gleich in Flammen aufgehen wird, bis von mir nichts als ein kleiner, peinlicher Aschehaufen auf dem Teppich zurückbleibt. Was zum Teufel macht er hier?

»Hi, Callie.« Gregs Tonfall ist freundlich, als wäre heute Morgen nichts vorgefallen. Im Moment wäre mir jedoch ein Abendessen mit betretenem Schweigen am Tisch lieber als eins mit der Person, die mich als Letztes nackt gesehen hat. »Ich hatte heute Morgen keine Gelegenheit, dir zu sagen, dass wir zum Abendessen einen Gast haben. Das ist Phoebes Bruder Alex.«

O mein Gott. Ihr *Bruder*? Hat er das schon die ganze Zeit gewusst?

Alex steht höflich auf, als ich um den Tisch herumkomme und mich auf den leeren Platz neben ihm setze. Obwohl seine Augen mir die ganze Zeit folgen, ist sein Gesichtsausdruck unergründlich. Nur sein Hals, der unter seinen Locken hervorschaut – und der so rot ist, wie mein Gesicht bestimmt gerade leuchtet –, verrät mir, dass ihm die Situation peinlich ist.

»Schön dich kennenzulernen«, sagt er, als er sich hinsetzt, und ich bin hin- und hergerissen zwischen dem Drang, ihn zu schlagen, und dem Verlangen, ihn unter den Tisch zu zerren und sein Gesicht mit Küssen zu bedecken. Stattdessen murmele ich ein Hallo und mache ein olympisches Ereignis daraus, mir die Serviette über den Schoß zu legen.

»Callie, dein Haar sieht wunderschön aus«, sagt Phoebe, während sie für Joe Hähnchenstücke in eine kleine Schüssel mit Kartoffelbrei und Bratensoße rupft.

»Du siehst wie Super Mario aus«, verkündet Tucker.

Alex lacht, als er ein Brötchen nimmt und mir den Korb reicht. »Du meinst doch bestimmt Prinzessin Peach, oder, Kumpel?«

Tucker nickt. »Ja, aber Callies Haare sind nicht gelb und sie hat kein langes pinkfarbenes Kleid an.«

Joe kichert und zeigt mit einem winzigen Finger auf mich. »Peach.«

»Das würde ich als Kompliment betrachten«, meint Greg. »Tuck hat nicht viele Vergleichsmöglichkeiten und Peach *ist* sehr süß, was Videospiel-Mädchen angeht. Und wenn Joe auch noch zustimmt, müssen deine Haare wirklich wunderschön sein.«

Alle sehen mich an und ich möchte mich am liebsten verstecken. »Danke.«

»Kat hat meine Kreditkarte heute nicht zum Schmelzen gebracht, oder?«, fragt Greg.

Ich denke an all die Einkaufstüten. Mir war der Gedanke gar nicht gekommen, dass sie die ganzen Sachen mit seinem Geld bezahlt hat, aber das ergibt natürlich Sinn. Wie hätte sie sich das alles sonst leisten können? »Ich, ähm ...«

»Ich mach nur Witze, Callie«, sagt er. »Hast du alles gefunden, was du brauchst?«

»Ich glaube schon.«

Im Raum breitet sich einen Moment lang Stille aus; das einzige Geräusch ist das Klirren des Bestecks.

»Alex«, sagt Phoebe, »Callie arbeitet ab morgen in Theos Laden. Vielleicht könntest du ihr nach dem Abendessen eine kurze Schwamm-Einführung geben, damit sie Bescheid weiß, wenn Touristen ihr Fragen stellen.«

»Ja, klar«, antwortet er. »Kein Problem.«

Es tritt erneut Schweigen ein, das nur durchbrochen wird, als Joe auf mich zeigt und mich noch einmal Peach nennt. Alle kichern nervös und vermeiden es, sich in die Augen zu sehen. Das hier ist eine Million Mal schlimmer als das Abendessen, das ich mir vorgestellt hatte.

»Was ist eigentlich mit deinem Gesicht passiert, Alex?«, fragt Phoebe.

Erst jetzt bemerke ich auf seinem Wangenknochen einen rötlichen dunklen Fleck – die Prellung ist so frisch, dass sie noch nicht grün und blau ist.

»Ich bin in eine Faust gelaufen«, erwidert er. »Aber ihr solltet mal den anderen Typen sehen.« Obwohl er es mit einem Lachen abtut, ist sein Blick hart. Er versteckt etwas, aber ich glaube nicht, dass Phoebe es bemerkt, weil sie zu beschäftigt damit ist, ihn missbilligend anzusehen.

»Du weißt, dass Mom so ein Verhalten nicht gefallen würde«, sagt sie. »Du solltest auf dem College sein und dein Leben nicht mit Kneipenschlägereien verschwenden.«

»Bin ich aber nicht.« Er spannt die Muskeln an seinem linken Arm an und legt sein Besteck weg. »Hast du mich nur eingeladen, um mir wieder in den Ohren zu liegen? Denn ich hab auf dem Boot auch noch Pizzareste.«

Ich konzentriere mich darauf, mein Brötchen zu schmieren.

»Ich mache mir nur Sorgen um dich«, sagt sie.

»Das brauchst du nicht«, gibt Alex zurück. »Mir geht es gut.«

»Mom hat heute nach dir gefragt. Sie vermisst dich.«

»Phoebs ...« In seiner Stimme schwingt ein warnender Tonfall und er sieht aus, als würde er jeden Augenblick vom Tisch aufstehen.

»Entschuldige«, sagt Phoebe schnell. »Es tut mir leid. Geh nicht. Bitte.«

Alex geht nicht, aber das Abendessen scheint sich von da an endlos in die Länge zu ziehen. Die Anspannung bewegt sich im Zickzack über den Tisch hinweg und verbindet uns alle in einem unsichtbaren Spinnennetz. Als wir mit dem Essen fertig sind und es keine Entschuldigung mehr gibt, nicht zu sprechen, stehe ich auf und sammle die Teller ein. »Ich spüle ab.«

»Danke, Callie.« Phoebe hebt Joe aus seinem Hochstuhl. »Komm schon, kleiner Mann, Zeit für dein Bad.«

Während ich die Spüle mit Seifenwasser fülle, höre ich, wie Greg zu Tucker sagt, dass es für ihn auch Zeit ist zu baden.

»Kann Onkel Alex mir eine Gute-Nacht-Geschichte vorlesen?«

Alex' Stimme ist gedämpft, doch aus dem erfreuten Laut, den Tucker von sich gibt, kann ich die Antwort erraten. Ein paar Augenblicke später kommt Alex mit den restlichen Tellern in die Küche. »Na, das war ja mal auf alle möglichen Arten peinlich, was?«

Ich schrubbe Essensreste von einem der Teller, sehe ihn aber nicht an. »Hast du es gewusst?«

»Nein.« Er legt die Teller ins Wasser und nimmt dann ein Geschirrtuch aus einer der Schubladen. Er steht neben mir und ich kann spüren, wie sich die Wärme seines Körpers zwischen uns ausbreitet. »Aber als Phoebe mich zum Abendessen eingeladen hat, damit ich Gregs Tochter Callie kennenlerne, habe ich es mir schließlich zusammengereimt.«

Ich spüle eine Schüssel ab und drücke sie ihm in die Hände. »Erwartest du wirklich, dass ich das glaube?«

»Ja, tu ich.« Wasser tropft von der Schüssel auf den Boden, als er mich ansieht. »Ich arbeite Vollzeit als Schwammtaucher, seit ich siebzehn bin, und im vergangenen Jahr habe ich noch einen zweiten Job angenommen. Ich habe nicht mal Zeit für mein *eigenes* Leben, geschweige denn für die kleinen Details in dem von Greg.«

Ich frage mich, ob ich beleidigt sein sollte, dass er mich als ein kleines Detail betrachtet, beschließe aber dann, mich irgendwie geschmeichelt zu fühlen, dass er der einzige Mensch ist, für den meine Heimkehr keine große Sache ist. Ich reiche ihm den nächsten Teller. »Warum hast du Phoebe wegen deinem Gesicht angelogen?«

Er runzelt die Stirn. »Wieso glaubst du, dass ich gelogen habe?«

»Ich habe ein Leben lang damit verbracht, Geheimnisse für mich zu behalten«, sage ich. »Ich erkenne eine Lüge, wenn ich sie höre.«

Alex stellt den Teller auf die Arbeitsplatte, hakt den Finger durch eine Gürtelschlaufe an meiner neuen Jeans und zieht mich an sich. Es könnte jeden Moment jemand in die

Küche kommen, aber als sein Mund meinen findet, ist mir das völlig egal. Er hebt mich auf die Arbeitsplatte und schiebt sich zwischen meine Knie.

»Wir sollten das nicht tun«, flüstere ich und grabe meine Finger in seine Locken.

»Nein, sollten wir nicht.« Er lässt seine Hände von meinen Schenkeln hinauf zu meiner Hüfte gleiten und seine Daumen streichen über meine nackte Haut. »Verschwinden wir von hier.«

Meine Lippen wollen das Wort »Ja« formen, als das Geräusch kichernder Jungs aus dem Bad herüberdringt. Alex löst sich von mir und blinzelt, als würde er aus einer tiefen Trance erwachen. Er fährt sich mit den Fingern durchs Haar und diese eine rebellische Locke steht in einer willkürlichen Richtung ab. »Wow.«

Ich strecke die Hand aus und zupfe sie zurecht. »Du hast wohl die Gute-Nacht-Geschichte vergessen, *Onkel Alex*?«

»Total.« Er lässt mich von der Arbeitsfläche gleiten und drückt mich an sich. Mit dem Daumen fährt er mir über die Unterlippe, als würde er darüber nachdenken, mich noch einmal zu küssen. Ich halte die Luft an und warte, ob er es tut. »Wir könnten uns trotzdem aus dem Staub machen«, sagt er.

»Das könnten wir ...«

Alex lässt mich los und beugt sich vor, um das Geschirrhandtuch aufzuheben, das er hat fallen lassen. Hinten auf seinem T-Shirt sind feuchte Handabdrücke – meine Abdrücke – und mich überkommt dieses unerklärliche, besitzergreifende Gefühl, dass er mir gehört und ich ihn als mein

Eigentum gekennzeichnet habe. Und das ist albern, weil die Abdrücke trocknen werden und niemand es je bemerken wird. Ich mache mich wieder ans Geschirrspülen und abgesehen davon, dass ich immer noch den Druck seiner Lippen auf meinen spüre, ist es so, als hätten wir nicht geknutscht.

»... aber ich habe Hausarrest seit dem letzten Mal, als wir, ähm ...«

Er lacht. »Jetzt schon?«

Tucker tapst kurz darauf in seinem einteiligen Weltraum-Pyjama in die Küche, er hält ein Spider-Man-Buch im Arm. Alex fährt sich mit der Hand übers Gesicht und nur ich höre seinen Stoßseufzer.

»Spider-Man, schon wieder?« Er hebt Tucker auf seine Schultern. »Komm, Kumpel, suchen wir uns was aus, das wir noch nicht gelesen haben.«

Nachdem ich das Geschirr fertig abgespült habe, stehe ich allein in der Küche. Ich überlege, ins Wohnzimmer zu Greg und Phoebe zu gehen, die darüber reden, welchen Film sie sich ansehen wollen. Ich habe keine Lust, noch mehr betretenes Schweigen über mich ergehen zu lassen. Und als ich an Alex denke, der Tucker und Joe gerade eine Gute-Nacht-Geschichte vorliest, bin ich mir nicht sicher, dass ich weiter so tun kann, als würden wir uns nicht kennen. Also stehle ich mich durch die Hintertür nach draußen.

Jetzt, da es draußen dunkel ist, scheint die Lichterkette hell und weiß. Es ist merkwürdig, dass ein so kleines Detail so einen Unterschied machen kann, aber Kat hat Recht – die

Lichter lassen alles weicher und hübscher erscheinen und halten die Dunkelheit fern. Ich überlege, eines meiner neuen Bücher zu lesen – vielleicht den Hiassen-Roman, den ich gekauft habe, damit ich nachvollziehen kann, warum Alex gleich fünf davon in seinem Spülbecken aufbewahrt –, tue es aber nicht. Ich überlege, meine Gitarre aus dem Kasten zu nehmen, aus dem ich sie nicht herausgeholt habe, seit ich in Tarpon Springs angekommen bin – doch das tue ich auch nicht. Ich ziehe mich bis auf die Unterwäsche aus – brandneue, die nicht aus einem Siebener-Pack kommt –, lege mich auf mein Bett und blicke auf zur Lichterkette, während ich mir das Gefühl seiner Hände auf meiner Haut in Erinnerung rufe. Ich streiche mir mit der Fingerspitze über die Unterlippe, aber es ist nicht dasselbe wie küssen.

Ich weiß nicht genau, wie spät es ist, als es leise an meiner Tür klopft, doch da im Haus alle Lichter aus sind, schläft die ganze Familie wahrscheinlich. Ich mache mir nicht die Mühe, mich anzuziehen, weil ich mir fast sicher bin, wer es ist.

Ich lasse ihn rein.

»Mein Gott, Callie.« Alex starrt mich an und in seinen Augen ist etwas, das ich nicht benennen kann. Es macht mich nervös, als würde ich unter Strom stehen, und ich strecke die Hände nach ihm aus, damit er aufhört mich auf diese Weise anzusehen. Als er seine Arme um mich legt, flüstert er mir ins Ohr: »Du bist so verdammt schön.«

Ich werde rot, aber ich glaube nicht, dass er das im Schein der Lichterkette sehen kann. »Du musst das nicht sagen.«

»Ich weiß.«

Der Verschluss meines neuen BHs ist vorne anstatt hinten, doch Alex scheint das bereits zu wissen, als er mich küsst. Er lässt die Träger von meinen Schultern gleiten und den BH auf den Boden fallen, gefolgt von meiner Unterhose. Es ist nicht wie beim letzten Mal, als wir uns schnell und gleichzeitig ausgezogen haben. Er hat immer noch seine Jeans und sein T-Shirt an und ich fühle mich deswegen unwohl. Ich zerre das Ende des Lakens an mich und wickele es um meinen nackten Körper. »Zieh dich aus.«

Er gibt ein kurzes Lachen von sich, doch dann blickt er ernst, als er sieht, wie meine Hände zittern. »Callie? Was ist los?«

»Ich würde mich besser fühlen, wenn du dich ausziehen würdest.«

Auch wenn er mich jetzt vermutlich für einen totalen Freak hält, kann ich ihm nicht sagen, dass Frank mir manchmal den Pyjama auszog und seine Hose aufmachte, um sich zu berühren, seine Kleider aber immer anbehielt. Ich würde es Alex nicht übel nehmen, wenn er auf der Stelle gehen und nie wieder zurückkommen würde. Doch er legt den Kopf schief und sieht mich an, als wäre ich ein Rätsel, das er zu lösen versucht ... und dann zieht er sich aus.

Wir müssen wieder von vorne anfangen und ich bin mir nicht sicher, warum er sich überhaupt die Mühe macht, wenn er problemlos mit jemand Sex haben könnte, der nicht so geschädigt ist. Aber Alex küsst mich und fährt mir mit den Fingern auf eine Art durchs Haar, die mir das Gefühl gibt, so schön zu sein, wie er behauptet, bis ich schließlich das Laken loslasse.

»Hast du Lust auf ein Eis?«, fragt er später, während mein Kopf auf seinem Oberkörper liegt. Meine Augen wollen nicht offen bleiben, also schließe ich sie und lausche seinem Herzschlag, der unter meinem Ohr wieder zu einem normalen Tempo zurückkehrt. Seine Finger gleiten durch mein Haar und mich durchfährt ein angenehmer Schauer.

»Jetzt?«

»Warum nicht?«

»Was ist, wenn Greg es herausfindet?«

»Er schläft und wir werden leise sein.«

Jetzt, da meine Gedanken ums Eisessen kreisen, kann ich nicht mehr *nicht* daran denken. »Gehen wir.«

Alex verschwindet im Bad, um sich frisch zu machen, während ich mich anziehe. Als wir fertig sind, schleichen wir aus dem Wohnwagen und laufen geduckt wie Spione am dunklen Rand des Gartens entlang – während wir versuchen nicht zu lachen –, bis wir vom Haus entfernt sind.

»Mein Pick-up steht in der Grand Street«, sagt er. »Ich hab dort geparkt und bin zu Fuß zurückgekommen.«

»Einfallsreich.«

»Ich habe meine hellen Momente.«

Wir erreichen den Pick-up und er fährt die Pinellas Street entlang zur Sparta-Tankstelle. Alex geht als Erster hinein und führt mich zu einer niedrigen weißen Gefriertruhe voller Eisvarianten: Eiskonfekt, Eis-Sandwiches und Fruchteis am Stiel.

Am liebsten mag ich die Sandwiches. Mom und ich gönnen uns manchmal welche und sie hat mir beigebracht, dass man am besten erst das Eis wegschleckt, bis nur noch eine dünne Schicht in dem Schokoladensandwich übrig bleibt.

»Was nimmst du?« Kalte Luft weht uns entgegen, als Alex den Deckel aufschiebt und eine Eistüte auswählt. Meine Hand greift nach einem Eis-Sandwich, als mir durch den Kopf schießt, dass ich das nicht nehmen muss, nur weil Mom und ich es immer gegessen haben. Ich kann haben, was ich will. Stattdessen nehme ich auch eine Eistüte.

An der Kasse ändere ich meine Meinung. »Warte.«

Ich gehe zurück und hole mir ein Eis-Sandwich.

Als wir unter einer Straßenlampe auf dem Parkplatz der Tankstelle auf der heruntergelassenen Heckklappe von Alex' Pick-up sitzen, leckt er die Nussstücke von seinem Eis, ohne zu ahnen, wie sehr mich diese Eisauswahl aufgewühlt hat. Und jetzt, da ich das gefrorene Sandwich in der Hand halte, bezahlt und ausgepackt, will ich es nicht mehr. Mir treten Tränen in die Augen und ich bin wütend auf mich, weil ich eine so einfache Entscheidung wie die, welches Eis ich möchte, komplizierter als nötig mache. Und ich hasse es, dass ich irgendwie ständig weinen muss. Ich habe es satt zu weinen.

»Bin gleich wieder da.« Ich springe von der Heckklappe, gehe in den Laden und kaufe eine Eistüte. Das Eis-Sandwich werfe ich weg.

Alex kommentiert mein merkwürdiges Eiskaufverhalten nicht, als ich mich wieder auf die Heckklappe hieve. »Bereit für deine Schwammidentifizierungslektion?«

»Im Ernst?«

Er lehnt sich zurück und zieht eine blaue Milchkiste heran. Darin liegen jede Menge Schwämme.

»Der hier ist am einfachsten«, sagt er und nimmt einen mit einem Stiel und etwa einem Dutzend langen, knubbeligen Fingern heraus. »Das ist der Fingerschwamm. Er dient nur zur Deko und Touristen finden ihn toll.«

Der nächste ähnelt einer Schüssel mit einer ausgehöhlten Mitte und einem flachen Boden.

»Das ist ein Grasschwamm«, erklärt er. »Die kleinen werden zum Malen benutzt und angeblich auch zum Make-up-Auftragen, aber die topfförmigen Schwämme sind im Laden sehr beliebt. Die Leute benutzen sie als Übertöpfe für Pflanzen.«

Er lässt ihn zurück in die Kiste fallen und holt einen anderen heraus. »Drahtschwämme werden hauptsächlich zum Dämmen benutzt, den musst du dir also nicht merken, weil wir die an gewerbliche Kunden verkaufen.«

Er wirft ihn über die Schulter und holt zwei weitere heraus, die sich ähnlich sehen.

»Woll- und Gelbschwämme sind so ziemlich austauschbar, aber der Wollschwamm ist weicher. Wollschwämme sind für den persönlichen Gebrauch, wie zum Baden und Duschen, und Gelbschwämme werden im Haushalt zum Geschirrspülen und so was benutzt. Für all das kann man auch Grasschwämme benutzen, aber wir machen diesen Unterschied, weil Touristen gerne glauben möchten, dass sie etwas Besonderes kaufen.«

»Finger-, Woll-, Gras-, Draht- und Gelbschwamm«, wiederhole ich.

»Jep.« Alex steckt sich das letzte Stück Eis in den Mund und wischt sich die Finger an seiner Jeans ab. »Und wenn du dich nicht erinnern kannst, erfinde einfach was. Touristen werden dir alles glauben, weil du hübsch und Griechin bist. Du kannst ihnen also ruhig erzählen, dass ein Grasschwamm ein Wollschwamm ist. Sie werden den Unterschied sowieso nicht merken.«

Er reicht mir den Wollschwamm. »Für dich.«

»Ich habe diese Dinger auf deinem Boot gerochen.« Ich rümpfe die Nase und gebe ihm den Schwamm zurück. »Ich glaube nicht, dass ich mich damit waschen will.«

Alex lacht und tauscht ihn gegen den Fingerschwamm. Er präsentiert ihn mir wie einen Blumenstrauß, indem er ihn mit einer ausladenden Bewegung hinter seinem Rücken hervorholt. »Schwämme sind besser als Blumen«, sagt er, als könnte er meine Gedanken lesen, »weil sie nie absterben. Sie sind schon tot.«

Ich nehme den Schwamm. Er sieht eigentlich ziemlich hübsch aus – wie ein kahler Baum, der sich in der Winterbrise neigt – und es ist wirklich fast so, als würde ich Blumen bekommen. Noch nie hat mir ein Junge Blumen geschenkt. Oder irgendetwas anderes. Trotzdem tue ich die Geste lachend ab, damit er nicht sehen kann, dass sie mir etwas bedeutet. »Danke.«

»Wo der herkommt, gibt es noch mehr.« Er zwinkert mir übertrieben zu. »Natürlich muss ich erst mal nach ihnen tauchen und sie ernten, also ... pass gut auf den hier auf, okay?«

»Ist Schwammtauchen wirklich so übel?«

»Eigentlich nicht.« Er stützt sich auf eine Hand und blickt zum Himmel auf. Im Licht der Tankstelle kann man es kaum sehen, doch der Mond hat seit dem letzten Mal, als er mir aufgefallen ist, zugenommen und lugt um den Rand des Sparta-Schilds herum. »Ich hab es immer geliebt. Ich meine, unter Wasser zu sein ... ich kann es, glaube ich, nicht auf eine Art erklären, die irgendeinen Sinn ergibt. Ich fühle mich im Wasser viel wohler als auf dem Festland. Aber mein Crewmitglied Jeff taucht nicht. Er kümmert sich um alles an Deck und das ist super, aber ich habe nie die Wahl, *nicht* zu tauchen. Ich kann es mir nicht erlauben, müde zu sein. Ich kann es mir nicht erlauben, krank zu sein.«

»Was ist, wenn du krank *bist*?«

»Keine Schwämme, kein Geld«, erwidert er und wirft einen Blick auf seine Uhr, ein breites braunes Band um sein Handgelenk. »Ich muss ins Wasser gehen, es sei denn, ich höre auf zu atmen. Und wenn wir schon vom Gehen sprechen ... wir sollten uns auf den Heimweg machen.«

Ich will noch nicht nach Hause, doch es ist schon weit nach Mitternacht. »Ja.«

Alex parkt den Pick-up am anderen Ende der Straße von Gregs Haus und lässt mich auf der Fahrerseite heraus, damit er die Beifahrertür nicht zuknallen muss. »Ich würde dich ja zur Tür begleiten.« Er spricht leise. »Aber unter den Umständen ...«

»Ist schon in Ordnung.« Ich nicke. »Danke für –«

Er unterbricht mich mit einem Kuss, bei dem ich die Zehen einziehe und das Gefühl habe, mein Herz würde mir gleich aus der Brust springen und sich ihm zu Füßen werfen. Es ist ein völlig neues Gefühl.

»Ich, ähm ...«, sagt er und steigt wieder in den Pick-up. »Bis später.«

Ich stehe etwa – keine Ahnung – eine Minute da und frage mich, was zwischen Alex Kosta und mir abgeht. Gerade als es sich so anfühlt, als könnte es mehr sein, zieht er sich zurück. Er gibt mir zwar nicht das Gefühl, bloß ein Betthäschen zu sein, aber vielleicht ist er bei diesem Spiel einfach besser als Danny oder Matt oder ... Adam. Jetzt erinnere ich mich wieder, dass der Name des ersten Typen Adam war. Er spielte in einem Park Gitarre und verdiente sich damit ein paar Münzen. Er verdrehte mir den Kopf, indem er sich spontan ein kleines Lied mit meinem Namen einfallen ließ, und ich verlor mit dreizehn meine Jungfräulichkeit in seinem Bus.

Es besteht durchaus die Möglichkeit, dass ich eine sehr schlechte Menschenkennerin bin.

Ich klettere leise über den Zaun, achte darauf, die Blumen nicht zu zertrampeln, und halte mich im Schatten, bis ich im Wohnwagen bin. Dann stelle ich den Fingerschwamm in das kleine Regal über meinem Bett und krieche unter die Decke, ohne mich auszuziehen. Mein Kissen duftet noch nach Alex und ich schlafe ein mit dem Gefühl seiner Finger, die mir durchs Haar streichen.

Kapitel 10

Es ist viel zu schnell acht Uhr morgens. Ich schrecke auf, als mein Wecker losgeht, und schiele auf die Ziffern, überzeugt, dass sie falsch sein müssen. Aber sie bestätigen nur, dass ich mich mit den vier Stunden Schlaf, die ich hatte, begnügen muss. Innerlich bebe ich vor Müdigkeit, als ich mich aus dem Bett schleppe, mein Waschzeug zusammensuche und ins Haus gehe.

Das Haus ist leer, weil Greg, Phoebe und die Jungs zum Frühgottesdienst der griechisch-orthodoxen Kirche gegangen sind. Auf der Fahrt vom Flughafen nach Tarpon Springs meinte Greg, dass ich immer willkommen wäre, sie zur Kirche zu begleiten, doch Gott interessiert mich nicht. Vor allem da es den Anschein hat, dass er sich nie wirklich für mich interessiert hat.

Sobald ich geduscht, trocken und angezogen bin und meine Dosis Koffein intus habe, laufe ich zum Laden. Als ich an Alex' Boot vorbeigehe, frage ich mich, ob er beim Einschlafen an mich gedacht hat, so wie ich an ihn. Aber hauptsächlich frage ich mich, ob er das Glück hat, noch zu schlafen. Der Laden ist schon offen, als ich ankomme, und Theo zählt Geld und legt es in die Kasse.

Er sieht auf und lächelt. »Hi, Callie, ich bin Theo. Such dir ein T-Shirt aus.« Er zeigt auf eine gestufte Holzauslage voller T-Shirts in verschiedenen Farben und Stilen. Auf allen steht *Tarpon Sponge Supply Co.* »Das erste T-Shirt geht aufs Haus. Wenn du noch andere willst, und das wirst du wahrscheinlich, kriegst du sie zu einem Angestelltenrabatt von fünfzig Prozent. Dasselbe gilt für Schmuck. Es ist immer gut, wenn du Sachen aus dem Laden trägst, denn wenn die Kunden sehen, wie gut sie an dir aussehen, wollen sie sie auch.«

»Okay.«

Ich wähle ein leuchtend türkises T-Shirt aus mit einem schwimmenden roten Taucher vorne drauf.

»Die Umkleidekabine ist hinter dem Vorhang.« Er schließt die Kassenschublade. »Und wenn du fertig bist, führe ich dich herum.«

Es dauert gerade mal eine Stunde, um alles zu lernen, was ich über den Laden wissen muss. Wir verkaufen T-Shirts und Schwämme sowie Hanf- und Lederschmuck, Hippie-Kleider, Sonnenbrillen und handgemachte Ziegenmilchseifen. Mein Job besteht darin, Kunden bei der Auswahl von Artikeln zu helfen und abzukassieren, wenn sie sie gefunden haben. Ich verkaufe auch Tickets für die Touren mit dem Schwammtauchboot, das gegenüber dem Geschäft angedockt ist. Alles ganz einfach. Wenn ich meine Arbeit gut mache, sagt Theo, darf ich den Laden öffnen und schließen und die Tageseinnahmen zur Bank bringen. Das klingt eher nach zusätzlichen Pflichten als nach einer Belohnung, doch ich weise ihn nicht darauf hin.

»Kennst du dich mit Webdesign aus?«, fragt er.

»Nein.«

Er legt ein Handbuch neben mich auf die Theke. »Wenn du herausfindest, wie wir unsere Website an den Start bringen können, bekommst du eine Zulage.«

Ich habe keine Ahnung, wie ich das hinbekommen soll, aber mehr Geld ist immer willkommen. »Okay.«

»Wenn Kat hier ist, möchte ich, dass ihr zwei mit dem Elf-Uhr-Boot rausfahrt«, sagt er. »Ich erwarte nicht, dass du eine Expertin für Schwämme und Schwammtauchen wirst, aber es schadet nicht, sich ein wenig auszukennen, wenn Kunden Fragen stellen.«

Ein Paar betritt den Laden mit ihrer vorpubertären Tochter im Schlepptau.

»Guten Tag«, begrüßt Theo sie und tritt hinter der Theke hervor. »Wie geht es Ihnen?« Er hat überhaupt kein Problem damit, auf Fremde zuzugehen. Ich hoffe, dass er nicht dasselbe von mir erwartet.

Von meinem Posten neben der Kasse beobachte ich, wie die Mutter langsam an den Körben mit Schwämmen vorbeischlendert und ab und zu stehen bleibt, um einen zu nehmen und zu drücken. Die Tochter geht schnurstracks zu den T-Shirts und faltet sechs verschiedene auseinander, bevor sie entscheidet, dass sie keines will. Dann lässt sie die T-Shirts unordentlich hingeworfen liegen und steuert auf den Drehständer mit dem Schmuck zu. Ihre Hand erstarrt auf der Auslage und ihre Kinnlade klappt herunter, den Blick auf die offene Tür gerichtet.

Ich drehe den Kopf, um zu sehen, was sie betrachtet.

Alex steht in der Tür und sieht aus, als wäre er gerade mit dem Boot aus Griechenland gelandet. Er trägt ein folkloristisches, Tunika-artiges Hemd, das um den Ausschnitt herum mit einem kunstvollen Blumenmuster bestickt ist, und eine locker sitzende weiße Hose. Seine Locken sind perfekt zerzaust. Bei jedem anderen würde dieses Outfit zu bemüht aussehen, wie ein albernes Kostüm, aber an ihm ... Ich muss mich vergewissern, dass mein eigener Mund geschlossen ist. Er schenkt dem Mädchen sein atemberaubendes Lächeln und sie wird so rot wie ihr Tank-Top.

»Unser Taucher ist hier.« Theo legt Alex den Arm um die Schulter, bevor er auch mich anlächeln kann. Wenn er mich überhaupt anlächeln wollte. »Alexandros ist Grieche der zweiten Generation und Schwammtaucher, seit er zwölf ist. Er wird auf dem Elf-Uhr-Boot sein. Falls Sie noch keine Tickets gekauft haben, Callista« – Theo spricht meinen Namen mit einem Akzent aus, der mich exotischer erscheinen lässt, als ich bin – »hat noch ein paar übrig.«

Das Paar bespricht sich kurz und kommt dann zur Kasse, um Tickets zu besorgen. In der Zwischenzeit betrachtet ihre Tochter Alex verstohlen im Spiegel, während sie so tut, als würde sie Ketten anprobieren. Ihrem Gesichtsausdruck nach zu urteilen sind wir beide enttäuscht, als er rausgeht.

Nachdem die Touristen weg sind, sagt Theo, dass er Besorgungen machen muss. »Ich bin nur kurz weg«, erklärt er. »Kommst du allein zurecht?«

»Kein Problem.«

»Falls du überfallen wirst –«

»Ernsthaft? Wie wahrscheinlich ist das?«

Er lacht. »Du hast Recht. Bin bald wieder da.«

Ich falte den Haufen T-Shirts zusammen, den das Mädchen zurückgelassen hat, und räume sie in die Auslage, als Alex wieder reinkommt. Er tritt von hinten an mich heran. »Hi«, sagt er. »Wann ist dein Hausarrest vorbei?«

»Nächstes Wochenende, glaube ich.«

»Ich dachte ...«

»Callie!« Kat weht wie eine starke Brise in den Laden und reißt mich von Alex fort, als wäre er gar nicht da, und ich frage mich, was er sagen wollte. *Was* hat er gedacht?

Sie trägt ein einfaches marineblaues Kleid, das ihr bis zum Knie reicht und im Vergleich zu den Skinny-Jeans und superkurzen Hosen, die sie sonst trägt, ultrakonservativ ist. Ihr Make-up ist auch leichter als üblich.

»Ich weiß, ich weiß«, sagt sie und zieht mich zur Umkleidekabine. »Meine Mom lässt mich in die Kirche nichts anziehen, was auch nur annähernd hübsch aussieht. Ich muss mich umziehen. Sofort.«

Ich blicke über meine Schulter zu Alex, der mir mit zwei Fingern zuwinkt und geht.

»Was wollte er?«, fragt Kat von der anderen Seite des zugezogenen Vorhangs.

»Nichts«, erwidere ich. »Er hat nur Hallo gesagt.«

Sie prustet und ich frage mich, ob zwischen ihnen irgendetwas vorgefallen ist und sie ihn deshalb nicht ausstehen kann – von ihrer Einschätzung abgesehen, dass er ein männliches Flittchen ist, meine ich. Warum interessiert sie das überhaupt? Aber ich frage nicht. Nicht hier.

Kat taucht ein paar Minuten später wieder auf und trägt ein hellgelbes *Tarpon Sponge Supply Co.*-T-Shirt, eine kurze Jeans-Hose und Ledersandalen. Auf ihren Lippen schimmert ihr üblicher rosiger Lipgloss und ihre Wimpern strotzen vor Mascara, was sie in das Mädchen verwandelt, das ich kenne.

»Gute T-Shirt-Wahl.« Als sie sich vom Schmuckständer eine Muschelkette aussucht und um den Hals legt, bemerke ich, dass sie ein schwarzes Band mit einem Glasauge am Handgelenk trägt. »Diese Farbe steht dir unglaublich gut.«

»Woher hast du das Armband?«

»Ach, diese Armbänder mit Glasaugen kann man hier überall kaufen«, sagt sie. »Ich hatte so ein elastisches mit ganz vielen Glasaugen, aber ich hab es so oft getragen, dass sich der Gummi aufgelöst hat. Darum habe ich eines der Augen gerettet und auf eine Schnur gefädelt. Wenn du auch so ein Armband willst, im Laden gegenüber gibt es welche.«

Ich greife in meine Hosentasche und hole mein Glasauge heraus. »Ich habe das hier, so lange ich mich erinnern kann, aber ich weiß nicht, woher.«

»Greg hat sie uns geschenkt«, sagt Kat. »Ich kann mich auch nicht wirklich daran erinnern, weil wir klein waren, aber anscheinend ist er irgendwann mit uns hierhergekommen und wir haben ihn angebettelt, bis er nachgegeben hat.«

»Das ist alles?« Ich habe nahezu mein ganzes Leben lang gedacht, dass dieses bescheuerte Glasauge eine besondere Bedeutung hätte. Ich kann nicht fassen, dass es nur wertloser Plunder war, um ein paar anstrengende Vierjährige zu beschwichtigen.

Sie lacht. »Glasaugen besitzen keine magischen Kräfte oder so was. Es ist nur ein Aberglaube aus der Alten Welt. Aber ist das nicht cool, dass wir beide noch eins von damals haben?«

Kat nimmt mein Glasauge aus meiner Handfläche. »Ich fädele es für dich auf. Dann sind wir wieder im Partnerlook.«

Es ist ein komisches Gefühl, es ihr zu überlassen, aber ich nehme es nicht wieder an mich. »Theo will, dass wir bei der Elf-Uhr-Tour mitfahren. Er will, dass ich mich mit Schwammtauchen vertraut mache.«

Kat verdreht die Augen und zieht ihr Handy aus der Hosentasche. »Na, super.« Sie schreibt eine SMS, während sie redet. »Dann sitzen wir bei der Alex-Kosta-Show in der ersten Reihe.«

Drei ältere Frauen kommen in den Laden, um Tickets für die Tour zu kaufen, gefolgt von einer Gruppe deutscher Schüler mit ihren Betreuern. Während ich die Tickets und ein paar T-Shirts für die deutschen Touristen abkassiere, versucht Kat den älteren Damen ein großes Stück Honig-Mandel-Seife zu verkaufen.

»Sie besitzt magische Kräfte. Ich schwöre es«, höre ich sie sagen und sie klingt genauso aufgeschlossen und charmant wie Theo. »Auch wenn ich wie siebzehn aussehe, bin ich eigentlich fünfunddreißig.«

Eine der Frauen stupst ihre Freundin an und sagt: »Wenn diese Seife mich wieder wie siebzehn aussehen lassen könnte, würde ich mir den griechischen Jungen da draußen vornehmen. Ein echter Adonis.« Während die drei Frauen fröhlich kichern, dreht sich Kat zu mir um und schneidet eine Grimasse, als würde ihr übel. Den Verkauf schließt sie auch ab.

Theo kommt kurz vor der Tour zurück und Kat und ich gehen nach draußen und warten darauf, an Bord zu gehen. Alex lässt sich mit dem Arm um die Frau fotografieren, die ihn einen Adonis genannt hat. Kat stöhnt bei dem Anblick genervt. »Mann, der Typ kann einem so auf den Geist gehen.«

Ihr Handy vibriert. Sie wirft einen Blick auf das Display und lächelt. »Ich hoffe, du hast nichts dagegen, aber ich habe Nick und Connor eingeladen, uns bei der Tour zu begleiten. Ich dachte, wenn wir Gesellschaft haben, ist es nicht ganz so öde.«

Ich will Connor eigentlich lieber nicht treffen, doch es ist zu spät. Ich erspähe sein gewelltes Haar hinter den deutschen Teenagern, als er und Nick sich einen Weg zu uns bahnen.

»Hallo, Kit Kat.« Nick begrüßt sie mit einem Kuss, während Connor im Hintergrund bleibt. Er schenkt mir ein schüchternes Lächeln und ich erwidere es, aber keiner von uns beiden sagt irgendetwas.

Ein paar Männer bringen eine Rampe auf Höhe des Boots, das eine Nachbildung der ursprünglichen Boote ist, aus der Zeit, als man in Tarpon Springs angefangen hat nach Schwämmen zu tauchen. Zumindest steht das in der Broschüre, die auf unserer Ladentheke ausliegt. Passagierbänke säumen das Deck, ein Segeltuchbaldachin spendet Schatten. Alex steht in der Mitte, er hat sein lässiges griechisches Outfit gegen einen altmodischen, einteiligen Taucheranzug mit einem Messingkragen und beschwerten Schuhen an den Füßen getauscht. Kat wählt einen Platz in der Nähe des Hecks – so weit wie möglich von Alex entfernt – und Connor setzt sich neben mich.

Überall um uns herum schießen Touristen mit ihren Kameras und Handys Fotos vom Anclote-Fluss, dem Schwammhafen und von Alex. Es ist so merkwürdig, dass er eine Touristenattraktion ist, aber das ist er, daran besteht kein Zweifel – und er macht das Beste daraus. Schenkt allen Frauen an Bord sein atemberaubendes Lächeln, posiert für Fotos und beantwortet Fragen, obwohl die Tour noch gar nicht angefangen hat. Beugt sich vor und lauscht ihnen, als wären ihre Fragen besonders oder vertraulich, und mein Gesicht läuft rot an bei dem Gedanken, dass ich so bescheuert war zu glauben, ich könnte mehr als ein Zeitvertreib für ihn sein.

»Wegen der Party ...«, reißt Connor mich aus meiner peinlichen Verlegenheit.

»Ich möchte nicht darüber reden.« Ich spreche leise. »Ich würde lieber vergessen, dass es je passiert ist.«

»Oh, ähm ... okay.«

Alex hebt den Blick von einem kleinen Jungen, mit dem er gerade spricht, und bemerkt, dass ich neben Connor sitze. Ich glaube nicht, dass er mich gehört hat, aber er schaut weg, bevor ich den Ausdruck in seinen Augen deuten kann.

»Und wie läuft der neue Job so?«, fragt Connor.

»Die ersten beiden Stunden sind gut gelaufen«, antworte ich. »Aber ich werde wohl den Rest des Tages brauchen, um es mit Bestimmtheit zu wissen.«

Mir wird im gleichen Moment, als Kat mich mit dem Ellbogen anstupst, bewusst, dass ich unhöflich zu ihm bin. Ich will mich gerade entschuldigen, als mir der Kapitän das Wort abschneidet und alle an Bord willkommen heißt. Dann beginnt er routiniert seinen Vortrag über die Ursprünge des Schwammtauchens und erzählt, wie vor mehr als einem Jahrhundert erfahrene griechische Taucher von den Dodekanes-Inseln nach Tarpon Springs gebracht wurden, nachdem man im Golf von Mexiko Schwämme entdeckt hatte. Während das Boot den Fluss hinuntertuckert, beschreibt er die unterschiedlichen Schwammarten und reicht Musterexemplare herum, damit die Touristen sie sich genauer ansehen können. Alex' und mein Blick treffen sich und er verzieht den Mundwinkel zu einem angedeuteten Grinsen. Ich senke den Kopf und lasse meine Haare nach vorne fallen, um mein Lächeln vor Connor und Kat zu verbergen.

Als wir eine Flussbiegung erreichen, legt der Kapitän den

Leerlauf ein und ein alter Mann mit einer griechischen Fischermütze auf dem Kopf hilft Alex, den glockenförmigen Helm mit Sichtfenster aufzusetzen. Dann schraubt er ihn mit großen Messing-Flügelmuttern am Kragen fest und verbindet ihn an der Rückseite über einen Schlauch mit dem Druckluftkompressor. Wie ein Astronaut auf dem Mond stapft Alex mit schweren Schritten zum Bug des Boots. Mit einem kleinen harkenähnlichen Werkzeug und einem Netzbeutel bewaffnet steigt er eine hölzerne Leiter hinunter ins Wasser und treibt einen Moment lang auf der Oberfläche, während der Kapitän erklärt, dass er erst die Luft im Anzug herauslassen muss, um auf den Boden zu sinken.

Alle Touristen stehen auf und gehen an die Reling, um ihn zu beobachten. Ihre Kameras klicken und ein Mann filmt sogar, wie Alex winkend langsam untergeht. Da das Wasser trüb ist, können wir ihn nicht sehen, aber der Kapitän erklärt uns, dass Alex jetzt am Flussboden entlangläuft.

»Das ist alles totaler Quatsch«, flüstert Kat. »Im Fluss wachsen keine Schwämme. Die, die er hochbringt, sind schon geerntet worden.«

Gleich nachdem sie mir das gesagt hat, wiederholt der Kapitän ebendiese Tatsache und fügt hinzu, dass echte Schwämme zu weit draußen wachsen für eine Tour und dass man den altmodischen Anzug in den Ruhestand geschickt und gegen Neoprenanzüge und Tauchermasken ausgetauscht hat. Dennoch bejubeln die Passagiere Alex, als er mit einem bereits geernteten Schwamm am Ende seiner Harke auftaucht. Er steckt ihn in seinen Netzbeutel und bewegt sich dann zurück zum Boot. Der alte Mann mit der griechischen Mütze hilft ihm an Bord und nimmt dann sofort den Helm ab. Obwohl Alex nicht sehr lange im Wasser war, sind seine Locken feucht vor Schweiß.

Der Kapitän steuert das Boot wieder in Richtung des Schwammhafens und Alex wird von einer Menschenmenge umringt, die ihn fotografieren und sein Autogramm haben will.

»Also Callie«, sagt Kat. »Da du Hausarrest hast, was hältst du davon, wenn Nick, Connor und ich rüberkommen und bei dir Filme schauen? Nick hat einen tragbaren DVD-Player, den wir an deinen kleinen Fernseher anschließen können.«

»Ich muss erst Greg fragen.«

»Schick ihm eine SMS«, drängt sie mich.

Ich hole mein Handy heraus und tippe: *Kat will heute Abend mit Nick und Connor rüberkommen, um Filme zu schauen. Bitte sag Nein.* Ich habe ein schlechtes Gewissen, aber ich habe keine Lust, einen Abend mit Kat zu verbringen, bei dem sie versuchen wird mich mit Connor zu verkuppeln. Greg antwortet kurz darauf: *Vielleicht nächstes Wochenende. Kat hat morgen Schule.*

Ich drehe das Display zu ihr und sie stöhnt. »Mann! Der hat sich wohl mit meiner Mom verbündet. Du hast so ein Glück, dass du nicht zur Schule musst.«

Das Boot legt am Hafen an und wir sind die Ersten, die von Bord gehen. Als Kat Nick zum Abschied küsst, berührt Connor meinen Arm.

»Ich weiß, es ist alles gerade etwas komisch«, sagt er.

»Aber meinst du, wir könnten vielleicht irgendwann ... ausgehen?«

Mein Verstand sagt »Nein« und das Wort liegt mir auf der Zunge und wartet nur darauf, ausgesprochen zu werden, aber sein Blick ist so hoffnungsvoll und ich will ihm gegenüber nicht noch einmal unhöflich sein. »Ich denk drüber nach«, antworte ich. Er strahlt mich an und ich wünschte, ich hätte einfach Nein gesagt. »Ich muss zurück zur Arbeit.«

»Und, wie ist es gelaufen?«, fragt Theo, als ich wieder im Laden bin.

Ich hebe beide Daumen. »Woll-, Gras-, Gelb-, Draht- und Fingerschwamm.«

»Ausgezeichnet«, sagt er.

Im Restaurant nebenan kaufe ich Hommus und eine Cola und verbringe meine Mittagspause auf meiner Lieblingsbank. Ich sitze auf der Rückenlehne, so wie meine Mom damals, als wir auf den Schulbus warteten. Alex kommt herüber und klettert neben mich. Ich biete ihm ein Stück Fladenbrot an, das er durch den Hommus zieht.

»Danke«, sagt er.

»Kein Problem«, erwidere ich. »Dein Schwammtauchding ist beeindruckend.«

Er zuckt mit den Schultern. »Es bringt Geld. Wie gefällt dir die Arbeit im Laden bisher?«

»Es bringt Geld.«

Alex lacht. »Was würdest du tun, wenn du die Wahl hättest?«

Niemand hat mir je diese Frage gestellt. »Ich weiß nicht, ob ich irgendwas besonders gut kann«, erwidere ich. »Als ich klein war, wollte ich in einer Bücherei arbeiten.«

Ich erwarte, dass er loslacht, weil Bibliothekarin nicht gerade der aufregendste Job ist, den ich hätte nennen können, aber er tut es nicht. »Ich will meinen Tauchlehrerschein machen und dann ab nach ...«

»Australien, Mittelamerika, Polynesien, auf die Galapagos-Inseln, in die Karibik und vielleicht sogar zu den Keys in Florida.« Ich zähle sie so wie er kürzlich an meinen Fingern ab und er zieht einen seiner Mundwinkel hoch. »Das solltest du auch«, sage ich. »Du solltest überall hingehen, wo du hinwillst.«

»Irgendwann.« Er steht auf. »Aber jetzt haue ich mich erst mal aufs Ohr. Lust mitzukommen?« Er deutet auf sein Boot.

»Ja.« Ich bin so müde, und obwohl ich zwei weitere Bootsladungen mit Touristen dabei beobachtet habe, wie sie um ihn herumscharwenzeln, ist Alex immer noch eine große Versuchung. »Aber ich muss jetzt arbeiten.«

»Das Angebot gilt jederzeit«, erwidert er und macht einen Schritt hinauf aufs Boot. »Wenn du mal einen Ort brauchst, um dich zu verkriechen oder einfach ein wenig zu schlafen, die Kombination ist die numerische Fassung meines Namens.«

»*L* und *X* sind aber zweistellig«, überlege ich laut.

»Du wirst schon irgendwann draufkommen.«

»Schon passiert.« Ich stehe auf, fege die Fladenbrotbrösel

von meiner kurzen Hose und laufe rüber zum Boot. Er tritt zur Seite und ich stelle an seinem Kombinationsschloss die Zahlen 1–3–5–6 ein. Es öffnet sich.

»Schlaues Köpfchen.« Seine Lippen an meinem Ohr bringen meine Nervenenden zum Vibrieren und ich kann seine Finger durch den Stoff meines T-Shirts spüren, als er mich unten am Rücken berührt. »Bist du sicher, dass du nicht mitkommen willst?«

Ich blicke durch die Tür auf sein Bett und bin mir gar nicht sicher. »Ich, ähm ... Ich muss los.«

»Alles klar.« Er nimmt seine Hand weg und ich will, dass er sie wieder zurücklegt. »Ein anderes Mal.«

Als ich den Laden erreiche, ordnet Kat die T-Shirt-Auslage.

»Du und Alex scheint sehr vertraut«, sagt sie, ohne mich anzusehen.

»Wenn es vertraut ist, jemandem Hommus anzubieten, dann ja«, gebe ich zurück.

»Auf seinem Boot?«

»Da du offenbar das Ganze beobachtet hast, weißt du, dass ich etwa zwanzig Sekunden auf dem Boot war.« Ich werfe einen verirrten Wollschwamm in den richtigen Korb und frage mich, was sie das überhaupt angeht. »Ist das ein Problem?«

»Ich passe nur auf dich auf«, antwortet sie. »Entschuldige, wenn ich nicht möchte, dass du verletzt wirst.«

Ich könnte ihr sagen, dass ich auf Arten verletzt worden bin, die sie sich nicht mal vorstellen kann, auf Arten, die Alex

Kosta nicht mal annähernd bewerkstelligen könnte. Ich könnte ihr auch sagen, dass ich mir trotz meiner nicht vorhandenen Erfahrung mit Freundschaften ziemlich sicher bin, dass auf jemanden aufzupassen nicht dasselbe sein sollte wie jemandem zu sagen, was er tun soll. Aber ich will keinen Streit mit ihr anfangen und halte den Mund. Als sie mich am Ende unserer Schicht nach Hause fährt, verbindet uns eine nicht ausgesprochene Wut, die keine von uns zu kappen versucht.

Kapitel 11

Greg sitzt auf den Stufen der Veranda, mit einem Teller auf dem Schoß und einer schwitzenden Flasche Bier neben sich. Durch die offene Tür kann ich »Corduroy« von Pearl Jam auf der Stereoanlage hören. Mich überkommt ein nostalgisches Gefühl und meine Wut auf Kat löst sich in nichts auf und wird durch ein starkes, in Vergessenheit geratenes Schuldgefühl und eine so schneidende Traurigkeit ersetzt, dass es mir den Atem verschlägt.

Ich habe es wieder getan.

Ich habe mich so in ein albernes Drama hineingesteigert, dass ich aufgehört habe an Mom zu denken.

»Hi, Cal«, begrüßt er mich. »Wie war dein erster Arbeitstag?«

»Okay, denke ich.« Ich setze mich neben ihn und zeige mit dem Kopf auf das Haus. »Ich wusste nicht, dass du Pearl-Jam-Fan bist.«

»Aber nicht ganz so Hardcore, wie Veronica es war.« In seiner Stimme schwingt Wehmut – vielleicht denken wir beide gerade an sie. Wenn ich ihn mit Phoebe zusammen sehe, vergesse ich leicht, dass er Mom auch einmal geliebt hat.

»Sie nennt mich eine Gotteslästerin, weil ich nicht am Altar von Eddie Vedder bete.«

»Das *ist* in gewisser Weise ein Sakrileg.« Er trinkt einen Schluck von seinem Bier. Als er es absetzt, rutscht das nasse Etikett zur Seite. »In der Küche ist noch ein Burger für dich, wenn du Hunger hast. Phoebe und die Jungs sind zu Besuch bei ihrer Familie.«

»Und du nicht?«

»Nicht heute.« Sein Lächeln ist nicht groß genug, um seine Augen zu erreichen. Es gibt etwas, das gesagt werden muss, und ich frage mich, ob er zu Hause geblieben ist, damit er es mir sagen kann. Egal was es ist, ich habe keine Lust, es jetzt zu hören. Ich stehe auf.

»Ich hol mir den Burger.«

Als ich durchs Wohnzimmer gehe, bleibe ich bei der Stereoanlage stehen. Auf dem Boden ist eine Schuhschachtel voller CDs, der Deckel ist staubig und das Klebeband abgezogen, als wäre die Schachtel lange nicht geöffnet worden. Ich gehe in die Hocke, um sie durchzusehen. Nirvana. Soundgarden. Alice in Chains. Hole. Der Soundtrack meines Lebens mit meiner Mutter.

Eine andere CD läuft an, während ich mir einen Cheeseburger zusammenbaue, und das Haus füllt sich mit dem melancholischen Klang von Mazzy Stars »Fade Into You«. Es war mein Lieblingslied, als ich klein war, und jedes Mal, wenn ich es hören wollte, wuschelte mir Mom durchs Haar und nannte mich ihre kleine Hippie-Braut. Es war das erste Lied, das ich mir auf der Gitarre selbst beibrachte. Jedes Wort – jede Note – reißt ein weiteres Loch in mein Herz und ich kann die Tränen nicht aufhalten, die mir die Wangen schneller hinunterlaufen, als ich sie wegwischen kann.

»Callie?« Greg kommt mit seinem leeren Teller in die Küche. »Was ist los?«

»Ich vermisse sie.«

Er atmet tief ein, während er mir ein Geschirrtuch reicht, mit dem ich mir das Gesicht wische, und atmet dann langsam aus. »Okay, ich wollte warten, bis du fertig gegessen hast, aber ... ich habe einen Anruf von Veronicas Vater bekommen. Deine Mom wurde letzte Woche ausgeliefert und ihre Eltern haben am Freitag Kaution gestellt.«

»Ausgeliefert? Was bedeutet das?«

»Es bedeutet, dass ein Kind in Florida zu entführen juristisch gesehen Vorrang davor hat, ein Autokennzeichen in Illinois zu stehlen«, sagt er. »Deswegen hat man sie hierhergebracht, damit sie sich vor Gericht verantwortet. Ihre Eltern haben sie aus dem Gefängnis geholt und bis zum Gerichtstermin ist sie auf freiem Fuß.«

»Echt?« Ich habe vor Aufregung Schmetterlinge im Bauch. »Wo ist sie? Wann kann ich sie sehen?«

»Sie, äh ... sie haben das Geld am Freitag telegrafisch überwiesen und seitdem nichts von ihr gehört«, antwortet er. »Ich sage es nur ungern, aber sie ist wahrscheinlich schon weg.«

Nein. Meine Mom würde nicht hier in Florida sein und sich nicht bei mir melden. Sie würde zu mir kommen. Aber mich beschleichen Zweifel, als ich an die Nacht denke, in der sie verhaftet wurde, und an die Kälte in ihrer Stimme, als sie sagte, ich solle dem Sheriff nichts erzählen. Was ist, wenn sie glaubt, dass ich sie hintergangen habe? Was ist, wenn sie glaubt, ich hätte eine Wahl gehabt? Was ist, wenn sie mich zurückgelassen hat?

»Ich, ähm …« Ich schiebe meinen Teller weg und wünsche mir, Greg hätte damit gewartet, es mir zu erzählen. Jetzt habe ich keinen Appetit mehr. »Danke, dass du es mir gesagt hast.«

»Wenn du irgendwas brauchst …«

»Danke«, antworte ich. Nur weiß ich nicht, was ich brauche. Oder wie ich mich fühlen soll.

Er nickt und holt Alufolie aus einer Schublade. »Ich pack ihn ein, für den Fall, dass du später Hunger bekommst, okay?«

Diese liebe, einfache Geste bringt mich fast wieder zum Weinen. »Danke.«

Ich gehe hinaus zum Wohnwagen, weiß aber nicht, was ich mit mir anfangen soll. Es ist früh und die Nachmittagssonne steht noch hoch genug am Himmel, um von Tag zu sprechen. Zu früh, um schlafen zu gehen. Und zu früh, um in meinem Zimmer zu sitzen und mich verrückt zu machen, indem ich darüber nachdenke, wo meine Mom sein könnte. Ich ziehe mich um und hinterlasse eine Nachricht für Greg an der Wohnwagentür.

Ich muss weg, aber ich komme zurück. Auch wenn das wahrscheinlich meinen Hausarrest verlängert, muss ich mich bewegen. PS: Ja, ich habe mein Handy dabei.

Ich sage mir, dass ich nicht zum Hafen gehe. Ich werde nicht nach Alex Ausschau halten. Doch meine Füße – oder vielleicht ein Teil meines Körpers eine Etage höher – tragen mich in Richtung des Dodecanese Boulevards. Urlaubsgäste streifen immer noch durch die Geschenkeläden und sitzen dicht gedrängt an Tischen auf Restaurantterrassen, als ich um die Ecke der Athens Street komme.

Alex' Boot ist weg.

Ich bin nicht überrascht. Na ja, vielleicht doch ein bisschen, dass er gegangen ist, ohne mir Bescheid zu sagen. Aber Alex gehört mir nicht und ich nicht ihm und er schuldet mir keine Erklärungen. Und doch bricht eine winzige Knospe der Enttäuschung durch die Oberfläche meines Herzens.

Auf dem Nachhauseweg schicke ich Kat eine SMS: *Filmabend läuft ... wenn du immer noch Lust hast.*

Ich will eigentlich keine Gesellschaft, aber ich will auch nicht allein sein. Dreißig Minuten später lässt sich Kat im Wohnwagen auf das Sofa plumpsen und zieht mich mit sich. »Dann hat Greg also seine Meinung geändert.« Sie lehnt ihren Kopf gegen meinen. »Tut mir leid, dass ich dich wegen Alex genervt habe«, flüstert sie. »Nur weil du nicht dein ganzes Leben hier gelebt hast, heißt das ja nicht, dass du nicht erkennen kannst, wie er wirklich ist.«

Ich frage mich, wer von uns – oder ob überhaupt eine von uns – erkennen kann, wie Alex wirklich ist, doch ich kann wegen Nick und Connor, die über dem Fernseher kauern und den DVD-Player anschließen, nicht nachhaken. »Was schauen wir uns an?«

»Den besten Film aller Zeiten«, antwortet Nick.

Er setzt sich auf Kats andere Seite und sie neigt sich von mir weg und schmiegt den Kopf an seine Schulter. Connor steht verlegen für sich – auf dem Sofa ist nicht genug Platz für vier Leute –, bevor er sich auf den Boden setzt und sich zwischen Kats und meinen Beinen ans Sofa lehnt. Seine Schulter berührt mein Knie und mir läuft ein angenehmer Schauer den Rücken hinunter. Nicht so wie bei Alex, aber trotzdem nett.

Wie sich herausstellt, ist der beste Film aller Zeiten der erste der alten *Star Wars*-Filme, den wir uns eigentlich am Abend der Party hätten anschauen sollen. Ich bin vielleicht nicht ganz so auf dem Laufenden wie andere Teenager, was Popkultur betrifft, doch den habe sogar ich schon gesehen. Mehr als einmal. Der Vorspann *Es war einmal vor langer Zeit in einer weit, weit entfernten Galaxie* ... ist kaum über den Bildschirm geflimmert, als Kat und Nick anfangen zu knutschen, als wären Connor und ich gar nicht da.

Ich gleite auf den Boden neben Connor. »Machen sie das oft?«

»Ja, ziemlich oft«, erwidert er.

»Hast du noch andere Filme mitgebracht?«

Er schüttelt den Kopf. »Tut mir leid.«

Ich stehe auf, gehe zur Tür hinüber und gebe Connor ein Zeichen, mir hinaus in den Garten zu folgen. »Warte auf mich beim Picknicktisch, okay?«, sage ich und er nickt. »Ich bin gleich zurück.«

Greg und Phoebe haben eine Menge Brettspiele in ihrem Fernsehschrank. Ich stelle mir vor, wie sie Freunde einladen und ein paar Runden Tabu spielen. Sie kommen mir wie die Art Leute vor, die so etwas tun würden. Ich kenne die Regeln der meisten Spiele nicht, aber unten in der Schublade liegen ein altes Damebrett und eine Plastiktüte mit Spielsteinen.

Ich klappe das Brett zwischen uns auseinander und stülpe die Spielsteine auf den Picknicktisch. Connor lächelt. »Bereite dich auf eine vernichtende Niederlage vor«, sagt er.

Ich nehme einen schwarzen Spielstein und erwidere das Lächeln. »Abwarten.«

Wir reden nicht darüber, was auf der Party passiert ist. Wir sagen eigentlich nicht viel, außer wenn wir uns zwischen Zügen ein wenig aufziehen oder uns über erfolgreiche Sprünge freuen. Irgendwann während des ersten Spiels löst sich unsere Verlegenheit auf. Wir haben uns zwar immer noch nicht viel zu sagen, doch es fühlt sich so an, als hätten wir mein Oben-ohne-Debakel hinter uns gelassen.

Wir sind mit dem Spiel fast fertig und meine angekündigte Vernichtung steht tatsächlich bevor, als Kat und Nick aus dem Wohnwagen kommen. Ihr Zopf hat sich fast ganz aufgelöst und ihre Lippen sind geschwollen und ohne Lipgloss.

»Hey! Warum seid ihr gegangen?« Sie setzt sich zu nah an mich heran, so wie sie es immer tut. Sie rückt Leuten gern auf die Pelle. Es stört mich jedoch nicht zu sehr.

Connor schließt die Augen und macht übertriebene Kussgeräusche durch gespitzte Lippen, was Kat zum Kichern bringt. Ich sortiere die Spielsteine nach Farben und schiebe die roten rüber auf seine Seite des Bretts.

»Noch eine Partie?«, frage ich und er nickt.

»'tschuldigung.« Sie kräuselt die Nase und sieht so süß und glücklich aus, dass ich eine Welle der Zuneigung für sie empfinde. »Wir konnten uns nicht bremsen. Du bist, ähm ... du bist nicht sauer, oder?«

Alex in der Küche zu küssen, während Greg und Phoebe nur einen Flur entfernt waren, war ... unwiderstehlich. Und nicht, weil wir erwischt werden konnten, sondern weil ihn nicht zu küssen in dem Moment unvorstellbar gewesen wäre. Von daher weiß ich nicht so recht. Ich kann verstehen, dass Kat und Nick nicht die Hände voneinander lassen können. Wenn Alex vorhin am Hafen gewesen wäre, kann ich mir genau vorstellen, was wir jetzt tun würden. Ich frage mich auch, ob ich an Alex denken sollte, wenn ich gerade mit Connor Dame spiele. Ich schiebe die Frage für ein andermal beiseite und stupse Kat mit dem Ellbogen an. »Such nächstes Mal einen Film aus, den wir noch nicht gesehen haben.«

Greg kommt nach draußen. Falls er überrascht ist, die anderen zu sehen, nachdem ich ihn gebeten habe, Nein zu sagen, erwähnt er es nicht. Er setzt sich zu uns an den Picknicktisch, fragt Kat, Nick und Connor nach ihren Kursen und Lehrern und schwelgt in Erinnerungen an seine Zeit auf der Tarpon Springs High. Ich fühle mich ein bisschen ausgeschlossen und vielleicht auch ein wenig neugierig, was die

Highschool betrifft, aber nicht neugierig genug, um meine Entscheidung zu bereuen, nicht zu gehen.

Sie bleiben, bis es zu dunkel wird, um das Spielbrett zu sehen, und Phoebe mit den Kindern zurückkommt. Greg packt das Spiel zusammen, während ich mit Kat und den Jungs nach vorne laufe.

»Danke, dass du uns eingeladen hast.« Kat hakt sich bei mir unter. »Und nächstes Mal schauen wir den Film, versprochen.«

»Abgemacht.«

Sie wirft die Arme um mich, und obwohl ich mir nicht sicher bin, dass ich mich jemals an die Überschwänglichkeit dieser Familie gewöhnen werde, erwidere ich ihre Umarmung. »Ich seh dich morgen nach der Schule im Laden«, sagt sie.

Connor zögert noch, als Kat sich auf den Beifahrersitz von Nicks grünem Auto setzt. »Ich habe mich gefragt …« Connor fährt sich mit der Hand durchs Haar und drückt sich den Pony gegen die Stirn. Seine Nervosität ist irgendwie liebenswert. »Hast du Lust, Samstagabend ins Kino zu gehen? Ohne Kat und Nick, meine ich.«

Alex drängt sich wieder in meine Gedanken, doch ich sage mir, dass, wenn er mir keine Erklärung schuldet, ich es umgekehrt ebenso wenig tue. Ich bin mir nicht sicher, was ich Connor gegenüber empfinde. Ich mag ihn, glaube ich. Jedenfalls genug, um eine gute Wahl für mein erstes richtiges Date zu sein. Genug, um Ja sagen zu wollen.

Also tue ich es.

Die nächsten beiden Tage ziehen sich wie Kaugummi und ich verbringe den Großteil meiner Zeit damit, hinter der Kasse auf meinem Hocker zu sitzen und Theos Ratgeber zu lesen, wenn keine Kunden im Laden sind. Die Webdesign-Sprache ist ein Buch mit sieben Siegeln für mich und meine Unfähigkeit, sie zu verstehen, geschweige denn zu beherrschen, frustriert mich. Es ist auch keine große Hilfe, dass im Laden ständig Betrieb herrscht. Theo erklärt mir, dass »Hochsaison« ist und der Touristenstrom bis nach Ostern nicht abbrechen wird.

Am Mittwoch ist mein freier Tag. Ich hatte vor auszuschlafen, aber mein Körper hat sich bereits an das Frühaufstehen gewöhnt. Während ich im Bett liege, sehe ich mich im Wohnwagen um. Es ist merkwürdig, wie viele Sachen ich in so kurzer Zeit angehäuft habe. Wie leicht es ist, Wurzeln zu schlagen. Ein Unkraut aus Schuldgefühlen sprießt in meinem metaphorischen Garten und gibt mir das Gefühl, dass ich es nicht verdiene, meine eigene Lichterkette oder Silberschmuck oder einen Fingerschwammstrauß zu besitzen. Und wann habe ich angefangen über meine eigene Mutter als Unkraut nachzudenken?

Ich werfe die Decke zur Seite, schnappe mir meine Duschsachen und mache mich auf den Weg ins Haus.

»Guten Morgen«, sagt Phoebe, als ich in die Küche komme. Tucker sitzt in seinem Kindersitz, den Mund voller Pfannkuchen. Joe schenkt mir ein schüchternes Lächeln und nennt mich Peach. Ich habe das Gefühl, dass es bei diesem Spitznamen bleiben wird.

Phoebe und ich haben seit dem Tag, als ich sie über meine mögliche Veranlagung zu einer psychischen Krankheit habe reden hören, nicht viel miteinander gesprochen, doch ich will nicht unhöflich sein. »Hallo.«

»Wenn es dich interessiert« – sie stellt einen Teller mit geschnittenen Pfannkuchen vor Joe hin –, »ich habe mein Fahrrad aus dem Haus meiner Eltern mitgebracht. Es ist zwar alt, aber bis du den Führerschein hast, wird es damit vielleicht ein bisschen einfacher, sich in der Stadt zu bewegen.«

Das kommt mir wie eine versöhnliche Geste vor. Vielleicht ist es sogar eine Art Entschuldigung? Und auch wenn nicht, ein Fahrrad ist immer nützlich und ich hatte schon lange keins mehr. »Das ist klasse. Danke.«

Sie lächelt und ich frage mich, ob sie glaubt, dass damit zwischen uns alles wieder in Ordnung ist. Ist es das? Ich bin mir nicht sicher. »Ich werde Greg bitten, es sauber zu machen, wenn er von der Arbeit zurückkommt.«

»Das kann ich übernehmen«, sage ich. »Ich würde heute gerne bei einem Buchladen vorbeischauen.«

»Es gibt einen im Stadtzentrum«, antwortet Phoebe. »Der Laden ist sehr nett, aber die Auswahl ist nicht so groß wie in dem im Einkaufszentrum. Ich kann dich dort hinfahren, wenn du in der Stadt nicht findest, was du brauchst.«

»Ich denke darüber nach.«

»Ich habe heute den ganzen Tag Zeit.«

Ich nicke. »Danke.«

»Magst du Pfannkuchen?« Sie neigt die Pfanne, um mir

die goldbraunen Scheiben zu zeigen. Mein verräterischer Magen knurrt.

»Ja, gern.« Ich setze mich neben Joe, der meine Wange mit klebrigen Fingern berührt. Ich drehe mich zu ihm und tue so, als würde ich ihm die Hand abbeißen. Er reißt die Augen auf und mir rutscht das Herz in die Hose, aus Angst, dass ich ihn erschreckt haben könnte. Und somit Phoebe den Beweis liefere, dass man mich nicht mit ihren Kindern allein lassen kann. Doch als Joe feststellt, dass seine Hand noch ganz ist, kichert er. Kichert laut. Ein ansteckendes Kichern, das Tucker zum Lachen bringt und seiner Mutter ein Lächeln aufs Gesicht zaubert.

»Noch mal, Peach«, ruft Joe. »Noch mal.«

Ich wiederhole das Spiel wieder und wieder, bis Phoebe mir einen dampfenden Teller Pfannkuchen bringt. »Iss dein Frühstück, Joe«, ermahnt sie ihn.

»Joe isst«, sagt er. »Peach isst.«

Wir reden nicht, als wir alle am Tisch sitzen, aber Tucker lässt seine Gabel wie ein Flugzeug durch die Luft sausen, begleitet von einem fortlaufenden Kommentar, als sein Pfannkuchen-Flugzeug in seinem Mund abstürzt. Es geht mir total auf die Nerven und ich muss mir auf die Zunge beißen, um ihm nicht zu sagen, dass er die Klappe halten soll – doch er sorgt dafür, dass die Stille nicht unbehaglich ist. Als ich mit Essen fertig bin, wasche ich meinen Teller ab und gehe ins Bad, um mich zu duschen.

Phoebes Fahrrad steht vorne auf der Veranda. Es ist ein blaues Citybike, das einen Platten hat und mit einer klebrigen Staubschicht bedeckt ist. Nachdem ich es mit ein wenig Spülmittel und dem Wasserschlauch gereinigt habe, bietet Phoebe an, mich zur Tankstelle zu fahren, um die Reifen aufzupumpen.

»Du musst dir wegen mir nicht die Mühe machen, die Jungs ins Auto zu setzen«, sage ich. »Ich kann laufen.«

Sie setzt ihre Sonnenbrille auf und kramt in ihrer Handtasche nach den Schlüsseln. »Es ist keine Mühe. Ich werde mit ihnen in den Park gehen.«

Ich lege das Fahrrad in den Geländewagen, während sie Tucker und Joe in ihre Sitze schnallt. Phoebe lässt mich bei der Sparta-Tankstelle heraus, und während ich die Reifen aufpumpe, erinnere ich mich, wie sich Alex' und mein Knie berührten, als wir hier auf dem Parkplatz auf der Heckklappe seines Pick-ups saßen. Wie ein kleiner Kontaktpunkt so viel Hitze generieren konnte. Ich frage mich, ob er gerade an mich denkt und – falls ja – ob er wie ich rot dabei wird?

Der Buchladen ist von der Tankstelle nur einen Block entfernt. Er ist recht klein, eingezwängt zwischen einem Antiquitätenladen und einem irischen Pub. Auf dem Gehsteig davor steht eine Reklametafel mit einem Mark-Twain-Zitat in blauer Kreide. Ich wette, dass sie das Zitat jeden Tag ändern und es in einer anderen Kreidefarbe hinschreiben. Es sieht genau wie diese Art Laden aus. Ich kette das Fahrrad an das Parkschild und gehe hinein. Drinnen riecht es nach staubigen alten Büchern und direkt in der Mitte steht ein lachsfarbenes, L-förmiges Vinylsofa voller Dekokissen, die wie riesige Scrabble-Spielsteine aussehen. Jemand hat vier Kissen so arrangiert, dass die Buchstaben »Shit« ergeben, was mich zum Lächeln bringt.

Der Laden verkauft neue und gebrauchte Bücher, aber die Abteilungen sind nicht geordnet, wie man es erwarten würde. Die Belletristik ist nicht alphabetisch nach Autoren sortiert und die Sachbücher nicht nach Kategorien. Stattdessen sind die Regale mit sarkastischen Kommentaren beschriftet: *Blutleere Vampirromane (eindeutig zweideutig)*, *Bücher, die niemand lesen sollte (aber wer hört schon auf Experten)* und *Romane von toten weißen Typen.* Es gibt auch ein Regal mit der Überschrift *Schriftsteller, die sich umgebracht haben* und ich frage mich, welches Kriterium bei Hemingway überwiegt – dass er ein toter weißer Typ ist oder ein Schriftsteller, der sich umgebracht hat. Ich weiß nicht so recht, wo ich nach einem Vorbereitungsbuch für die außerschulische Prüfung suchen soll, aber ich finde schließlich eins zwischen anderen Übungsbüchern in einem Regal, das mit *... im Realen kommt alles auf Beharrlichkeit an (Goethe)* beschriftet ist. Das Buch ist nicht neu; es hat Bleistiftnotizen am Rand und ist auf die letztjährige Prüfung datiert. Ob sich Übungsbücher von einem Jahr zum nächsten sehr ändern? Ich bin bereit, fünf Dollar plus Umsatzsteuer darauf zu setzen, dass die Antwort Nein lautet.

Die einzige Angestellte im Laden ist ein blasses Mädchen in den Zwanzigern, das auf der Theke neben der Kasse sitzt, seine Beine, die in einer schwarzen Jeans stecken, über den Rand baumeln lässt und ein Taschenbuch liest. Sie ist zwischen einem Drehständer mit Kunstpostkarten und einem

Now Playing-Schild eingezwängt, das eine Band anpreist, von der ich noch nie gehört habe. Unten auf dem Schild steht mit schwarzem Stift: *ausgewählt von echten Menschen, nicht Konzernarschlöchern mit schlechtem Geschmack.*

Sie hebt den Blick von ihrem Buch und sieht mich durch eine schwarze Brille an, die die Wirkung des schwarzen Eyeliners entlang ihrer Wimpern verstärkt. Ihre Ohrläppchen sind um schwarze Plugs geweitet, sie trägt einen silbernen Ring in der Lippe und ein tätowierter Schriftzug auf der Innenseite ihres Handgelenks besagt *be here now.* »Alles gefunden?«

»Ja.«

Sie lässt das Übungsbuch unkommentiert, beäugt aber das Taschenbuch, das ich in der Jugendbuch-Abteilung aus dem Regal mit der Überschrift *Schriftsteller, die aus gutem Grund Preise gewonnen haben* gezogen habe. »Gute Wahl.«

Trotz der wertenden Buchkategorien, der Musik, die so cool ist, dass kein Mensch sie kennt, und einer Buchhändlerin – das Namensschild, das an einem Band um ihren Hals baumelt, informiert mich, dass sie Ariel heißt –, die meint, meine Auswahl kritisch kommentieren zu müssen, finde ich den Laden toll. Ich fühle mich zwischen den Büchern zu Hause und könnte mir vorstellen, es mir an einem Regentag mit einem Buch auf dem Sofa bequem zu machen. Oder sogar hier zu arbeiten.

Ariel steckt meine Einkäufe in eine Tüte und bückt sich dann, um die CD zu wechseln. Am anderen Ende der Theke, gleich neben der Tür, liegt ein Stapel Bewerbungsformulare.

Ich fahre mit der Fingerspitze die Linie entlang, auf die ich meinen Namen schreiben müsste, und male mir aus, wie ich Bücher einräume. Es fällt mir erstaunlich leicht, mir das vorzustellen. Vielleicht suchen sie eigentlich gerade niemanden und möglicherweise würden sie mich auch gar nicht einstellen, doch ich nehme trotzdem ein Formular mit und stecke es auf dem Weg nach draußen in meine Tasche.

Phoebe und die Jungs sind immer noch im Park, als ich nach Hause komme. Ich kette das Fahrrad an den Zaun neben dem Wohnwagen und gehe hinein. Als ich meine Bücher aus der Tasche hole, steigt mir der schwache Duft von Vanille und Rauch in die Nase und mir schlägt sofort das Herz bis zum Hals. Es ist der typische Geruch meiner Mom – billiges Drogerie-Vanille-Bodyspray und Marlboro Reds.

Als wäre sie ...

Ich eile vom einen Ende des kleinen Wohnwagens zum anderen und reiße im Vorbeigehen die Badezimmertür auf. Schiebe den Duschvorhang zur Seite.

... sie ist nicht hier.

Ich bilde mir das nur ein.

Aber auf der Arbeitsfläche liegt eine ausgedrückte Zigarette in der lilafarbenen Kerze, die ich mit Kat gekauft habe. Ich nehme sie und rieche daran. Marlboro Red.

Mom war hier.

Die Büsche draußen regen sich nicht – klar, meine Mutter würde sich bestimmt nicht in irgendeinem Garten verstecken, so wie ich – und natürlich lungert sie auch nicht auf Gregs Verandatreppe herum. Warum würde sie lange genug bleiben, um eine Zigarette zu rauchen, aber nicht lange genug, um auf mich zu warten? Ich wirbele herum, die Augen zusammengekniffen, während ich mich genauer umschaue. Nach irgendetwas. Einer Nachricht, vielleicht. Oder einer Botschaft, die nur ich verstehen kann. Doch als ich die Botschaft entdecke, die sie zurückgelassen hat, rutscht mir das Herz in die Hose. Sie war nicht hier, um mich zu sehen.

Der Laptop, den Greg mir geschenkt hat, ist weg.

Mein Magen zieht sich zusammen und ich frage mich, ob sich die Ruskins genauso fühlten, nachdem wir in ihrem Haus gewohnt hatten. Verletzt. Verwundbar. Heute Abend werde ich den Wohnwagen abschließen, denn ich will nicht, dass sie sich reinschleicht, während ich schlafe. Mein Gesicht brennt vor Scham, meiner eigenen Mutter gegenüber so zu empfinden, aber auch ... wie sage ich es Greg? Ich möchte nicht, dass er weiß, dass sie es war, doch ich möchte ihn genauso wenig anlügen, was mit dem Computer passiert ist. Ich hasse es, dass sie mich in diese Lage gebracht hat.

Kapitel 12

»Gibt es das auch in Grün?«

Alex ist wieder da und ich beobachte durch die offenen Türen, wie er und Jeff Schwämme hinten auf Alex' Pick-up laden. Heute trägt er kein Kopftuch, sein Pony ist mit einem Gummi nach hinten gezogen, so wie Mädchen das machen. Aber er sieht kein bisschen feminin aus und mir gefällt total, wie wohl er sich offenbar in seiner Haut fühlt.

Es tut mir in der Seele weh, den Blick von ihm losreißen zu müssen, um mich um eine Kundin zu kümmern, die mich seit fünfzehn Minuten mit Fragen nervt. Am liebsten würde ich ihr sagen, dass, wenn es das T-Shirt, das sie mir vor die Nase hält, auch in Grün gäbe, es bei den Dutzenden hier erhältlichen Stilen zu finden wäre. Nein, dieses lilafarbene Kleid gibt es nicht in Gold. Nein, wir haben keine Halsketten in anderen Farben im Lager. Nein, Sie können nicht drei Schwämme für zehn Dollar haben, nur weil der Laden am anderen Ende der Straße sie zu diesem Preis verkauft. Ich schüttele den Kopf – zum wiederholten Mal. »Tut mir leid.«

Theo betritt den Laden und wirft mir diesen Blick zu, den ich schon die ganze Woche von ihm bekomme und der besagt: »Du strengst dich nicht genug an.« Er geht zu der Frau, und als er fertig ist ihr Honig ums Maul zu schmieren, trägt sie ein T-Shirt, das nicht grün ist, *und* ein Kleid, das nicht goldfarben ist, zur Kasse.

»Callie«, sagt er, als die Kundin weg ist, »ich weiß, das ist alles neu für dich, aber du musst dich wirklich ein bisschen mehr anstrengen. Verkäufe abschließen.«

»Es tut mir leid.« Ich habe versucht so wie Kat den Kunden Komplimente zu machen, aber die Worte kommen mir nicht richtig über die Lippen und klingen unehrlich. Und obwohl ich Griechin *bin*, ist mir das Konzept fremd, was es bedeutet, Griechin zu *sein*, weshalb ich es nicht zu meinem Vorteil verwenden kann wie Theo und Alex. »Ich werde mich mehr anstrengen.«

Er seufzt, als würde er mir nicht glauben. »Geh jetzt in die Mittagspause. Ich kümmere mich um den Laden, und bis du fertig bist, müsste Kat hier sein.«

Es kommt mir wie eine Bestrafung vor.

Da meine Bank leer ist, gehe ich mit meiner täglichen Portion Hommus und meiner Dose Cola dorthin. Als Alex mich sieht, sagt er etwas zu Jeff und reicht ihm die Schlüssel für den Pick-up und sie verabschieden sich mit einem dieser komplizierten Handschläge. Jeff blickt in meine Richtung, während er in die Fahrerkabine steigt, und fährt weg. Der ganze Austausch macht mich irgendwie nervös. Vielleicht, weil es sich so anfühlt, als hätte ich auf eine stumme Verabredung zum Sex geantwortet, und jetzt weiß sogar Jeff Bescheid, was als Nächstes passieren wird. Und vielleicht ist mir das peinlich, weil ich nichts dagegen hätte, mehr als Alex' Sexverabredung zu sein. Dennoch hält mich das nicht davon ab, an Bord zu gehen und Alex nach unten in die Kabine zu folgen.

»Hi.« Er legt die Arme um mich und zieht mich an sich.

Ich grabe meine Finger in seine Locken, als er sein Gesicht hinunterbeugt. Sein Mund ist beinahe auf meinem, als mein eigenes heiseres Hallo herauskommt. Kurz bevor er mich küsst, schenkt er mir dieses Grinsen, bei dem meine Knie butterweich werden.

»Ich habe die ganze Woche an dich gedacht.« Alex' Lippen streifen über meinen Hals und seine Hände gleiten unter mein T-Shirt. Seine Haut schmeckt leicht nach Salz und Schweiß und meine Bedenken, dass ich nichts weiter als eine Sexverabredung für ihn sein könnte, lösen sich in nichts auf.

Vier Minuten nach Ende meiner Mittagspause ziehe ich meine Shorts wieder hoch und er fragt mich, wann ich Feierabend habe.

»Um fünf.« Ich mache mir keine Sorgen wegen Theo, aber Kat hat bestimmt ihre Schicht angefangen und hält nach mir Ausschau. Und ich fürchte, dass mein T-Shirt den Knutschfleck auf meinem Schlüsselbein nicht versteckt.

»Hast du Lust, später vorbeizukommen?« Seine Augen folgen meinen Bewegungen, als würde ich verschwinden, wenn er wegschaut. Was ironisch ist, wenn man bedenkt, dass er derjenige war, der ohne ein Wort verschwunden ist.

»Ich hole uns was beim Chinesen und wir könnten uns einen Film ansehen oder so.«

»Ich, ähm ...« Ich ziehe mein T-Shirt über den Kopf, damit ich seinem Blick ein, zwei Sekunden lang entkommen kann, bevor ich ihm die Wahrheit sagen muss. Ich schaue auf den Boden, als ich die Worte ausspreche. »Ich hab eigentlich schon ... was vor.«

»Oh.« Er zieht die Augenbrauen zusammen, als wäre ihm der Gedanke gar nicht gekommen, dass ich beschäftigt sein könnte.

»Du bist einfach gegangen, deshalb hab ich gedacht ...« Die Kabine wird immer kleiner und ich bin mir nicht sicher, wie ich den Satz beenden soll. »Du hättest anrufen können.«

»Nein, du hast Recht.« Alex sieht weg und das gefällt mir überhaupt nicht. Ich könnte mein Date mit Connor absagen. Mann, ich *möchte* mein Date mit Connor absagen. Aber das wäre nicht richtig. Ich will nicht die Art Mädchen sein. »Ich hab nicht wirklich darüber nachgedacht. Ist schon in Ordnung. Vielleicht ein andermal.«

»Auf jeden Fall. Absolut. Ja.« Zu viele Wörter kommen aus meinem Mund, aber ich hoffe, dass eines davon der Funken sein könnte, der wieder anfacht, was ich vorhin in seinen Augen gesehen habe. Ich möchte, dass er vorschlägt, dass wir stattdessen morgen Abend etwas unternehmen, doch er lässt mich in der Luft hängen.

»Okay, na ja, ich muss los. Ich bin schon spät dran«, sage ich. »Dann bis später irgendwann?«

»Klar.«

Aber als ich die Kabine verlasse und zum Laden laufe, sehe ich immer wieder zurück. Weil mir gar nichts klar ist.

Kat berät Kunden, als ich hereinkomme. Sie lächelt und winkt mir auf eine Art zu, die mir sagt, dass sie zu beschäftigt war, um sich wegen mir Sorgen zu machen. Was gut ist, denn *ich* bin zu beschäftigt, darüber nachzudenken, was da gerade zwischen Alex und mir passiert ist, um mir eine Ausrede einfallen zu lassen.

»O mein Gott, Callie, warum hast du mir nicht gesagt, dass Connor dich auf ein Date eingeladen hat?« Sie eilt an meine Seite, als ich den Drehständer mit dem Schmuck neu arrangiere. »Ich musste von Nick davon erfahren.«

»Ich hab's vergessen.«

»Wie konntest du das vergessen?« Sie wippt auf den Fußballen und ihr Armband klimpert. »Das ist so aufregend! Was ziehst du an?«

»Jeans und ein Karohemd, glaube ich.«

»Gute Wahl.« Kat nickt, als wäre meine mangelnde Planung ein Plan. »Dezent, aber süß. Vielleicht noch mit einem spitzenbesetzten Tank-Top darunter, und ... oh, die Halskette mit den Schlüsseln. Und die braunen Ledersandalen. Du wirst ... ähm, du siehst aus, als müsstest du dich gleich übergeben. Was ist los?«

»Ich weiß nicht.« Ich hänge dieselbe Halskette immer wieder anders an den Ständer, nur damit ich ihr aufgeregtes Gesicht nicht sehen muss. »Ich bin mir nicht sicher, dass es eine gute Idee ist.«

»Warum? Connor ist der netteste Kerl, den ich kenne.«

»Es ist bloß ... ich hab kein gutes Gefühl bei der Sache.«

»Ich hab Nick immer für die totale Nervensäge gehalten. Aber irgendwann in der neunten Klasse hat er die Kantinenangestellte überredet ihm einen zusätzlichen Erdnussbutterkeks zu geben, und dann hat er ihn mir geschenkt. Es war so eine bescheuerte, kleine Sache, aber« – sie zuckt mit den Schultern – »danach war ich hin und weg. Gib Connor eine Chance. Vielleicht überrascht er dich.«

Ich kaue auf meiner Unterlippe herum. Ich wünschte, ich könnte ehrlich zu ihr sein, was Alex betrifft, aber sie würde es nicht verstehen, vor allem da sie unbedingt will, dass das mit Connor etwas wird. Es steht ihr ins Gesicht geschrieben, es schwingt in ihrer Stimme mit. Und ich möchte mich nicht mehr mit ihr streiten. »Ja, okay.«

Theo lässt uns ein wenig früher Feierabend machen, und als wir zu Kats Wagen laufen, kann ich mich nicht davon abhalten, einen verstohlenen Blick zum Boot zu werfen. Alex steht auf dem Deck und fädelt Schwämme auf, wie an dem Abend, als ich ihn zum ersten Mal sah, und ich muss mich zusammenreißen, um ihm nicht zuzurufen, dass ich chinesisch essen und mit ihm einen Film anschauen will. Enttäuschung durchfährt mich mit jedem Herzschlag, als er nicht einmal den Blick hebt.

Es fühlt sich wie ein großes Ereignis an, als die ganze Familie Connor und mich zur Haustür begleitet und uns von der Terrasse aus zuwinkt, während wir in den Wagen steigen. Die Erwartungen aller scheinen auf meinen Schultern zu lasten und ich habe das Gefühl, dass ich es vermasseln werde.

»Du, ähm ... du siehst nett aus«, sagt Connor und fährt los. »Ich mag deine Frisur.«

Kat hat mir zwei kleine französische Zöpfe geflochten und sie hinten mit einem Band zusammengebunden. Es sieht hübsch aus.

»Danke.« Er trägt ein poloartiges Hemd und ausgewaschene Jeans und sein Rasierwasser ist sportlich und ein bisschen aufdringlich, als hätte er es gerade erst aufgetragen. »Du auch«, sage ich.

Er fummelt beim Fahren am Radio herum, macht alle Frequenzen durch, bis er den richtigen Song findet – irgendeine Hard-Rock-Band, die ich nicht kenne –, und sieht zu mir, um sich zu vergewissern, dass ich mit seiner Wahl einverstanden bin. Ich lächele, habe aber nichts zu sagen. In Gregs Garten Dame zu spielen war einfach, weil wir nicht reden mussten, doch jetzt ... die ganze Situation ist schrecklich.

»Ich, ähm ...« Ich drehe die Lautstärke herunter. »Ich weiß nicht so recht, wie ich das sagen soll, aber ...«

»Du willst nicht wirklich mit mir ausgehen.« Seine Stimme ist leise und ich kann die Enttäuschung heraushören.

Ich fahre mit dem Finger über die zerfranste Stelle an meiner Jeans. »Woher hast du das gewusst?«

»Ich konnte es dir irgendwie anmerken.« Er bremst und bleibt vor einer roten Ampel stehen. »Ich meine, als ich dich das erste Mal gefragt habe, hast du gesagt, dass du darüber nachdenken würdest. Da hätte ich es eigentlich schon wissen müssen. Also ... ich verstehe nicht, warum du Ja gesagt hast, wenn du nicht interessiert bist.«

»Kat war so aufgeregt und ich hatte noch nie ein richtiges Date und ich dachte, du wärst ...« Ich suche nach einem schmeichelhaften Wort. *Angenehm. Nett.* Diese Wörter sind scheiße. »... harmlos.«

Warum habe ich nicht lustig gesagt? Welcher Typ möchte hören, dass er *harmlos* ist? Wie zum Beweis rümpft Connor die Nase, als hätte ich ein Schimpfwort benutzt. Dann seufzt er und es fühlt sich wie ein Schlag in die Magengrube an. Ich hätte das alles vermeiden können, wenn ich einfach Nein gesagt hätte.

»Um ehrlich zu sein ...« Er blickt durch die Windschutzscheibe zur Ampel hoch, als könnte er es nicht erwarten, dass sie umschaltet, damit er vor diesem Moment davonfahren kann. »Ich komme mir wie ein Idiot vor, weil, na ja ... ich hatte das Gefühl, dass ich zur Abwechslung mal eine Chance bei einem Mädchen hätte, dem ich eigentlich nicht das Wasser reichen kann.«

»Das kannst du.«

Connor zuckt mit den Schultern. Die Ampel schaltet um und er biegt nach links.

»Wir können ...«

»Ja, ich weiß. Zusammen abhängen.« Er klingt müde und ein bisschen sarkastisch. Das kann ich ihm nicht verübeln. »*Freunde* sein.«

»Es tut mir leid.«

Er parkt vor dem Buchladen. Am Ende der Straße kann ich die erleuchtete Markise des Kinos sehen, die über den Gehsteig ragt. »Willst du immer noch ins Kino gehen?«, fragt er.

»Nicht wirklich, nein.«

»Ich auch nicht«, sagt er. »Soll ich dich nach Hause fahren?«

Ich schüttele den Kopf. »Ich möchte Kat das noch nicht erklären müssen.«

Connor nickt. »Sie hat schon angefangen ein Doppeldate für den Abschlussball zu planen, von daher ... ja, das wird nicht lustig werden.«

Ich öffne die Beifahrertür. »Es tut mir wirklich leid.«

»Ist schon in Ordnung.« Er schenkt mir ein trauriges Lächeln und streckt mir die Faust hin. Ich drücke meine Faust gegen seine und steige aus. »Bis später, Callie.«

Er fährt weg und ich überlege, in den Buchladen zu gehen und mich auf das bequeme Sofa zu kuscheln, bis mein angebliches Date vorbei ist. Aber als ich nach der Türklinke greife, dreht das Hipster-Mädchen mit der dunklen Brille das Geschlossen-Schild zu mir und zeigt auf ihre Uhr.

Zehn Minuten später bin ich beim Schwammhafen.

Auf meinem Weg zu Alex' Boot komme ich an einem kleinen Restaurant mit einer Handvoll Tischen auf dem Gehsteig vorbei. An einem davon zupft ein blondes Mädchen mit Sommersprossen an dem Etikett ihrer Bierflasche, während sie dem Typen, der ihr gegenübersitzt, ein strahlendes Lächeln schenkt. Der Typ ist Alex.

Ich senke den Kopf, damit mein Haar mein Gesicht verbirgt, aber die verdammten Zöpfe halten es größtenteils zurück. Ich laufe schnell, in der Hoffnung, dass er mich nicht bemerkt, doch die flachen Sohlen meiner Sandalen klatschen auf das Pflaster, als ich vorbeigehe.

»Callie.« Ich höre, wie Alex nach mir ruft. »Hey, Callie. Warte.«

So. Bescheuert. So. Bescheuert. So. Bescheuert. Meine Schritte begleiten die Wörter in meinem Kopf. So bescheuert, dass ich mit Connor ausgegangen bin. So bescheuert, dass ich hergekommen bin, um Alex zu sehen. Zu glauben, dass ich hierherpassen würde. Zu glauben, dass ich jemand anders sein könnte. Ich könnte ohne diese Schuhe schneller laufen, aber ich will keine Zeit damit verlieren, stehen zu bleiben und sie auszuziehen. Obwohl ich nirgends hinkann, will ich meiner Beschämung so schnell wie möglich entfliehen.

Er holt mich auf der Athens Street ein und legt seine Hand um meinen Oberarm. »Warte.«

»Lass mich los.« Ich sehe auf seine Finger hinunter. »Sofort.«

Er lässt meinen Arm los, steckt die Hände tief in die Hosentaschen seiner Jeans und senkt die Stimme. Sanft. Weich. »Bitte.«

So bescheuert.

»Ich habe diese schreckliche Angewohnheit, mir die falschen Typen auszusuchen. Typen, die sich einen Dreck um mich scheren.« Ich lasse die Schultern hängen, als ich mich an das Backsteingebäude hinter mir lehne. »Ich hab für dich mein Date abgesagt.«

»Ich habe dir die Kombination zu meinem Boot gegeben.«

»Ja, aber dann bist du einfach weggefahren und ich dachte, du willst nicht –«

»Ich habe *dir* die Kombination zu meinem *Boot* gegeben«, wiederholt er und die Bedeutung dieser Worte trifft mich wie ein Schlag.

»Oh.«

»Ja. Oh.«

»Du solltest fremden Mädchen nicht die Kombination zu deinem Boot geben.«

Er zieht einen Mundwinkel nach oben und mich packt das starke Verlangen, ihn genau auf diese kleine Falte zu küssen. Dann streckt er die Hand aus und berührt meinen Hals, seine Fingerspitzen legen sich um meinen Nacken und sein Daumen ruht auf meinem rasenden Puls. Er tritt einen Schritt näher. »Habe ich sie dem falschen Mädchen gegeben?«

Ich fahre mir mit der Zunge über die Unterlippe und schüttele den Kopf. »Nein.«

Seine andere Hand legt sich um die andere Seite meines Halses und sein Mund streicht federleicht über meinen. Flüchtig und ... oh, ich will nur noch mehr, mehr, mehr. »Gehen wir zum Boot.«

»Was ist mit dem Mädchen im Restaurant?«

»Sie ist bloß eine gute Freundin, Callie. Wir haben nur ein Bier getrunken, während sie auf ihren Freund gewartet hat. Sie gehen zusammen essen.« Seine Finger gleiten meinen Arm hinunter, bis sie meine Hand erreichen, und er zieht mich sanft zum Hafen. Seine Handfläche ist rau, aber das ist mir egal. »Komm. Hast du immer noch Lust auf chinesisch?«

»Klar«, sage ich und unterschlage, dass ich bereits zu Abend gegessen habe.

Auf dem Boot durchwühlt Alex einen Haufen von Speisekarten, bis er den gelben Flyer voller Fettflecken vom Restaurant *Die Große Mauer* findet. Er reicht sie mir. »Was möchtest du haben?«

Ich setze mich hin und gebe ihm die Karte zurück, ohne sie mir anzusehen. »Einfach eine Frühlingsrolle.«

»Das ist alles?« Er holt sein Handy aus der Hosentasche. »Bist du sicher?«

»Dieses Mal.«

Alex grinst, als er anruft und eine Frühlingsrolle für mich und Mu-Shu-Hähnchen – mein Lieblingsgericht – für sich bestellt. Mom und ich bestellen immer nur Kung-Pao-Hühnchen, weil sie das am liebsten mag.

»An was hast du gerade gedacht?« Alex öffnet eine Bierflasche und bietet sie mir an. Ich schüttele den Kopf, während ich die Knie an meine Brust ziehe. Er lässt sich neben mich plumpsen und stützt seine nackten Füße auf eine Milchkiste.

Ich lege meine Wange aufs Knie. »An Kung-Pao-Hühnchen.«

»Magst du das?«

Ich habe Mom nie gesagt, dass ich es absolut nicht ausstehen kann. »Kein bisschen.«

»Das werde ich mir merken«, sagt er und nimmt eine meiner Locken zwischen seine Finger. »Fürs nächste Mal.«

Ich will die Hand ausstrecken und ihn auch berühren, tue es aber nicht. Ich weiß nicht, warum. »Wird es ein nächstes Mal geben?«

Er schaut weg und trinkt einen Schluck Bier und ich frage mich, ob er die Worte runterschluckt, die er sagen wollte. Doch dann richtet er seine grünbraunen Augen wieder auf mich und spricht sie aus. »So oft du willst.«

Ich spüre, wie ich rot werde, und er lacht auf eine Art, die nicht spöttisch ist. Ich schaue an ihm vorbei, durch die offene Tür auf das Deck, wo die dunklen Schwammgirlanden hängen. »Hattest du nicht was von einem Film gesagt?«

»Das war, bevor du mir einen Korb gegeben hast«, erwidert er. »Ich meine, ich habe ein paar Filme, die wir uns ansehen können, aber die sind nicht gerade aktuell.«

»Das ist okay. Was hast du da?«

Er öffnet eine Schiebeluke hinter uns und nimmt einen kleinen Stapel von DVDs heraus. Ich sehe sie durch.

»*Die Braut des Prinzen*, *High Fidelity*, *Road House*, *Coyote Ugly* und …« Ich sehe ihn schräg von der Seite an. »*Heiße Häschen 6?*«

»Den können wir auslassen.« Alex schnappt sich die Hülle und wirft sie im hohen Bogen durch die Tür der Kabine. Sie landet mit einem Knall auf dem Deck. »Hat nicht viel Handlung.«

»Na ja. Nach *Heiße Häschen* 1 bis 5 gibt's nicht mehr viel zu sagen, oder?«

Er lacht. »Genau.«

Ich fächere die restlichen DVDs wie ein Kartenspiel auf. »Welcher von denen ist dein Lieblingsfilm?«

Alex zieht *High Fidelity* heraus. »Hast du den gesehen?«

»Nein.«

»Das ist ein Muss.« Er holt ein kleines Fernseh-DVD-Kombigerät aus einem Stauraum unter seinem Bett und stöpselt das orangefarbene Verlängerungskabel hinein, das nach draußen zu einer Steckdose auf dem Kai führt. Während die DVD lädt, lehnt er ein paar Kopfkissen gegen die Bugwand und macht es sich bequem. Er stupst meinen Schenkel mit seinem Zeh an. »Komm her.«

Ich schiebe mich nach hinten zwischen seine Beine, bis ich mit dem Rücken an seinem Oberkörper lehne. Als seine stoppelige Wange meine Schläfe berührt, durchfährt mich ein angenehmer Schauer und er legt die Arme um mich. Seine Hand gleitet unter den Kragen meines Hemds und seine Finger ruhen auf meinem Schlüsselbein. Es kommt mir zugleich wie ein ungewöhnlicher und ein perfekter Ruheplatz für eine Hand vor.

»Alles klar?«, fragt er.

Ich habe das Gefühl, dass ich den Körper eines anderen Mädchens bewohne, als könnte so etwas Wunderbares nicht wirklich mir passieren und das Universum würde mir jeden Augenblick mitteilen, dass es nur ein Scherz ist. »Alles klar.«

Er greift nach oben und schaltet das Licht aus.

Wir bleiben in dieser Position, bis das Essen aus dem chinesischen Restaurant geliefert wird. Alex löst sich von mir und drückt auf Pause, bevor er raus aufs Deck geht, um zu bezahlen. Er kommt mit einem Stapel Mitnahmebehälter zurück. »In dem Schrank gegenüber vom Bug sind ein paar Klapptischchen.« Er zeigt mit dem Kinn in Richtung des Schranks.

Ich stelle die Tischchen in der Mitte der Kabine auf und er breitet das Essen darauf aus. Ich nehme meine Wachspapiertüte mit der Frühlingsrolle und setze mich wieder hin, während Alex den Styroporbehälter mit dem Mu-Shu-Hähnchen öffnet. Der Geruch von Frittiertem lässt mich in Gedanken zum Hausflur unserer letzten Wohnung zurückkehren und zu den Schuhen vor der Tür unserer Nachbarn. Wir würden dort immer noch wohnen, wenn Mom nicht diesen bescheuerten Drang gehabt hätte, weiterzuziehen. Sie wäre nicht verhaftet worden. Ich wäre nicht hier und sie hätte meinen Computer nicht gestohlen.

»Kann ich was davon abhaben?« Obwohl es keinen Ort gibt, an dem ich gerade lieber wäre als hier mit Alex Kosta, bin ich wütend. Von seinem Mu-Shu-Hähnchen zu essen ist irgendwie, als würde ich sagen: *Du kannst mich mal, Mom.*

»Klar.« Er runzelt die Stirn, als er mich ansieht. Meine Augen brennen und ich spüre, wie mir die Tränen kommen. »Ist alles in Ordnung?«

»Ja, ich muss nur ... Ich muss nur aufs Klo.«

Ich sitze auf dem geschlossenen Klodeckel und versuche meine Mom aus meinen Gedanken zu verdrängen, aber das ist nicht so leicht, wenn es sich so anfühlt, als wäre sie irgendwo da draußen und würde mich beobachten und verurteilen. Und in meinem Kopf herrscht das reinste Chaos, weil ich wieder bei ihr sein will. Das ist wirklich so. Aber das Leben bei Greg ist besser, als ich mir vorgestellt hatte. Ich habe ein echtes Bett – auch wenn es in einem Wohnwagen steht – und hausgemachte Mahlzeiten und kleine Jungs, die mich mit klebrigen Fingern berühren und Peach nennen. Es gefällt mir, einen Job zu haben, auch wenn ich mir immer noch nicht sicher bin, ob mir der Job gefällt, den ich gerade habe. All das gibt mir das Gefühl, dass ich Mom untreu bin. Als wäre sie mir egal. Und das ist absolut nicht wahr.

»Hey, Callie«, höre ich Alex' Stimme auf der anderen Seite der dünnen Holztür. »Ich hab vergessen dir zu sagen, dass du zum Spülen zuerst mit dem roten Hebel pumpen musst.«

»Okay, danke.« Ich atme laut aus und betrachte mich in dem dreckigen Spiegel an der Wand. Der Eyeliner, den Kat aufgetragen hat, ist verschmiert, daher streiche ich mit dem Knöchel unter meinen Wimpern entlang und wische ihn weg, bevor ich die Tür aufmache.

Ich kann die Sorge in seinen Augen sehen, doch ich ignoriere sie, während ich ein wenig von seinem Mu-Shu-Hähnchen auf einen Pfannkuchen löffle, und tue so, als würde es mir gut gehen. »Warum kann Kat dich nicht ausstehen?«

»Sie, ähm ... sie war eine ganze Weile lang in mich verknallt«, sagt er. »Schon als wir Kinder waren. Ich wusste es, aber sie ist zu jung für mich.«

»Ich bin genauso alt wie sie.«

»Das ist anders«, erwidert er, führt aber nicht weiter aus, warum es anders ist. »Vor ein paar Jahren hat sie mich gefragt, ob ich mit ihr zum Schulball gehen würde, und ich habe abgelehnt. Ich habe ihr gesagt, dass sie für mich wie eine kleine Schwester ist.«

Ich zucke zusammen.

»Ja.« Er verzieht das Gesicht. »Ist nicht gut angekommen.«

»Das lässt sich nicht übersehen«, sage ich. »Als sie neulich mitbekommen hat, wie ich mein Mittagsessen mit dir teile, hat sie mir die kalte Schulter gezeigt. Ich kapier's nicht ganz. Ich meine, wenn sie mit Nick glücklich ist, warum interessiert es sie dann noch, was du machst?«

Alex zuckt mit den Schultern. »Auch wenn sie mich nicht mehr will, ist sie immer noch sauer, dass ich *sie* nicht wollte. Das muss irgend so ein Mädchen-Ding sein. Mehr fällt mir dazu nicht ein.«

»Ich habe das Gefühl, dass ich nicht besonders gut darin bin, ein Mädchen zu sein.«

Er beugt sich vor und sein unrasiertes Gesicht kitzelt mich am Hals und lässt mich zusammenzucken. Mit leiser, tiefer Stimme sagt er: »Du ... bist unglaublich gut darin, ein Mädchen zu sein.«

Wir teilen uns alle Gerichte. Alex isst die Hälfte meiner Frühlingsrolle und ich finde ein wenig Platz für einen mit Hähnchen und Pflaumensoße gefüllten Mu-Shu-Pfannkuchen, den ich zu einem kleinen chinesischen Burrito zusammenwickele. Und nachdem wir die leeren Behälter in den Müll geworfen haben, lehne ich mich wieder bequem an seinen Oberkörper, um den Film zu Ende zu schauen. Aber es fällt mir schwer, auf die Handlung zu achten, wenn sein Daumen über mein Schlüsselbein wandert und seine Lippen ständig meine Haare berühren. Zumindest glaube ich, dass sie es tun. Es fühlt sich so an. Als ich den Kopf hebe, um ihn anzusehen, küsst er mich und der Film wird zu einem bloßen Hintergrundgeräusch.

Alex öffnet die Knöpfe an meinem Hemd und küsst mich zwischen jedem. Als es auf dem Boden liegt, schiebt er mir das Tank-Top über den Kopf. Er zieht schnell sein eigenes T-Shirt aus, wirft es auf den wachsenden Haufen Kleider und drückt mich sanft nach hinten, bis ich auf der Schlafkoje liege. Meine Jeans und die Unterhose greift er gleichzeitig und ich hebe die Hüften, damit er beide herunterziehen kann. Er kniet sich auf den Boden der Kabine, streicht mit den Daumen an meinen Oberschenkeln entlang und öffnet sie behutsam. Seine Lippen streifen über das Innere meines Knies.

»Was …« Die Worte bleiben mir im Hals stecken und mein Herz springt in meiner Brust hin und her wie eine Flipperkugel. »Was machst du da?«

»Ich werde dir nicht wehtun, Callie.« Sein Kiefer streift meine Haut und ich bekomme von seinem Viertagebart am ganzen Körper Gänsehaut. Sein Grinsen sagt mir, dass er mit sich zufrieden ist, aber meine Oberschenkelmuskeln sind wie versteinert, während ich auf die Worte warte, die Frank immer gesagt hat. Dass es sich gut anfühlen wird. Dass es mir gefallen wird. Doch Alex sagt seine eigenen Worte: »Wenn du willst, dass ich aufhöre, höre ich sofort auf.«

Er berührt mich mit seinen Fingern. So sanft. Als wäre ich etwas ganz Zartes. Ich habe Angst und zittere so heftig, dass er mich immer wieder fragt, ob er aufhören soll, aber ich will nicht, dass er aufhört. Dann berührt er mich mit seinem Mund und ich zerschmelze.

Als er sich schließlich über mich schiebt, sind meine Wangen tränenüberströmt, weil ich nie geglaubt hätte, dass es sich so gut anfühlen *könnte* oder dass es mir gefallen *würde.* Jetzt, in diesem Augenblick, sieht die Abwesenheit von Scham wie Alex Kosta aus und ich möchte dieses Gefühl nicht loslassen. Oder ihn. Für immer.

»Alles klar?«, fragt er später leise, als er sich frisch gemacht hat und wir wieder halb angezogen sind. Der Fernseher zeigt wieder das DVD-Menü an, sodass wir den Film noch einmal von vorne schauen.

Ich nicke, den Kopf an seiner Brust, und diesmal bin ich mir ganz sicher, dass seine Lippen mein Haar berühren. »Alles klar.«

Ich träume von Alex.

Er kommt in mein Zimmer und ich habe ein Hello-Kitty-Nachthemd an. Ich bin siebzehn – kein kleines Mädchen –, daher bedeckt es mich kaum, die Rüschen unten reichen mir gerade so über die Hüften. Er hebt den Saum, aber ich habe keine Angst, weil es Alex ist, der flüstert, dass er mir nicht wehtun wird. Doch als er mich berührt, verwandelt er sich in Frank, der sein verschleimtes Raucherlachen lacht und sagt, dass er immer wusste, dass es mir gefal-

len hat. Dass niemand mich je wollen wird, weil ich immer sein besonderes Mädchen sein werde.

Ich befreie mich aus Franks Umarmung und stolpere aus dem Bett. Ich schnappe mir mein Hemd vom Boden, ziehe es an und halte es mit der Faust zu, während ich nach meiner Jeans suche. »Wo ist meine Hose?«

»Callie.« Jemand sagt meinen Namen. Es ist nicht Franks Stimme, aber ich ignoriere sie trotzdem. Ich muss hier raus. Weg von ihm.

»Ich muss meine Hose finden.« Die Worte sind von Tränen und Verzweiflung erstickt.

»Callie.« Die Wirklichkeit rückt schlagartig ins Blickfeld, als Alex mich am Arm packt. »Was zum Teufel ist los?«

Ich blinzele einmal. Zweimal. Mein Herzschlag rast wie verrückt und ich berühre sein Gesicht, um sicherzugehen, dass er real ist. »Es war nur ein Albtraum.«

»Nur?« Er streicht mir mit den Fingern über die Wange, die ganz nass ist. »Du hast im Schlaf *geweint.*«

»Es war auch ziemlich schrecklich.« Ich trockne mir die Augen am Kragen meines Hemds.

»Möchtest du, ähm ... möchtest du darüber reden?«

»Nein.« Meine Haut fühlt sich an, als würden Ameisen unter ihrer Oberfläche marschieren. Ich will nicht an den Traum denken, geschweige denn ihn mit jemandem teilen. Nicht mal mit ihm. Vor allem nicht mit ihm.

»Du hältst mich wahrscheinlich für das merkwürdigste Mädchen, das du je kennengelernt hast.«

»Ich glaube …« Er stützt das Kinn auf meinen Kopf und irgendwie fühlt sich die Mulde seines Halses wie ein sicherer Ort an. »… dass wir alle Dinge mit uns herumtragen, von denen wir niemandem erzählen. Wenn du sie teilen willst, wirst du es tun. Oder auch nicht.«

»Danke«, sage ich. »Wie spät ist es?«

»Keine Ahnung. Drei, vielleicht?«

»Drei? Bist du sicher? Mist. Ich bin so was von erledigt.« Ich winde mich in meine Jeans und stecke die Füße in meine Sandalen. Auf meinem Handy sind Dutzende Voicemail- und SMS-Nachrichten von Greg, Kat und sogar Connor. Das ist so übel. »Mist.«

Alex zieht sich schnell an und schnappt sich die Schlüssel seines Pick-ups. »Ich fahre dich.«

»Kannst du mich an der Ecke rauslassen?«

»Unter den Umständen …«

»Ja.«

Die Fahrt zum Haus ist eigentlich immer kurz, aber heute Nacht erscheint sie mir noch kürzer. Alex parkt um die Ecke neben dem Gehsteig und sieht mich an. »Ich komme mir wie ein Arsch vor, dass ich dich mit Greg alleinlasse.«

»Das bist du nicht.« Ich beuge mich rüber und küsse ihn schnell. Denn wenn ich mir dabei Zeit lasse, werde ich noch mehr Gründe haben, nicht aus dem Pick-up zu steigen. »Und ich krieg das schon hin.«

»Hier.« Alex drückt mir etwas in die Hand und ich schaue es mir erst an, als ich mich vom Pick-up entferne. Es ist ein in Plastikfolie verpackter Glückskeks. Ich bin total versucht ihn zu öffnen, denn was ich jetzt am meisten brauche, ist Glück, aber ich habe keine Zeit.

Ich gehe um die Ecke, und als ich das Haus erreiche, sind alle Lichter an und Greg sitzt auf der Verandatreppe. Er springt auf, als ich durch die Pforte komme, und ich wappne mich für einen Wutausbruch. Stattdessen legt er die Arme um mich.

»Du hast mir heute Abend eine Heidenangst eingejagt.« Seine Umarmung ist grimmig und sanft zugleich, genau wie seine Stimme, als er spricht. »Und ich bin gerade so wütend, dass ich nicht weiß, ob ich ein vernünftiges Gespräch führen kann. Aber ... Gott sei Dank, dass es dir gut geht.«

»Es tut mir l-«

»Theo weiß bereits, dass du morgen nicht zur Arbeit kommst. Wir unterhalten uns dann.« Er schneidet mir das Wort ab und lässt mich gleichzeitig los und ich wünsche mir irgendwie, er hätte es nicht getan. »Jetzt solltest du erst mal in dein Zimmer gehen und dort bleiben.«

Enttäuschung flimmert um ihn herum wie eine heiße Straße an einem Sommertag und ich möchte einen Streit mit ihm anfangen, damit er wütend auf mich ist und nicht enttäuscht wegen mir.

»Es ist kein Zimmer«, gebe ich zurück. »Es ist ein Wohnwagen in deinem Garten.«

Aber als ich um das Haus herum zum Wohnwagen gehe – den ich wirklich liebe, ungeachtet meiner Worte –, fühle ich mich nicht besser, dass ich es gesagt habe.

Kapitel 13

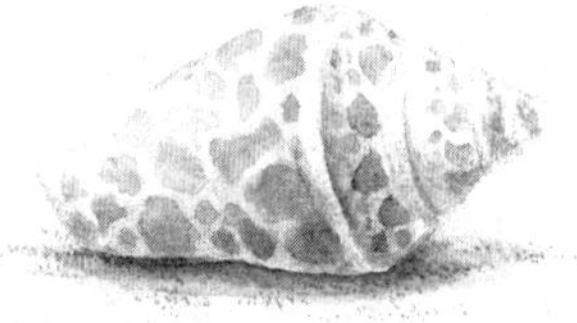

Fünf Stunden später weckt mich mein vibrierendes Handy und ich muss das Bettzeug durchwühlen, um es zu finden. Ein Blick aufs Display sagt mir, dass es Kat ist, aber ich will nicht rangehen. Ich würde mir lieber die Decke über den Kopf ziehen und mich noch ein bisschen länger vor der Realität verstecken, doch sie wird nicht lockerlassen. »Hallo?«

»O mein Gott, Callie.« Ihre Stimme tönt durch den Hörer. »Ich bin fast verrückt geworden. *Wo warst du?*«

Ich reibe mir die Handballen gegen die Augen und löse den Schlaf, während ich darüber nachdenke, was ich sagen soll. Ich kann ihr nicht von Alex erzählen. Nicht nur, weil ich Angst vor ihrer Reaktion habe, sondern auch, weil sich gestern Abend die Beziehung zwischen ihm und mir verändert hat. Es ist ein ganz neues Gefühl und es gehört mir, ich bin noch nicht bereit es mit jemandem zu teilen. »Ich bin einfach durch die Gegend gelaufen.«

»So lange?«

»Ich bin mein ganzes Leben lang obdachlos gewesen, Kat. Ein paar Stunden ist nicht lange.«

Die Leitung ist still, als sie über die Realität meiner Vergangenheit nachdenkt, und im Hintergrund höre ich, wie ihre Mom sagt, dass sie losmuss.

»Du hättest mir das mit Connor erzählen können«, sagt sie.

»Das wollte ich, aber du hast dich so über die ganze Sache gefreut«, erwidere ich. »Und er ist nett, daher wollte ich ihn wirklich mögen, aber ich tue es nicht. Jedenfalls nicht genug.«

»Callie.« Sie seufzt und ich spüre, dass ich sie auf dieselbe Art enttäuscht habe, wie ich Connor enttäuscht habe. »Du musst nicht mit jemandem ausgehen, weil ich es will. Du kannst mir die Wahrheit sagen, weißt du. Das ist, was Freundinnen tun.«

»Es tut mir leid.«

»Hör mal«, sagt sie. »Meine Mom nervt rum, dass ich unter die Dusche soll. Lass uns also bei der Arbeit weiter darüber reden. Soll ich dich abholen?«

»Ich gehe heute nicht in den Laden.« Etwas knirscht an meinen Zehen. Ich greife nach unten und finde den Glückskeks, der in der Plastikverpackung zerbröselt ist. »Greg hat mich noch nicht zur Schnecke gemacht.«

Kat zieht geräuschvoll die Luft ein. »Das könnte übel werden. Er war gestern Abend krank vor Sorge.«

»Ja.«

»Sag Bescheid, wie es gelaufen ist«, bittet sie. »Hab dich lieb.«

Sie legt auf, bevor ich mich verabschieden kann. Ich reiße die Keksverpackung auf und fische den Spruch heraus. Mein Glückszahlen sind 6–13–25–32–48 und auf der Vorderseite steht: *Dein Schicksal liegt in deinen Händen.*

Na, vielen Dank auch, Glückskeks.

Ich falle rückwärts auf mein Bett, liege aber nur ein paar Minuten da, bevor ich höre, wie Greg an die Fliegengittertür klopft. »Guten Morgen, Callie.« Er klingt nicht wütend und das ist beunruhigend. »Frühstück ist fertig.«

Ich schnappe mir eine kurze Hose und mein altes Pfadfinderinnen-T-Shirt und verschwinde im Bad, während ich mich frage, welche Hiobsbotschaft mich als Nächstes erwartet. Als ich herauskomme, hält Greg die Kerze mit Moms Zigarette in der Hand. Mist. Ich hatte vergessen sie wegzuwerfen.

»Rauchst du?«, fragt er.

»Ähm ... nein«, stammele ich. »Ich meine, nur ab und zu, wenn ich gestresst bin. Fast nie. So gut wie nie, ehrlich.«

»Ich weiß nicht, ob du mir die Wahrheit sagst«, erwidert er, als ich ihm aus dem Wohnwagen und über den Rasen folge. »Aber wenn du rauchst, musst du damit aufhören. Nicht nur, weil ich keinen Zigarettenrauch in der Nähe meiner Jungs will, sondern auch, weil es schlecht für dich ist.«

»Okay. Ich meine, es tut mir leid.«

»Also, unser Tag wird heute folgendermaßen ablaufen«, erklärt er. »Zuerst frühstücken wir mit Phoebe und den Jungs, dann machen du und ich eine Besorgung und anschließend wirst du im Garten deiner Großmutter arbeiten. Unkraut jäten, mulchen, Rasen mähen ...«

»Ist Sklavenarbeit Teil meiner Strafe?«

Er lacht. »Sklavenarbeit ist Teil davon, zu einer Familie zu gehören.«

Was die Frage aufwirft, was genau meine Strafe sein wird.

Phoebe macht Rühreier, als wir in die Küche kommen. Tucker und Joe sitzen auf dem Boden und spielen mit kleinen Farmtieren aus Holz. Als er mich sieht, streckt Joe mir ein Schaf hin. »Spiel, Peach.«

»Ihr habt noch Zeit«, sagt Greg und geht zu Phoebe, um ihr mit dem Frühstück zu helfen.

Ich setze mich im Schneidersitz auf den Boden und Joe windet sich auf meinen Schoß und neigt den Kopf nach hinten, sodass er mich verkehrt herum ansieht. Er riecht nach Baby-Shampoo und ich verspüre den Drang, meine Nase in sein Haar zu graben und einfach diese Unschuld einzuatmen. »Schaf.«

»Bäh«, sage ich.

Er lacht, nimmt eine Kuh und blickt mich wieder verkehrt herum an. »Kuh«, sagt er und ich weiß, was von mir erwartet wird.

»Muh.«

Wir machen das mit jedem Tier – Ente, Pferd, Schwein, Ziege, Huhn –, bis mein Schoß voller hölzerner Farmtiere ist und Tucker sich beschwert, weil wir sie nicht mit ihm teilen. Joe schenkt mir ein gerissenes Lächeln, als wäre das schon die ganze Zeit sein Plan gewesen, und ich drücke ihn heimlich solidarisch. Aber als ich aufblicke, beobachtet uns Greg und lächelt, daher war es wohl doch nicht so heimlich.

»Ihr könnt weiterspielen, nachdem wir gegessen haben«, sagt Phoebe zu Tucker. »Das Frühstück ist fertig.«

Tucker rappelt sich auf und ich schiebe Joe von meinem Schoß, um aufzustehen. Er hebt die Arme und seine kleinen Finger machen Greifhände. »Hoch.«

Ich platziere Joe in seinem Hochstuhl und setze mich neben ihn, während Phoebe und Greg Frühstück an den Tisch bringen. Beim Essen herrscht eine angenehme Stimmung, aber ich bin nervös. Die letzte Nacht spukt noch immer in meinem Kopf herum und mein Magen zieht sich so eng zusammen, dass hausgemachte Rühreier und Speck nicht halb so gut schmecken, wie sie sollten, und ich frage mich, ob das nicht schon an sich eine Strafe ist.

Nach dem Frühstück fahren Greg und ich mit dem Fahrrad durch Tarpon Bayou zu einer Baustelle auf dem Chesapeake Drive am Hafen. Auf dem Bauplatz befindet sich ein hellblaues Stelzenhaus mit einer Holztreppe, die zur Veranda hochführt. Fenster und Türen fehlen und Sperrholzplatten ragen aus Dachöffnungen, wo sich einmal Gauben befunden haben.

»Wo sind wir hier?«, frage ich, als ich ihm die Treppe hinauf folge.

»Das ist eins meiner Bauprojekte.« Wir treten durch die Öffnung, wo die Haustür sein sollte, in ein Gerüst mit halb eingezogenen Ständerwänden. »Von außen hat es dieses großartige Flair der alten Florida-Strandhäuser, aber der Innenraum war schlecht aufgeteilt und unpraktisch. Es ist schwer, sich das jetzt vorzustellen, aber gleich hier vorne wird es zwei Schlafzimmer geben und da hinten« – er zeigt auf einen großen Raum mit riesigen Fensteröffnungen, durch die man auf den Bayou sieht – »kommt ein großes Wohn- und Esszimmer mit Küche hin. Und dahinter eine weitere Veranda.«

Ich habe keine Ahnung von Architektur, aber das Haus ist ziemlich groß. Nicht wie die Herrenhäuser in Pointe Alexis, doch viel größer als Gregs beengtes Häuschen.

»Gehen wir nach oben«, sagt er.

Die Treppe ist aus Sperrholz und das Geländer fehlt noch. Unsere Schritte hallen wider, als wir zum ersten Stock hochsteigen.

»Diesen Teil des Hauses mag ich am liebsten, besonders das alte Holz und die Dachschräge«, erklärt Greg. »Wir werden die vordere Dachgaube vergrößern, um ein Büro einzurichten, aber das ...« Er führt mich durch das hölzerne Ständerwerk einer neuen Wand. »Das wird *dein* Zimmer werden.«

Als ich das höre, bleibe ich abrupt stehen. »Mein Zimmer?«

Er holt ein paar gefaltete Blaupausen aus seiner Tasche. »Phoebe und ich haben diese Immobilie vor zwei Jahren zusammen mit unserem kleinen Haus gekauft und ich habe den Großteil des letzten Jahres damit verbracht, das Ganze so zu modernisieren, dass der alte Charme dabei nicht verlorengeht.«

Ich knie mich hin und falte die Zeichnung auseinander. Greg kauert sich neben mich hin.

»Siehst du den Teil hier?« Er berührt ein paar Linien auf dem Papier »Das habe ich letzte Woche hinzugefügt ... nur für dich.« Er geht zu einer der Wände hinüber und streckt die Arme weit aus. »Genau hier werde ich eine Leseecke bauen mit Bücherregalen auf allen Seiten, damit du hier drin sitzen und lesen kannst. Und da draußen, wo die Dachgaube war, wirst du deine ganz eigene Terrasse haben.«

Greg verschwimmt vor meinen Augen, als sie sich mit Tränen füllen, und ich bin zugleich glücklich und traurig, weil ich das hier verdienen will, aber nicht das Gefühl habe, dass ich es tue. Nicht nach allem, was ich getan habe. Er kommt zu mir herüber und hält mich sanft an den Schultern. »Du bist *immer* Teil meiner Familie gewesen, Callie. Immer ein Teil meiner Pläne.«

»Das, was ich über den Wohnwagen gesagt habe, habe ich nicht wirklich gemeint«, sage ich. »Mir gefällt es dort sehr gut.«

Er lächelt. »Ich weiß.«

»Aber das ist ...« Ich schließe die Augen und stelle mir eine Wand voller Bücher vor.

»Komm.« Er läuft zwischen Ständerwänden hinaus auf die Anfänge der Terrasse, setzt sich hin und lässt die Beine über den Rand in die Leere darunter baumeln. Ich setze mich zu ihm.

»Die Sache ist die«, sagt Greg. »Ich bin, was dich betrifft, so überfordert, dass ich nicht weiß, was ich wegen gestern Abend unternehmen soll. Bei Tucker und Joe ist es leicht, weil sie klein sind. Jedes Mal, wenn Tucker einen Weg findet, unsere erzieherischen Maßnahmen zu umgehen, können Phoebe und ich uns immer noch neue ausdenken. Aber du ...« Er zuckt mit den Schultern. »Ich kann mich noch sehr gut an meine Teenagerzeiten erinnern, weshalb es mir eine Heidenangst macht, einen Teenager erziehen zu müssen. Vor allem einen Teenager, dem es bisher ausgesprochen gut gelungen ist, sich um sich selbst zu kümmern.«

Ich halte die Hand vor die Augen und blicke hinaus auf das Bayou. Es scheint mir so gut wie unmöglich, dass diese Aussicht mir gehören könnte. Dass dieses Zimmer mir gehören wird. »Ich hatte nicht vor, so lange wegzubleiben.«

»Das Problem ist nicht nur, dass du so lange weggeblieben bist, Cal«, sagt Greg. »Du bist mit Connor Madsen ausgegangen und Stunden später allein zurückgekommen, ohne auch nur irgendjemandem Bescheid zu sagen, wo du bist. Wie soll ich deiner Meinung nach damit umgehen?«

»Es ist nur ... das ist auch für mich neu«, erwidere ich. »Mom hat immer nachts gearbeitet. Deshalb war ich nie irgendjemandem Rechenschaft schuldig. Ich habe nicht absichtlich deine Regeln missachtet. Ich habe einfach die Zeit vergessen.«

»Wo warst du?«

»Ich, ähm ... Ich war mit jemandem zusammen.« Meine Antwort überrascht mich. Ich war nicht darauf gefasst, ihm gegenüber so etwas Persönliches preiszugeben.

»Jemand, der offensichtlich nicht Connor war.«

»Genau.«

»Nimmst du ... bist du ...?« Sein Gesicht ist rot und er

drückt mit den Fingern seinen Nasenrücken zusammen. »Meine Güte, das ist keine Frage, von der ich je dachte, dass ich sie würde stellen müssen, aber wenn du, ähm ... bist du vorsichtig?«

Ich spüre, wie auch ich rot werde. Mom und ich haben das Sex-Gespräch schon vor Jahren geführt. Es war nach Frank, sie war also trotzdem zu spät dran, auch wenn er nicht wirklich Sex mit mir hatte. Aber mit Greg über Empfängnisverhütung zu sprechen hätte ich mir in meinen wildesten Träumen nicht ausgemalt. Auch wenn dieser Moment merkwürdig ist, fühlt es sich zum ersten Mal seit meiner Ankunft hier so an, als wäre er wirklich mein Dad. »Ja.«

»Wenn du zum Arzt musst, kann ich Phoebe bitten, mit dir hinzugehen.«

Ich nicke. »Das wäre gut.«

Greg rappelt sich hoch und hilft mir dann auf. Genau dort, an der Stelle, wo man das Gefühl hat, mitten im Himmel zu stehen, umarmt er mich und sagt mir, dass er mich liebt. Meine Wange an seinem T-Shirt weckt eine Erinnerung in mir, wie er mich einmal umarmte, als ich klein war. Damals sprang ich von der Verandatreppe des Hauses, in dem wir lebten, als wir noch zu dritt waren. Ich hatte keine Probleme bei der ersten oder zweiten Stufe, doch als ich es von der dritten Stufe versuchte, fiel ich hin und schürfte mir die Knie und Handflächen auf. Greg war da, um mich aufzuheben und mir die Tränen wegzuwischen. Ich lege meine Arme um ihn und flüstere so leise, dass ich mir nicht sicher bin, ob er mich hören kann: »Danke.«

Da er mich auf die Stirn küsst, glaube ich, dass er es gehört hat.

Ich folge ihm zurück zur Sperrholztreppe und gebe mir jetzt mehr Mühe, mir vorzustellen, wie dieses Haus – unser Haus – aussehen wird, wenn es fertig bist. Er spricht über Trockenbauwände und Bambusbodenbelag und andere Dinge, die ich nicht verstehe, aber das stört mich nicht.

»Also, dieser Freund ...«, sagt er, als wir unsere Fahrräder zur Straße schieben.

Ich steige auf mein Rad. »Vertrau mir einfach, okay?«

Greg seufzt. »Mir ist bei der Sache wirklich nicht ganz wohl, aber ... in Ordnung.«

Er biegt auf die Ada Street ab – nachdem er mir erzählt hat, dass er heute Nachmittag einen Gastank installieren will, damit ich im Wohnwagen duschen kann – und ich fahre allein zu Georgias Haus weiter. Als ich langsam vor ihrem Gartenweg zum Halten komme, werkelt sie bereits im Garten herum. Sie hat geblümte Gartenhandschuhe und ein paar Gummipantoffeln an. Als sie mich umarmt, riecht sie nach Erde, Gras und Lippenstift. Es ist eine angenehme Kombination.

»Ist alles wieder gut, wegen der Sache auf der Party?« Die Handschuhe, die sie mir reicht, sind blau und viel größer als ihre und sie kratzen innen ein wenig. Sie führt mich zu einem Stapel mit Mulchsäcken.

»Ich glaub schon.«

»Falls du meine Meinung dazu hören willst«, fährt sie fort, »würde ich sagen, dass du kein bisschen wie deine Mutter bist, Callista. Du ziehst vielleicht alleine los, um deine Gedanken zu sortieren, aber der Unterschied ist – und das ist wichtig –, du kommst zurück.«

So habe ich das nie betrachtet.

»In dieser Hinsicht bist du wie dein Vater und« – sie zeigt auf den oberen Sack und bedeutet mir, dass ich den Mulch um die niedrigen Büsche entlang der Veranda verteilen soll – »ich vermute, dass du nicht so sehr wegläufst als vielmehr auf etwas zuläufst. Oder jemanden.«

Meine Gedanken wandern sofort zu Alex und Georgia grinst, als könnte sie meine Gedanken lesen. Sie streckt die geblümte Hand aus und berührt mein Gesicht. »Deine Wangen verraten dich, *matákia mou.*«

»Was bedeutet das?« Der Mulchsack ist schwerer als erwartet und ich schwanke damit zu den Büschen hinüber.

»Es bedeutet ›meine Augen‹«, antwortet sie. »Nicht buchstäblich, aber ... es ist, wie wenn man sagen würde, du bist mein Augenstern.«

»Und *korítsi mou*?«, frage ich und wiederhole die Worte, die Greg im Büro des Sheriffs in Illinois zu mir gesagt hat, während ich den Mulchsack aufreiße und seinen Inhalt auf den alten Mulch kippe. Ich bin mir nicht mal sicher, dass ich die Worte richtig ausspreche. »Was heißt das?«

»Die wörtliche Übersetzung ist ›mein Mädchen‹«, sagt sie. »Aber es bedeutet, dass das fragliche Mädchen geliebt und sehr geschätzt wird. Eltern sagen es. Und wenn ein junger Mann *latría mou* zu dir sagt, was ›mein Liebling‹ bedeutet, liebt er dich ... oder er versucht dich ins Bett zu kriegen. So oder so, er meint es in beiden Fällen ernst.«

Ich verteile den dunklen und nach Erde riechenden Mulch um die Büsche herum und lache, weil Alex keine griechischen Kosenamen abspulen musste, um mich ins Bett zu kriegen. Aber es ist ein gutes Lachen und hat nichts mit der Scham zu tun, dass man sich auf der Ladefläche eines Pickups wie ein Stück Müll fühlt. »Das werde ich mir merken.«

Die Arbeit ist schweißtreibend, doch es dauert nicht lange, bevor der Mulch verteilt und das Unkraut gejätet ist. Georgia hat den Großteil selbst gejätet und gestanden, dass sie einen Nachbarjungen fürs Rasenmähen bezahlt hat, damit ich es nicht machen muss. Ich habe das Gefühl, dass ich mit meiner Strafe ziemlich leicht davongekommen bin, aber ... Keine Ahnung. Ich glaube, ich verstehe, was Greg mir zu sagen versucht hat.

»Ich esse heute mit einer Freundin zu Mittag«, sagt meine Großmutter, als wir unsere Handschuhe ausziehen. »Hast du Lust mitzukommen?«

»Ich will mich nicht aufdrängen.«

»Ich hätte dich nicht eingeladen, wenn deine Anwesenheit nicht erwünscht wäre«, antwortet sie. »Und Evgenia möchte dich kennenlernen.«

Der Name kommt mir bekannt vor, doch ich weiß nicht, woher. »Okay.«

Ich mache mich in Georgias Badezimmer frisch, fahre mir mit den Fingern durchs Haar, um die Knoten zu lösen, und schnuppere an den Achseln meines T-Shirts, um sicherzugehen, dass ich nicht zu streng rieche. Ich sehe aus, als hätte ich bei jemandem im Garten gearbeitet, und meine Nasenspitze ist ein bisschen von der Sonne gerötet, aber ich hoffe, dass ihre Freundin das nicht stören wird.

Wir gehen zu Fuß zu einem winzigen Steinhaus mit einer Holztür, in die ein altmodisches Segelschiff geschnitzt ist, und das nicht weit vom Schwammhafen entfernt liegt. Unterwegs bringt mir Georgia bei, wie man Hallo und Danke auf Griechisch sagt, und lässt mich die Worte so lange wiederholen, bis ich sie richtig ausspreche. Wir werden von einem Mann mit grau melierten Haaren begrüßt. Er hat eine Figur wie ein kleines Fass und ist breit genug, um die Tür auszufüllen.

»Georgia!« Er küsst meine Großmutter auf beide Wangen. »Schön dich zu sehen! Das ist bestimmt deine Enkelin. Wir haben uns schon darauf gefreut, dich kennenzulernen.« Meine Hand verschwindet ganz in seiner, als er sie schüttelt. »Kommt herein, kommt herein! Bitte, setzt euch.«

Er führt uns in ein Wohnzimmer, das kaum größer ist als mein Wohnwagen. Obwohl die Vorhänge offen sind, halten Gardinen die Sonne zurück und tauchen den Raum in ein düsteres Licht. Es riecht, als könnte es dem ganzen Zimmer guttun, ausgeschüttelt zu werden. Auf dem Sofa sitzt eine Frau – Evgenia, nehme ich an –, deren Mund schlaff herunterhängt, und als sie uns ansieht, überlege ich, ob sie blind ist, weil ihre Augen sich auf nichts zu konzentrieren scheinen.

»Evgeniki.« Der Mann geht in die Hocke und tätschelt ihr

Knie. Sie dreht den Kopf in seine Richtung, aber ihre Miene verändert sich nicht. »Georgia ist hier, um dich zu sehen. Du erinnerst dich doch an Georgia.«

Sie nickt, als meine Großmutter sich neben sie aufs Sofa setzt. Ich sitze auf der Kante eines verblichenen braunen Sessels.

»Ich habe meine Enkelin Callista mitgebracht«, sagt Georgia. »Sie hat mir heute im Garten geholfen. Callista, das sind meine liebste Freundin Evgenia und ihr Mann Nikos.«

Ich winke und komme mir danach blöd vor. Was, wenn sie mich nicht mal sehen kann? Ich versuche, auf Griechisch Hallo zu sagen. »*Yia sou.*«

Evgenia klatscht in die Hände und sagt etwas, aber ihr Kiefer ist steif und die Worte sind unverständlich. Sie klingen eher nach Kauderwelsch als nach Griechisch oder Englisch.

»Benutz deine Tafel.« Nikos reicht ihr eine weiße Wegwischtafel und einen roten Textmarker und dreht dann die Lautstärke am Fernseher herunter. Georgia schaut über Evgenias Schulter, während sie ein paar Worte auf die Tafel kritzelt. Ich kann sie nicht lesen, weil ich sie von meinem Sitzplatz aus auf dem Kopf sehe, doch ich bin mir ziemlich sicher, dass es Griechisch ist. Daher hätte ich sie richtig herum auch nicht lesen können.

Meine Großmutter lächelt und sieht mich an. »Sie sagt, dass du zu einer hübschen jungen Frau herangewachsen bist.«

»Ich, ähm ... *efharistó*.« Danke.

Yiayoúla nickt zustimmend und stupst Evgenia mit dem Ellbogen an. »Ich werde noch eine echte Griechin aus ihr machen. Auch wenn sie meine Dolmades nicht mag.«

»Ich lasse euch Damen allein.« Nikos steht auf, beugt sich vor und gibt seiner Frau einen Kuss. Er streicht ihr über die Wange und ich muss über die Zärtlichkeit der Geste lächeln. »Ruft, wenn ihr mich braucht.«

Die Unterhaltung zwischen Georgia und ihrer Freundin wechselt zwischen Schweigen, wenn Evgenia schreibt, und einer Flut von Worten auf Englisch und Griechisch, wenn meine Großmutter spricht. Wenn man das Quietschen des Markers auf der Tafel nicht hören könnte, würde man meinen, dass Yiayoúla Selbstgespräche führt. Da ich nichts zu der Unterhaltung beizutragen habe, sehe ich mich im Raum um. Er ist schlicht und die Möbel sind alt, aber gut erhalten und sauber. Gemütlich und wertgeschätzt.

An der Wand hängt ein Bild von einem viel jüngeren und dünneren Nikos, sein Haar pechschwarz und sein Gesicht schnurrbartlos. Er steht mit einem mageren blonden Jungen – dessen Beine unverhältnismäßig lang sind im Vergleich zu seinem restlichen Körper – neben einem weißen Boot mit dem Namen *Evgenia* in blauer Farbe. Alex. Evgenia ist Alex' Mutter.

Ich gehe zu dem Foto hinüber. Daneben hängt noch ein Foto von Alex. Auf diesem ist er älter und breiter und im Wasser, umgeben von anderen Jungs. Er streckt den Arm in die Luft und hält ein weißes Kreuz hoch.

»Das ist Evgenias Sohn Alex. Phoebes Bruder.« Georgia

kommt zu mir herüber und legt den Arm um meine Taille. »Aber das weißt du schon, oder?«

Ich sehe sie nicht an, aus Angst, dass meine geröteten Wangen mich wieder verraten. Wenn sie es nicht schon getan haben. »Ja, er, ähm ... war einmal zum Abendessen da und er macht an Sonntagen die Schwammtauchtouren.«

Sie zeigt auf das Bild von Alex im Wasser. Sein ganzes Gesicht lächelt und schon damals – wann auch immer *damals* war – sah er atemberaubend gut aus. »Jedes Jahr im Januar feiern wir die Taufe Jesu im Jordan«, sagt sie. »Zu den jährlichen Traditionen gehört das Dreikönigstag-Tauchen, bei dem der Erzbischof ein Kreuz in den Spring Bayou wirft und die Jungs danach tauchen. Man glaubt, dass es dem Jungen, der es findet, ein Jahr voller Glück und Segen beschert. In dem Jahr war Alex der Glückliche und dein Vater, als er sechzehn war.«

Das war das Jahr, in dem meine Mutter mit mir schwanger wurde. Sehr viel Glück hat es Greg also nicht beschert, denn er wurde noch vor seinem siebzehnten Geburtstag Vater.

Hinter uns kann ich das Quietschen von Evgenias Marker hören. Wir drehen uns um und sehen, dass sie die Tafel hochhält. Darauf steht: *Alex ein guter Junge. Stolz auf ihn.* Eine Gesichtsfalte fängt eine Träne auf, die ihr die Wange hinunterläuft. Sie vermisst den Sohn, der nie zu Besuch kommt, und mir bricht ihretwegen das Herz.

Meine Großmutter lacht, um die Stimmung zu heben. »Hast du nicht schon genügend Leute verkuppelt?« Sie dreht sich zu mir. »Es war Evgenias Idee, Greg und Phoebe zusammenzubringen, und jetzt hält sie sich für eine Expertin auf dem Gebiet.«

Evgenia lacht, während sie sich die Augen und Wangen mit einem Taschentuch abtupft und dann die Worte auf der Tafel wegwischt, um neue hinzuschreiben. *Mittagessen?*

Georgia hilft ihr, vom Sofa aufzustehen, und führt sie in die Küche, wo sie Sandwiches für mich und Georgia zubereiten und einen Schoko-Ernährungsdrink mit Banane für Evgenia. Yiayoúla erklärt mir, dass ihre Freundin an progressiver supranukleärer Blickparese leidet, einer degenerativen Krankheit, die langsam ihre motorischen Fähigkeiten zerstört, einschließlich gehen und reden.

»Das Schlucken fällt ihr mittlerweile sehr schwer«, sagt meine Großmutter, als der Mixer sich dreht. »Deshalb sind fast alle ihre Mahlzeiten flüssig. Nikos und Phoebe bemühen sich ihren Nährstoffbedarf zu decken, aber das reicht nicht. Sie wird immer schwächer und anfälliger für Krankheiten. Irgendwann wird sie eine Lungenentzündung bekommen, ihr Körper wird sich nicht dagegen wehren können und sie wird sterben.«

Mein Brot fühlt sich wie Sand in meinem Mund an, als sie so offen über den Tod spricht. Jetzt begreife ich alles – warum Phoebe will, dass Alex seine Mom besucht, und warum er sich weigert. Es ist schwer, ihr nahezu ausdrucksloses Gesicht zu betrachten und zu wissen, wie viel Kummer und Angst es verbirgt. Alex zieht sich zurück und bereitet sich auf das Unvermeidliche vor.

Aber ich kann nicht verstehen, wie er es ertragen kann, von seiner Mutter getrennt zu sein. Wenn meine Mom krank wäre, gäbe es nichts, das ich nicht für sie tun würde. Sie *ist* krank und ich habe schreckliche Geheimnisse für mich behalten, um sie zu schützen.

Nach dem Essen hilft Georgia Evgenia ins Bett, damit sie ihren Mittagsschlaf halten kann, und Nikos kommt ein paar Minuten später zurück. Er wirft einen Blick auf seine schlafende Frau und bedankt sich für unser Kommen. »Georgia, ich weiß nicht, was ich ohne dich und Phoebe tun würde. Evgenia zu pflegen ist ein Vollzeitjob.«

»Wie gut, dass du einen starken, fähigen Sohn hast, der das Boot für dich betreibt, nicht wahr?« Seine buschigen Augenbrauen berühren sich fast, als er die Stirn runzelt, doch bevor er irgendetwas erwidern kann, tätschelt meine Großmutter seine Schulter und schneidet ihm das Wort ab. »Ruf mich an, wenn du eine Pause brauchst. Ich habe unendlich viel Zeit.«

Als wir die Mill Street hinunterlaufen, verschränkt Georgia ihre Finger in meine. »Gestern Abend habe ich eine Freundin besucht, die einen Seifenladen auf der Athens Street hat, und dabei zufällig ein junges Paar gesehen, das sich auf dem Gehsteig geküsst hat.«

Ich reiße die Augen auf. Wenn sie weiß ...

»Keine Sorge.« Sie winkt ab. »Dein Vater hat keine Ahnung. Aber mein Schweigen hat seinen Preis.« Sie lacht. »Das lässt mich hinterhältig erscheinen, was? Preis ist nicht das richtige Wort, aber ich bräuchte von dir einen sehr großen Gefallen im Austausch dafür, dass ich dein Geheimnis für mich behalte.«

Ich habe nichts von Wert, das ich ihr anbieten könnte. Nichts, von dem ich weiß. »Was?«

»Überzeuge Alex seine Mutter zu besuchen.«

»Aber ... das kann ich nicht«, protestiere ich. »Phoebe hat es beim Abendessen angesprochen und er ist stinksauer geworden.«

»Natürlich«, erwidert Georgia. »Sie ist seine Schwester und sie ist ihm auf die Nerven gefallen. Du, Callista, bist ein hübsches Mädchen und hübsche Mädchen können Jungs immer überreden Dinge zu tun, die sie nicht tun wollen. Außerdem bist du klüger als er. Du wirst schon einen Weg finden.«

Kapitel 14

Ich liege mit dem Roman, den ich im Buchladen in der Stadt gekauft habe, und mit einer Decke gegen die Kälte, die sich in die Dezemberabende eingeschlichen hat – etwas, das mich an Florida überrascht und mir gefällt –, gemütlich auf dem Sofa, als es leise an meiner Tür klopft. Alex hat mich vor einer Weile angerufen, um mir zu sagen, dass er ausläuft, aber vielleicht ist er vorbeigekommen, um sich persönlich zu verabschieden. Ich lächele in mich hinein, als ich aufstehe und zur Tür gehe.

Es ist meine Mom.

Ich ziehe sie in den Wohnwagen, bevor sie irgendjemand sieht, und schließe die Außentür. Im Haus brennt zwar kein Licht, aber wer weiß, ob Greg nicht vom Fenster aus herübersieht, um sich zu vergewissern, dass ich mich nicht wieder davonschleiche.

»Mom, was machst du hier?«

Sie sieht schlimmer aus als beim letzten Mal, als ich sie gesehen habe. Ihr dunkler Haaransatz zieht sich ins Platinblond hinein und die Lichterkette lässt die Ringe unter ihren Augen, die wie Blutergüsse wirken, noch dunkler erscheinen. Ihre charakteristischen roten Lippen stechen in ihrem verbrauchten Gesicht zu stark hervor. Ich umarme sie, doch sie fühlt sich anders an. Schmächtig und gebrechlich, ein Herbstblatt, das in der Brise davonwirbeln könnte. Und sie erwidert die Umarmung nicht.

»Du hast es dir hier ja sehr nett gemacht.« Sie berührt eine herunterbaumelnde Ranke des Philodendrons, der über der Spüle hängt, und fährt mit den Fingerspitzen die Arbeitsfläche entlang zu dem Buch, das ich gerade lese. »Mehr hat es nicht gebraucht, um dich auf seine Seite zu ziehen, Callie? Ein paar Bücher und teure Geräte?«

»So ist es nicht.« Und doch frage ich mich plötzlich, ob ich mich von diesem ganzen *Zeug* tatsächlich habe verführen lassen.

Sie nimmt mein Handy und legt den Kopf schief. Ich kann mit dem Telefon ins Internet gehen. Es war teuer. »Oh?«

»Mom ...«

»Du hast mich einfach im Gefängnis zurückgelassen.« Das Handy klappert, als sie es auf die Arbeitsfläche wirft. »Und hast dich mit ihm davongemacht, als würde ich gar nicht existieren.«

»Das stimmt nicht«, gebe ich zurück. »Ich hatte keine Wahl. Er ist mein Vater.«

Sie zündet sich eine Zigarette an und ich zucke zusammen, als ich an die Ministandpauke denke, die ich mir von Greg über mein angebliches Rauchen habe anhören müssen.

Dann habe ich ein schlechtes Gewissen, dass ich mir überhaupt Sorgen mache, was er denken könnte. Vielleicht hat sie Recht. Sie bläst Rauch aus. »Man hat immer die Wahl, Callie.«

»Was hätte ich denn deiner Meinung nach tun können?«

»Na ja.« Sie lässt sich auf das Sofa plumpsen und legt die Füße auf den Tisch. Das schwarze Velours ihrer Lieblingsballerinas ist verschlissen und die Absätze sind völlig abgelaufen. »Du bist immer noch hier, oder?«

Ich habe einen Teil des Taschengelds, das Greg mir gegeben hat, in meiner Gitarre versteckt und jetzt habe ich auch noch meinen Lohn vom Geschenkeladen. Es gibt keinen Grund, warum ich nicht gehen könnte.

»Es tut mir leid.« Ich setze mich neben sie, unsicher, warum ich mich entschuldige. Ich könnte sie fragen, wohin ich ihrer Meinung nach allein hätte gehen oder wie ich sie hätte finden sollen, aber so ist meine Mutter nun mal. Sie glaubt, dass ich mir das irgendwie alles ausgesucht habe. Und obwohl ich weiß, dass ihre Persönlichkeitsstörung daran schuld ist, kann ich die winzige Stimme in meinem Kopf, die ihr Recht gibt, nicht zum Schweigen bringen. »Hast du keine Angst, dass man dich erwischt?«

Ihr Gesicht wird weicher und sie schenkt mir ein Grinsen, das ihre Grübchen hervortreten lässt. »Du solltest mittlerweile wissen, dass ich sehr gut darin bin, nicht gefunden zu werden. Und ich werde sowieso nicht viel länger hierbleiben. Sobald ich genug Geld für einen Neuanfang habe, verschwinden wir von hier.«

»Wie viel hast du für den Computer gekriegt?«

»Fünfzig Dollar.«

»Kannst du ihn zurückbekommen?«

Sie lacht. »Warum würde ich das tun wollen?«

»Weil er mir gehört«, erwidere ich. »Du hast ihn mir gestohlen.«

Sie streckt die Hand aus und berührt mein Haar. Es ist tröstlich und vertraut und ich möchte meinen Kopf hineinschmiegen, damit sie weitermacht. Ich will ihre Zuneigung zurück. »Wir können nach Colorado gehen, wie wir es vorhatten, oder« – ich sehe, wie in ihren Augen Begeisterung aufflackert, während sie meine Frage einfach komplett ignoriert – »sonst wohin. Wir können überall hingehen, Callie. Wir können *frei* sein.«

Frei.

»Ich, ähm ...« In der kurzen Zeit, seit ich hier bin, habe ich einen Job, eine Freundin – auch wenn unsere Freundschaft bisher sehr turbulent gewesen ist – und einen Vater gefunden, der mich zu Hausarrest verdonnert, wenn ich Mist baue. Greg ist mein Sicherheitsnetz, wenn ich stolpere. Und das ist eine Art Freiheit, die ich nie erwartet hätte. Aber das ist es nicht, was sie hören will. Ich lächele und lege den Kopf auf ihre knochige Schulter. »Klingt gut, Mom.«

Mein Handy vibriert, als ich eine SMS erhalte. Sie greift danach und ich sehe Alex' Namen auf dem Display. »Ooh, *Alex*«, zieht sie mich auf. »Schauen wir doch mal, was Alex zu sagen hat.«

»Mom ...« Ich versuche ihr das Handy wegzunehmen, doch sie hält es außer Reichweite, während sie nach dem

Knopf sucht, der ihr die Nachricht anzeigt. Ich stehe auf, grapsche danach und reiße es ihr aus der Hand.

Sie zieht die Augenbrauen hoch.

»Interessant.« Ihre Stimme ist leise, als ich das Handy einstecke, ohne seine Nachricht zu lesen, obwohl ich vor Neugierde brenne. »Ist er Grieche?«

Ich habe ihr nie von den Jungs erzählt, mit denen ich zusammen war, weil sie es nicht wert waren, erwähnt zu werden, aber ... Alex könnte es wert sein und ich habe Angst, dass es alles kaputt machen würde, wenn ich ihr von ihm erzähle. »Er ... er ist niemand.«

»Ganz offensichtlich.« Sie lacht und drückt ihre Zigarette wieder in der Kerze aus. Ich muss unbedingt daran denken, sie wegzuwerfen, bevor Greg sie sieht. »Sei vorsichtig mit den griechischen Jungs. Sie werden dir das Herz brechen.«

Doch ich weiß es besser. Ich habe die Fotos in dem roten Lederalbum gesehen, die eine andere Geschichte darüber erzählen, wer wem das Herz gebrochen hat.

»Ich muss morgen früh zur Arbeit«, sage ich. »Du kannst heute Abend hierbleiben, wenn du willst, aber du solltest gehen, bevor Greg und Phoebe um sieben aufstehen.«

Ich lasse sie auf dem Sofa sitzen und gehe ins Bad, um Alex' Nachricht zu lesen.

Hier draußen herrscht pechschwarze Nacht und der Himmel steht voller Sterne. Ich glaube, es würde dir gefallen.

Ich lehne mich an die Badezimmerwand, schließe die Augen und versuche mir vorzustellen, was er sieht. Stelle ihn mir am Steuer seines Boots vor, wie er hinaus in die dunklen

Gewässer des Golfs von Mexiko fährt. Ich schaue durch das kleine Fenster, aber Bäume und Häuser verbergen den Himmel. Ich schicke eine SMS zurück, nur zwei Wörter.

Ganz bestimmt.

Das Handy vibriert wieder.

Ich habe gleich keinen Empfang mehr, aber mach dieses Wochenende keine Dates aus.

Mein Mund verzieht sich zu einem kilometerbreiten Lächeln, als ich antworte.

Zu spät. Es sei denn, du hast am Samstagabend mit jemand anderem was vor.

Summen.

Ich gehöre ganz dir.

Ich stehe da und versuche mir eine schlaue Antwort einfallen zu lassen, doch mein Verstand hat sich verabschiedet und ist zu der Party unterwegs, die mein Herz gerade in meiner Brust feiert. *Ich gehöre ganz dir.* Ich kann nicht aufhören zu lächeln, als ich mir die Zähne putze und meinen Schlafanzug anziehe. *Ich gehöre ganz dir.* Ich setze eine nicht ganz so strahlende Miene auf, damit Mom keine Fragen stellt, aber als ich aus dem Bad komme, liegt sie bereits unter der Decke in meinem Bett.

Typisch.

Fast überall, wo wir gelebt haben, hat sie den besten Schlafplatz für sich beansprucht und behauptet, sie müsse wegen ihrer Arbeit richtig durchschlafen. In der Regel bedeutete das, dass ich mit der zu kurzen Couch, einem unbequemen Klappsofa oder dem Schlafsack auf dem Boden vorliebnehmen musste. Das war am schlimmsten, vor allem wenn es kalt war. Obwohl man das Sofa im Wohnwagen zu einem richtigen Bett ausziehen kann, lege ich mich neben meine Mutter – das habe ich nicht mehr getan, seit ich sehr klein war. Sie rollt sich zur Wand auf die Seite und lässt mir das bisschen Platz, das noch übrig ist.

»Mom?«

»Ja, Schatz?«

»Ich habe Geld«, flüstere ich. »Wenn du meinen Computer zurückbekommen kannst, gebe ich dir was davon. Nur ... bitte?«

Ich warte, doch sie antwortet nicht, außer mit tiefen, regelmäßigen Atemzügen, die der Schlaf mit sich bringt. Ich drehe mich, so dass mein Rücken ihren berührt, und suche ein wenig Trost in dem sanften Vibrieren ihres Schnarchens. Aber die Freude darüber, dass sie hier ist, wird von der Sorge getrübt, dass Greg sie in seinem eigenen Garten entdecken könnte, und ich kann nicht schlafen. Was werde ich tun, wenn sie genug Geld beisammenhat, damit wir von hier verschwinden können? Mein Leben ist mittlerweile kompliziert und ich bin mir nicht mehr so sicher, dass ich meinen Vater einfach so verlassen kann. Und diesmal bin ich alt genug, um die Wahl zu haben.

Ich ziehe Tuut unter mein Kinn und streiche mit dem Finger über die sanften Rippen eines braunen Cordflickens, so wie ich es immer als kleines Mädchen getan habe. Es ist ebenso besänftigend wie damals und ich schlafe schließlich ein.

Als mein Wecker am nächsten Morgen losgeht, ist Mom schon weg.

»Ich kann Kat nicht fragen, weil sie schon zur Schule ist.« Phoebe hat sich das Handy zwischen Ohr und Schulter geklemmt, während sie Haferbrei in eine Schüssel auf Joes Hochstuhltablett löffelt. Er tunkt seine Finger in den dampfenden Brei. »Nimm deinen Löffel«, sagt sie, bevor sie sich wieder ihrem Anruf widmet. »Kannst du wirklich nicht nach Hause kommen? Was ist mit deiner Mom? Könnte sie vielleicht auf die Jungs aufpassen?«

Tucker windet sich aus seinem Stuhl, sagt meinen Namen wieder und wieder, bis daraus eine Geräuschkette wird – calliecalliecalliecallie –, und klammert sich an mein Bein. »Heb mich hoch.«

»Greg ...« Phoebe verstummt sofort, als sie mich sieht, und ich habe das Gefühl, dass ich wieder in ein privates Gespräch über mich gestolpert bin. »Ich wollte nur ...«

Sie sagt nichts, während sie ihm zuhört. Ich stelle mir vor, wie er mich verteidigt, denn das ist seine Art. Ich gebe vor, nicht auf das Gespräch zu achten, und beuge mich zu meinem kleinen Bruder. Als ich ihn anhebe, stöhne ich und tue so, als wäre er zu groß und zu schwer für mich. »Du bist wohl letzte Nacht eine Million Zentimeter gewachsen, Tuck. Oder hast du *Steine* gegessen?«

Er kichert. »Ja. Ich hab einen *Stalagmiten* zum Frühstück gegessen.« Er zieht die Silben in »Stalagmiten« mit ernstem Tonfall in die Länge. Ich liebe das an ihm.

»Einen *Stalagmiten*?« Ich hieve ihn schließlich doch hoch, nehme ihn in die Arme und täusche einen Seufzer der Erleichterung vor. »Übertreib es lieber nicht mit dem Stalagmiten-Mampfen, Kumpel. Du könntest am Ende an der Decke kleben bleiben.«

»Callie.« Er legt die Hände um meine Wangen, um sicherzugehen, dass ich ihn ansehe und gut zuhöre. »Stalagmiten. Sind die. Am Boden.«

Ich weiß das, aber es haut mich total um, dass er es auch weiß. »Wirklich? Bist du *sicher*?«

Er nickt.

»Na ja, so oder so«, sage ich. »Iss lieber nicht zu viele Steine, weil ich dich sonst nicht mehr hochheben kann. Und das wäre gar nicht gut.«

Ich setze Tucker wieder in seinen Sitz, wo eine Schüssel Haferbrei auf ihn wartet, und Phoebe starrt mich an. »Greg, ich ruf dich zurück«, sagt sie und beendet den Anruf. »Callie ...«

»Ich kann auf die Jungs aufpassen.« Ich halte meine Stimme ruhig, um nicht wie meine Mutter zu klingen. »Ich weiß, du glaubst, dass ich verrückt sein könnte, und ich verstehe, dass meine Vergangenheit ein großes Rätsel ist, von daher ist es verständlich, dass du mir nicht vertraust, aber –«

»Es ist nicht so, dass ich dir nicht –«

»Doch, so ist es«, unterbreche ich sie. »Du bist ihre Mom und du willst sie beschützen.« Mir brennen unerwartet Tränen in den Augen und ich bin überrascht, als ich merke, dass der Grund Eifersucht ist. Tucker und Joe werden immer das

Gefühl kennen, jemanden auf ihrer Seite zu haben. »Ich weiß nicht, ob irgendwas nicht mit mir stimmt, aber wenn es so ist, spüre ich es nicht. Ich weiß nur, dass ich *nie* irgendetwas tun würde, das ihnen schaden könnte.«

Phoebe sieht mich prüfend an, als würde sie nach einem Zeichen suchen, nach dem einen Hinweis, der mich vertrauenswürdig macht. Falls sie etwas gefunden hat, lässt sie es sich nicht anmerken.

»Na schön.« Sie atmet tief ein und langsam wieder aus. »Es sieht so aus: Meine Mom ist hingefallen, und obwohl mein Dad eine Fahrt ins Krankenhaus nicht für notwendig hält, werde ich mich besser fühlen, wenn ich weiß, dass mit ihr alles in Ordnung ist.« Sie nimmt ihre Handtasche und die Schlüssel für den Geländewagen. »An der Seite des Kühlschranks ist eine Liste mit Notfallnummern. Ich glaube nicht, dass ich lange weg sein werde, aber wenn du Hilfe brauchst, ruf Gre ... ruf deinen Vater an.«

»Mach ich.«

»Bitte enttäusche mich nicht.«

Ihre Augen blicken fest in meine und ich möchte ihr versprechen, dass nichts Schlimmes passieren wird, während sie weg ist, aber das kann ich nicht. Schlimme Dinge kündigen sich nicht an. Ich kann ihr nur versichern, dass ich mein Bestes tun werde. Dass ich besser sein werde als meine Mom. »Das werde ich nicht.«

»Seid brav, während Callie auf euch aufpasst.« Sie küsst die Jungs und wirft mir ein Lächeln zu, das von Sorgenfalten zwischen ihren Augenbrauen begleitet wird. »Danke.«

Phoebes Geländewagen rollt aus der Einfahrt und ist weg, als mich die Panik packt. Das ist anders, als mit Tucker und Joe zu spielen, wenn ihre Eltern in der Nähe sind. Ich habe nicht die geringste Ahnung, wie man sich um kleine Jungs kümmert. Wie konnte ich bloß glauben, dass das eine gute Idee wäre?

Kat ist schon im Unterricht, aber ich schicke ihr trotzdem eine SMS. *Ich babysitte. Was muss ich tun?*

Als ich ein paar Minuten später Zucker in meinen Haferbrei rühre, klingelt mein Handy.

»Ich rufe dich aus dem Klo an«, sagt Kat. »Ich habe meiner Geschichtslehrerin gesagt, dass ich meine Tage bekomme. Was ist los?«

»Phoebe hat mich mit den Jungs allein gelassen, weil ihre Mom einen Unfall hatte. Wir frühstücken gerade, aber ich weiß nicht, wie es dann weitergeht.«

»Ach, das ist einfach«, sagt Kat. »Mach sie sauber, dann lass Tucker eine DVD auswählen. Das wird sie lange genug beschäftigen, damit du die Küche aufräumen kannst. Dann überprüf Joes Windel –«

»Seine Windel?«

»Ja, du wirst sie vielleicht wechseln müssen.«

»O Gott.«

»Genau«, sagt Kat. »Es ist grässlich. Ich babysitte, seit ich zwölf bin, und muss bei dem Gestank von Babykacke immer noch würgen. Und vergiss nicht, dass die Klebebänder nach hinten gehören und vorne festgemacht werden. Sobald du es siehst, verstehst du, was ich meine. Als ich

Tucker zum ersten Mal gewickelt habe, war die Windel falsch herum.«

»Sonst noch was?«

»Das ist so ziemlich alles«, antwortet sie. »Oh, erinnere Tuck daran, aufs Töpfchen zu gehen. Ihm passieren manchmal Unfälle. Aber abgesehen davon, und mit Fernsehen und LEGO ... ein Kinderspiel.«

Danach hört es sich zwar nicht an, aber ich bin trotzdem froh über ihre Hilfe. »Danke.«

»Bitte«, sagt sie. »Also ich gehe jetzt lieber zurück in den Unterricht. Viel Glück und ich hoffe, dass mit Phoebes Mom alles okay ist.«

Ich drehe mich wieder zum Tisch und stelle fest, dass Joe sich Haferbrei in die Haare geschmiert und Tucker Orangensaft über sein T-Shirt geschüttet hat.

»Es ist nass, Callie.« Tucker zupft am Saum und versucht den feuchten Fleck von seiner Haut wegzuhalten. »Ich will's ausziehen.«

»Wir ziehen nach dem Frühstück ein sauberes T-Shirt an, okay?«

»Nein, jetzt.« An Stelle des ernsthaften, kleinen Manns von vorhin sitzt da jetzt ein irrationales, jammerndes Kleinkind. »Es ist eklig.«

»Mann, Tucker, es ist nur Saft«, blaffe ich ihn an. »Es wird dir schon nicht wehtun.«

Er schiebt die Unterlippe vor und ich seufze.

»Na schön. Komm.«

Ich lasse Joe in seinem Hochstuhl und gehe mit Tucker

ins Schlafzimmer, wo wir das feuchte T-Shirt gegen eins mit Batman-Flügeln austauschen. Er flitzt zurück in die Küche und wir frühstücken zu Ende, begleitet von seiner Endlosgeschichte über den Haferbrei, der eine Insel ist, und er selbst ein Pirat, der mit dem Löffel verborgene Schätze ausgräbt.

Nachdem ich die Jungs sauber gemacht habe, pflanze ich sie vor einen Zeichentrickfilm, wasche das Geschirr ab und setze mich dann zu ihnen auf den Boden. Joe krabbelt auf meinen Schoß und lehnt sich an mich. In seinem Haar klebt noch ein bisschen Brei. Während ich ihn herauszupfe, gibt er ein Ächzen von sich und sein Gesicht wird puterrot.

»Oh-oh«, trällert Tucker. »Joe macht Aa.«

»Aa«, bestätigt Joe.

Sogar durch die Windel und seine kleine Gummiband-Jeans kann ich die Wärme auf meinem Oberschenkel spüren und zwischen uns steigt Gestank auf. Mir graust es davor, seine Windel wechseln zu müssen, und ich überlege so zu tun, als hätte ich nichts bemerkt, bis Phoebe zurückkommt. Aber wenn er jetzt schon so übel riecht, kann es mit der Zeit nur noch schlimmer werden.

Ich trage Joe ins Schlafzimmer und lege ihn auf den Wickeltisch. Tucker folgt uns und wiederholt das Wort »Aa«, was ihn jedes Mal zum Kichern bringt.

»Okay, Joe.« Ich löse die Druckknöpfe an den Seiten seiner Jeans und seine pummeligen kleinen Beine kommen zum Vorschein. Der Gestank ist jetzt noch intensiver und mir dreht sich der Magen um. »Wir müssen das ganz schnell machen, halt also für Peach still, okay?«

Er grinst und zeigt auf mein Gesicht. »Peach.«

Tucker klettert auf sein Bett und fängt an mit ausgestreckten Armen herumzuspringen, während er sich zu Batman, Verteidiger des Universums, erklärt.

Ich reiße die Klettverschlüsse an Joes Windel auf und klappe sie nach unten. Stinkende Schwaden steigen mir in die Nase und ich spüre, wie mir Galle hochkommt. Wie schafft Phoebe das jeden Tag, ohne sich zu übergeben? Wie bekomme ich die Windel unter ihm raus? Ich überlege, Kat eine SMS zu schicken, aber ich habe nicht genügend Hände frei und muss Joe sauber machen, bevor ich kotze. Ich hebe ihn an den Füßen hoch und fege die dreckige Windel in den Mülleimer.

»Mommy macht immer erst eine Kugel draus«, sagt Tucker fröhlich springend.

Ich ignoriere ihn und wische Joes dreckigen Hintern mit einer Handvoll Babytücher ab, während Tucker mir mitteilt, dass seine Mutter nicht so viele Tücher benutzt und Joe immer festschnallt, damit er nicht vom Tisch rollt.

»Mein Gott, Tucker, halt die Klappe!«, blaffe ich ihn an. »Ich bin nicht deine Mommy.«

Er hört nicht auf zu springen, doch seine Unterlippe schiebt sich vor und ich habe ein schlechtes Gewissen, weil ich ihn angeschrien habe. Gleichzeitig gelingt es mir, Joe in die saubere Windel zu packen – ich passe auf, dass sie nicht verkehrt herum ist. Dann mache ich die Druckknöpfe an seiner Jeans zu.

»Also, Tuck, gehen wir wieder ins Wohnzimmer und

schauen den Film fertig, okay?« Ich lächele und versuche ihm zu zeigen, dass ich nicht mehr böse auf ihn bin, aber er sieht mich misstrauisch an.

Dann hüpft Tucker noch einmal hoch, ruft, dass er durch Gotham City fliegt, und springt vom Bett. Beim Aufkommen fällt er vornüber und schlägt sich den Kopf an der Ecke einer Spielzeugkiste an. Da er zuerst still bleibt, glaube ich, dass nichts passiert ist, doch dann gibt er einen gellenden Schrei von sich. Ich setze Joe ab und knie mich neben Tucker hin. An der Stelle, wo er sich die Stirn angehauen hat, ist ein roter Fleck, um den sich sofort ein Bluterguss bildet. Es ist keine offene Wunde, doch es schwillt schon an.

»Ich will Mommy«, heult Tucker, seine Worte von Schluchzern durchbrochen, während er mich wegzuschieben versucht. »Ich will *dich* nicht. Ich will Mommy.«

Er hört nicht auf nach Phoebe zu verlangen und ich weiß nicht, was ich tun soll. Es sieht wie eine gewöhnliche Beule aus, aber was ist, wenn er eine Gehirnerschütterung hat? Was ist, wenn er innere Blutungen hat? Ich will seine Mutter nicht anrufen müssen und ihr sagen, dass ich Mist gebaut habe, und ich will auch nicht die Notrufzentrale anrufen, wenn es tatsächlich nur eine Beule ist, doch wie kann ich mir sicher sein?

»O Gott«, flüstere ich. »Was soll ich machen?«

Greg kommt ins Schlafzimmer – wie die Antwort auf ein unausgesprochenes Gebet – und mein Bruder fliegt praktisch durch den Raum auf ihn zu. In den Armen seines Vaters wird sein Schluchzen zu Schniefen.

»Was ist los?«, fragt Greg und schiebt Tuckers Haare zur Seite, um einen Blick auf die Stelle zu werfen. Ich konzentriere mich auf meine nackten Füße, mein Gesicht rot vor Scham. »Was ist passiert?«

Tucker saugt einen zittrigen Atemzug ein. »Ich hab mich an der Spielzeugkiste angehauen.«

»Was hast du gemacht, als du dich an der Spielzeugkiste angehauen hast?« Greg hält Tuckers Gesicht in seiner Hand und schaut erst in das linke und dann in das rechte Auge, auf der Suche nach Anzeichen für eine Gehirnerschütterung. Daran hätte ich selbst denken sollen.

»Ich bin über Gotham City geflogen.«

»Bist du wieder auf dem Bett herumgehüpft?«

Tucker nickt »Aber Daddy –«

»Darfst du auf dem Bett herumhüpfen?«

»Nein.«

»Das wusste ich nicht«, werfe ich ein.

Greg setzt Tucker ab. »Mit dir ist alles in Ordnung, Kumpel. Geh zur Gefriertruhe und hol den Häschen-Eisbeutel. Ich schau in ein paar Minuten noch mal nach dir.«

»Häschen-Eisbeutel!«, ruft Tucker und stürmt aus dem Zimmer. Die Tränen sind längst vergessen. Joe watschelt ihm hinterher und lässt Greg und mich allein.

»Es tut mir leid«, sage ich. »Ich wollte nicht –«

»Es ist nicht deine Schuld, Callie«, unterbricht mich Greg. »Es ist nur eine Beule.«

»Ja, aber ich habe Phoebe versprochen, dass ich sie nicht enttäuschen würde.«

Er zieht mich in eine Umarmung und küsst mich auf die Stirn. »Du hast sie nicht enttäuscht. Das war Tucker. Er darf nicht auf den Betten herumhüpfen.«

»Aber –«

»Schau, Unfälle passieren ständig«, sagt er. »Als du ... so etwa sieben Monate alt warst, habe ich deinen Babysitz auf den Tisch gestellt. Ich habe dir nur für eine Sekunde den Rücken zugedreht und du bist nach vorne geschaukelt. Der Sitz ist kopfüber auf den Boden gefallen – dein Gesicht war unten.« Greg fährt sich mit der Hand durchs Haar. »Als ich dich umgedreht habe, hattest du Blut am Mund und ich konnte nicht sehen, woher es kam. Ich habe total die Nerven verloren und bin mit dir zur Notaufnahme gerast. Ich war sicher, dass sie mir dort sagen würden, du hättest einen dauerhaften Gehirnschaden erlitten, und dass man mich ins Gefängnis stecken würde. Dreihundert Dollar später stellt sich heraus, dass dieses kleine Hautding hinter der Oberlippe gerissen war.«

Ich stecke meine Zunge zwischen Zahnfleisch und Oberlippe und berühre die Verbindung. »Man nennt es Frenulum«, sage ich.

Greg lächelt so, wie ich gelächelt habe bei Tuckers »Stalagmiten«. »Was ich damit sagen will, ist, dass das, was heute passiert ist, jedem hätte passieren können. Sogar Phoebe.«

»Ich wusste nicht, was ich tun sollte«, erwidere ich. »Wenn du nicht nach Hause gekommen wärst ...«

»Na ja, es würde nicht schaden, wenn du einen Erste-Hilfe-Kurs belegst, damit du dich sicherer fühlst, aber du bist ein kluges Mädchen. Du wärst schon darauf gekommen, dass es nichts Schlimmes war.«

»Hat Phoebe dich hergeschickt, damit du überprüfst, was ich treibe?«

Jetzt senkt Greg den Blick auf seine Füße. »Ja, na ja ... tut mir leid. Weil sie sich Sorgen gemacht hat, habe ich gesagt, dass ich vorbeischauen würde, wenn es die Arbeit zulässt.«

Durch die offene Tür hinter ihm kann ich Tucker sehen, der sich den Film anschaut und die Dialoge mitspricht, während er sich einen blauen kaninchenförmigen Eisbeutel an die Stirn hält. Auch wenn es sich nicht toll anfühlt, dass mir Phoebe und Greg mit den Jungs nicht hundertprozentig vertraut haben, bin ich erleichtert, dass mein Dad hier war, als ich ihn gebraucht habe. Mal wieder.

»Schon gut«, sage ich. »Ich bin froh, dass du gekommen bist.«

»Wie wäre es, wenn wir so tun, als wäre ich nie hier gewesen?«, fragt Greg. »Und Phoebe in dem Glauben lassen, dass du alles ganz allein geschafft hast?«

Ich lächele. »Einverstanden.«

Er macht sich wieder auf den Weg ins Büro und ich gehe zurück ins Wohnzimmer und mache es mir zwischen Tucker und Joe gemütlich. Sie schlafen beide noch vor Ende des Films ein. Tuck sackt gegen meine Schulter und Joes Gesicht ist an meinen Hals geschmiegt. Ich kann seinen sanften Atem auf meiner Haut spüren. Es fühlt sich irgendwie ... friedlich an.

Der Nachspann läuft, als Phoebe nach Hause kommt.

»Hi.« Sie spricht leise, um die Jungs nicht zu wecken. Sie löst Joe von mir und küsst sein Haar, als sie ihn an sich drückt. Mein T-Shirt ist feucht von Babyschweiß, doch er wacht nicht auf, während sie ihn ins Schlafzimmer trägt.

Ich hebe Tucker hoch und lege ihn auf sein vom Herumhüpfen zerwühltes Bett. Er murmelt, dass er den Film schauen will, schläft aber schnell wieder ein. Phoebe zieht das Seitengitter hoch, damit er nicht herausrollt, und gibt ihm einen Kuss. Diese kleinen Dinge machen es mir unmöglich, sie nicht zu mögen. Ihre Liebe zeigt sich in all den klitzekleinen Gesten und weckt in mir eine Sehnsucht nach dem, was ich nie hatte.

»Was ist mit seinem Kopf passiert?«, fragt sie, als wir zurück ins Wohnzimmer gehen.

Ich erzähle es ihr und hoffe, dass sie nicht sauer wird. Doch sie schüttelt den Kopf und ein winziges Lächeln umspielt ihre Lippen. »Abgesehen davon«, sage ich, »und vielleicht von etwas Haferbrei in Joes Haaren ist alles gut gelaufen.«

Phoebe lacht. »Wenn wir Tuckers Kindheit überleben, ist es das reinste Wunder.« Sie dreht an ihrem geflochtenen Ring. »Jedenfalls, ich bin dir wirklich dankbar, dass du hier warst, als ich jemanden gebraucht habe. Danke. Ich habe dich nach deiner Mom beurteilt und das war nicht fair.«

»Ja, aber du kennst mich nicht wirklich«, erwidere ich. »Von daher ist das verständlich.«

»Ich würde dich gerne kennenlernen. Wenn das okay ist?«

Ich nicke. »Na klar.«

Betretenes Schweigen tritt zwischen uns ein.

»Ich sollte, ähm ...« Ich zeige mit dem Daumen über meine Schulter in Richtung Garten. »Theo erwartet mich bald im Laden. Ich sollte mich fertig machen.«

Als ich auf die Tür zugehe, sagt Phoebe meinen Namen und ich drehe mich um.

»Hat Greg vorbeigeschaut?«, fragt sie.

Ich überlege ihr die Wahrheit zu sagen, damit sie ein schlechtes Gewissen bekommt, weil sie mir nicht vertraut hat, aber ich schüttele den Kopf. Sie blickt ein bisschen erleichtert, als ich lüge. »Nö.«

Kapitel 15

»Ich liebe Weihnachten«, sagt Kat, als wir eine Schwammgirlande um einen Nadelbaum schlingen, der schon mit vielfarbigen Seesternen, Plastikmeeresfrüchten, ausgebleichten Sanddollars und weißen Lichtern geschmückt ist. Entlang dem Dodecanese Boulevard wird heute die Weihnachtsdekoration aufgehängt, als hätten wir irgendeinen Weihnachtsmeridian überschritten und den normalen Dezember hinter uns gelassen. Um die Strommaste ranken sich Lichterketten, vor der Tür eines der Seifenläden steht ein lebensgroßer Plastik-Weihnachtsmann und sogar um die Pfähle entlang dem Kai sind glitzernde rot-grüne Girlanden gewickelt. »Das Beste sind die Schulferien, aber ich liebe die Musik, den Weihnachtsschmuck, genau die richtigen Geschenke für Leute auszusuchen und sogar die Messe an Heiligabend in der Kirche. Du solltest mitkommen.«

Mit meiner Mutter war Weihnachten immer ein Auf und Ab. In manchen Jahren ging sie in die Vollen – Weihnachtsbaum schmücken, Weihnachtsmann besuchen und Weihnachtsstrümpfe an die Fenster hängen, weil wir meistens keinen Kamin hatten. In anderen Jahren – in denen sie, wie ich jetzt weiß, Depressionen hatte – machten wir gar nichts. Einmal verbrachte sie die Tage vom 24. Dezember bis zu Neujahr in ihrem Schlafanzug. Mein Weihnachtsessen bestand aus einer Packung Haferbrei mit Ahornsirup und braunem Zucker aus der Mikrowelle und am Ende der Woche war ihr Haar fettig und glänzend und sie roch so übel, dass ich nicht neben ihr sitzen konnte. Der Haferbrei machte mir nicht so viel aus, aber jedes Mal, wenn sie durch mich hindurchsah, als wäre ich überhaupt nicht da, kam ich mir wie ein Gespenst vor.

Am schönsten – und auch am schlimmsten – war Weihnachten, als wir bei Frank wohnten. Er nahm uns mit zu einer Weihnachtsbaumplantage draußen auf dem Land, wo wir den größten Baum auf dem Gelände fällten. Er band ihn mit einer Schnur auf das Autodach, und als wir zu Hause ankamen, legte Mom Weihnachtsmusik auf. Wir sangen mit Brenda Lee mit, während wir den Baum schmückten, und Frank kochte als Weihnachtsessen Backschinken und Käsekartoffeln, so wie ich sie am liebsten mochte. Am Abend ging ich voller Vorfreude darauf, was ich am nächsten Morgen unter dem Weihnachtsbaum finden würde, ins Bett. Aber als ich aufwachte, konnte nicht einmal die Puppe, die mir mit ihren dunkelbraunen Locken und braunen Augen ein bisschen ähnelte, die Erinnerung daran auslöschen, was in der Nacht passiert war.

Wir verließen ihn einen Monat später. Es passierte plötzlich, weil Mom wohl so etwas wie eine manische Phase hatte. Ich baute vorne im Garten einen Schneemann, als sie mit gepackten Koffern aus Franks Haus kam. Ich folgte ihr zum Auto, die Fäustlinge nass vom Schnee, und fragte sie nach meiner Puppe.

»Wir haben keine Zeit für deine dämliche Puppe.« Sie knallte den Kofferraum zu und blaffte mich an, dass ich ins Auto steigen sollte, bevor Frank von der Arbeit nach Hause kam, weil es sein Auto war.

Während wir zur Bushaltestelle fuhren, fing ich an zu weinen. Mom dachte, es wäre wegen der Puppe, und versprach mir eine neue zu kaufen – ein Versprechen, das sie nie eingehalten hat.

»Genau dieselbe«, sagte sie. »Oder eine noch bessere.«

Aber ich weinte nicht wegen der Puppe.

Ich weinte, weil ich so verdammt froh war, dass wir von dort verschwanden.

»Was willst du für Weihnachten?«, fragt Kat und unterbricht meine Gedanken.

Ich will Traditionen. Eierpunsch. Friede auf Erden allen Menschen, die guten Willens sind. Ich will Alex Kosta unter dem Mistelzweig küssen. Ich will Erinnerungen, die ungetrübt sind von Hässlichkeit. Ich will all das, ohne mich schuldig dafür zu fühlen, dass ich es will. Und ich möchte, dass meine Mom sich Hilfe sucht – obwohl Friede auf Erden vermutlich ein realistischeres Ziel ist.

»Ich weiß nicht.« Ich stecke den Finger zwischen die Scheren eines Plastikkrebses, den ich in der Hand halte, und lasse ihn vor und zurück baumeln. »Vielleicht bitte ich den Weihnachtsmann mir dabei zu helfen, eine Website zu designen, damit Theo aufhört mich zu fragen, ob ich schon fertig bin.«

Kat verdreht die Augen und schüttelt den Kopf. »Mann, warum quälst du dich immer noch damit ab, programmieren zu lernen? Das ist nichts, was du wirklich brauchst, vor allem weil es im Internet lauter Anbieter für Do-it-Yourself-Websites gibt. Google es und fertig. Hast du Lust, am Wochenende Weihnachtsgeschenke shoppen zu gehen? Wir könnten am Freitag nach der Arbeit nach Tampa fahren.«

»Okay.« Ich lege den Krebs auf einen der Zweige. »Die Vorstellung, Weihnachtseinkäufe zu machen, ist ein bisschen ...«

»Surreal?«

»Ich habe das noch nie gemacht. Ich meine, außer Mom und mir war da niemand und ich hatte nicht mal genügend Geld, um ihr irgendwas zu kaufen.«

Kat lächelt breit. »Das ist aufregend, oder?«

»Ja.«

»Also, deine Mom mal ausgenommen, für wen wirst du dieses Jahr Geschenke kaufen?« Sie zwängt sich unter den Baum und steckt das Kabel in die Steckdose. Als ich den letzten Krebs in den Zweigen arrangiere, gehen die Lichter an. So etwas Hübsches wie unseren Meeresmotiv-Weihnachtsbaum habe ich nicht oft gesehen.

»Na ja, für dich, Greg, Phoebe, Tucker, Joe, Yiayoúla, Al-« Ich unterbreche mich noch rechtzeitig, bevor ich Alex' Namen ausspreche. »Und, ähm, vielleicht etwas für Theo.«

Kat scheint meinen Versprecher nicht zu bemerken. »Cool«, sagt sie. »Vielleicht kannst du mir helfen ein Geschenk für Nick auszusuchen. Ich bin total ratlos.«

»Klar.«

Ich sammele die leeren Weihnachtsschmuckschachteln ein und stapele sie in eine Ecke des Hinterzimmers. Ich habe gleich Mittagspause und überlege mir, dass es vielleicht an der Zeit wäre, mal zur Abwechslung etwas anderes als Hommus und Cola zu probieren. Als ich aus dem Hinterzimmer komme, steht meine Großmutter im Laden und bewundert den Baum. Sie trägt Jeans und eine hellgrüne Strickjacke, die oben am Hals offen ist, sodass man ihre zarten Schlüsselbeine sehen kann, und wieder fällt mir auf, dass ich eine jüngere Version von ihr bin.

Sie lächelt, als sie mich sieht. »Da ist mein süßes Mädchen. Ich bin gekommen, um dich zum Mittagessen auszuführen.«

»Und was ist mit mir?« Kat macht Hundeaugen und hält ihre Hände wie Pfötchen unters Kinn. »Ich hab auch Hunger.«

Yiayoúla tätschelt ihr die Wange. »Nächstes Mal, Ekaterina. Ich muss ein paar Sachen mit Callista besprechen.«

Kat wirft mir einen »Was soll das denn heißen?«-Blick zu und ich antworte mit einem »Ich habe keine Ahnung«-Schulterzucken, obwohl ich den Verdacht habe, dass sie über Alex und seine Mom reden möchte. Ich hatte gehofft, dass sie es vergessen würde, aber offenbar hat sie ein sehr gutes Gedächtnis.

»Bringst du mir eine Cola mit?«, fragt Kat und ich nicke, als ich Yiayoúla raus auf die Straße folge. Sie hakt sich bei mir unter und führt mich zu einem kleinen Restaurant, das nach gegrilltem Fleisch und Olivenöl duftet. Man bringt uns an einen Tisch im hinteren Teil des Lokals und meine Großmutter winkt ab, als man uns die Speisekarte reicht, und bestellt auf Griechisch.

»Heute probieren wir mal was Neues. Eine Spezialität.« Sie faltet die Hände ordentlich auf dem Tisch und richtet einen Blick auf mich, der voller Fragen ist.

»Ich werde es nicht tun.« Ich sehe sie nicht an, während ich mein Besteck aus der Serviette rolle. »Du kannst meinem Dad erzählen, dass ich mich mit Alex treffe, wenn du willst, aber seine Beziehung mit seiner Mutter geht mich nichts an.«

Yiayoúla sagt nichts und es kommt mir so vor, als wäre es im Restaurant lauter geworden. In ihrem Schweigen kann ich immer noch hören, was sie von mir will. Ich ziehe die Zinken meiner Gabel über das Tischset, während ich ihrem Blick ausweiche. Sie faltet ihre Serviette auseinander und legt sie sich auf den Schoß, als die Kellnerin mit zwei Gläsern Wasser zurückkommt. Die ganze Situation fühlt sich so bleiern an.

»Das ist nicht fair«, sage ich, nachdem die Kellnerin weg ist.

Die schlanken Schultern meiner Großmutter heben und senken sich. »Das Leben ist nicht fair.«

Wut fegt durch mich hindurch wie die Staubstürme, die über diese winzige Stadt in New Mexiko hinwegwirbelten –

und, o mein Gott, ich habe ihren Namen vergessen. Wie kann ich das bereits vergessen haben? Stücke fallen von mir ab, gehen verloren.

Ich lege die Gabel hin.

»Mein ganzes bisheriges Leben war nicht fair«, erwidere ich und blicke ihr in die Augen. »Und dann bin ich hierhergekommen und dachte, vielleicht einmal in meinem Leben ... aber alle wollen nur Dinge von mir, die ich ihnen nicht geben kann. Greg erwartet die Tochter, die er sich immer vorgestellt hat. Kat will Pyjamapartys und Doppeldates. Und du – du drängst mich die ganze Zeit, eine Griechin zu sein, wobei ich mir noch nicht einmal sicher bin, was das überhaupt bedeutet. Darf ich vielleicht einfach ich selbst sein, bis ich es herausgefunden habe?«

»Oh, Callista, natür-«

»Alex akzeptiert mich, so wie ich bin«, falle ich ihr ins Wort. »Du hast kein Recht, das von mir zu verlangen.«

»Unter normalen Umständen würde ich dir zustimmen.« Yiayoúla hält sich die Hand ans Herz. »Und wenn du die Wahrheit wissen willst, gefällt es mir sehr, wie du mich gerade zurechtgewiesen hast. Ich glaube, du bist ein stärkeres Mädchen, als man dir zutraut. Aber ... die Umstände sind nicht normal. Evgenia hat nicht mehr viel Zeit und sie kann den Gedanken nicht ertragen, diese Welt zu verlassen, ohne sich von ihrem Sohn zu verabschieden. Und weil sie meine beste Freundin ist, werde ich dafür sorgen, dass sie es tun kann.«

»Er wird mich dafür hassen.«

»Nicht für immer«, erwidert sie. »Du bist ihm wichtig aus demselben Grund, warum er dir wichtig ist. Er wird das nicht aufgeben.«

Ich denke über die Jungs nach, die mir im Laufe der Jahre begegnet sind. Die Jungs, die mich nicht wirklich wollten, geschweige denn versucht haben mich zu halten. »So funktioniert das Leben nicht.«

»Und ob«, wendet sie ein. »Die Guten sind diejenigen, die genug Grips haben, um zu bleiben. Und ganz gleich, was der Rest der Welt über Alex Kosta zu wissen glaubt, er ist einer der Allerbesten.« Ich sehe weg und werde rot. Yiayoúla streckt ihre Hand über den Tisch und drückt meine mit kühlen Fingern. »Es wird alles gut. Ich verspreche es.«

»Ich verstehe immer noch nicht, warum ich an dieser Sache beteiligt sein muss«, sage ich, als sich die Kellnerin mit unserem Mittagessen nähert. »Ich meine, warum kannst du nicht einfach an einem Sonntagnachmittag mit ihr zum Tourboot gehen, wo er sich nicht rauswinden kann?«

»Mir gefällt, wie du denkst.« Ihr Lächeln ist verschlagen. »Wenn du und ich dahinterstecken, wird er uns die Schuld geben und nicht Evgenia. Ja. Genau das machen wir dieses Wochenende.«

»Toll.« Meine Antwort ist alles andere als begeistert und meine Reaktion, als die Kellnerin einen Teller voller Fangarme vor mir auf den Tisch stellt, noch weniger. Ich werde auf gar keinen Fall *Oktopus* essen, auch wenn es angeblich wie Hähnchen schmeckt. »Tut mir leid, aber das esse ich nicht.«

Die Kellnerin sieht meine Großmutter fragend an.

»Packen Sie es ein«, sagt Yiayoúla. »Ich nehme es für später mit nach Hause. Bringen Sie Callista, was immer sie haben möchte.«

»Ich, ähm ... ich hätte gerne Hommus, bitte. Und zwei Cola.«

Als ich das erste Mal aufwache, liege ich quer über dem Tisch im Wohnwagen, das Gesicht auf einer Seite des alten Übungsbuchs. Die Prüfung findet bald statt und ich bin wegen Mathe nervös, weil man mit Grundschulrechnen und einem zerfledderten alten Lehrbuch an gewisse Grenzen stößt im Leben. Englisch und Sozialkunde sind überhaupt kein Problem und ich habe es irgendwie geschafft, mir einen Reim auf die Naturwissenschaftsfragen zu machen, aber eine Gleichung aufzulösen bereitet mir Schwierigkeiten.

Als ich das nächste Mal aufwache, ist es drei Uhr morgens und meine Mom schlüpft neben mir ins Bett und legt ihren Arm um meine Taille. Als ich in die Behaglichkeit ihrer Umarmung einsinke, verwandelt mein schläfriges Hirn ihre Anwesenheit in etwas, das sich wie ein Traum anfühlt. Aber ihr Haar riecht nach Zigaretten und sie hat eine Bierfahne, als sie mir zuflüstert, dass sie mich liebt, daher weiß ich, dass sie wirklich da ist.

»Mom, du kannst hier nicht ständig auftauchen«, flüstere ich zurück.

In der Stille, die zwischen uns herrscht, kann ich ein Auto hören, das in der nächsten Straße vorbeifährt, und in der Ferne bellt ein Hund einmal und dann noch einmal.

»Ich wollte immer Haare wie du haben.« Ihre Stimme ist sanft und heiser, ihre Zunge schwer von Alkohol. Sie streichelt mir den Kopf. »So wild und schön.«

»Wenn sie dich hier erwischen, schicken sie dich wieder ins Gefängnis.«

»Diesmal wird es anders sein«, sagt sie. »Du wirst schon sehen. Wir lassen uns an einem netten Ort nieder. Vielleicht am Meer. Irgendwo, wo du Freunde und vielleicht einen Job findest oder sogar aufs College gehen kannst.«

Ich drehe mich zu ihr. In dem schummrigen Licht kann ich in den feinen Falten um ihre Augen und ihren Mund sehen, wie traurig sie ist. Deshalb erwähne ich nicht, dass ich das alles bereits hier und jetzt habe. Ich drücke meine Stirn gegen ihre. »Kannst du irgendwo unterkommen ... bis wir gehen?«

Ich weiß nicht, ob es Wahrheit oder Lüge ist, aber es fühlt sich in meinem Mund nicht richtig an. Ihre Lippen verziehen sich zu einem verträumten Lächeln und mein nächster Herzschlag ist voller Schuldgefühle.

»Ich hab mir mit jemandem, den ich mal kannte, ein Motelzimmer geteilt« – sie schließt die Augen und ihre Worte werden träge und schläfrig –, »aber das ist geplatzt. Doch ich werde schon was finden. Mach dir keine Sorgen.«

»Greg renoviert ein Haus drüben auf dem Chesapeake Drive.« Schon als ich es ausspreche, weiß ich, dass das keine gute Idee ist, doch ich kann es nicht ertragen, sie so allein und verloren zu sehen. Ich will nicht, dass sie in dreckigen Motels mit fremden Männern schläft. »Tagsüber sind da wahrscheinlich Bauarbeiter, aber du könntest dort übernachten, bis, ähm ... bis wir genug Geld haben, um wegzugehen.«

Sie küsst meine Stirn. »Ich weiß nicht, was ich ohne dich machen würde.«

Ihr Gesicht entspannt sich, als sie einschläft, und genau in diesem Moment überkommt mich ein Gefühl der Liebe. Sie würde im Gefängnis nicht klarkommen.

Sie muss an diesen Ort gehen, den sie sich vorstellt, an dem sie sich niederlassen kann und nicht mehr ständig über ihre Schulter blicken muss. Ich denke eine Weile über das Geld nach, das ich in der Gitarre verstaut habe. Ich bezweifle, dass es reicht, um auch nur ein billiges Auto zu kaufen, doch es ist genug für eine Busfahrkarte und ein paar Lebensmittel. Wenn ich es ihr gebe, kann sie gehen.

Wir können gehen.

Ich träume, dass ich am Ende eines langen grauen Gangs in eine Gefängniszelle gesperrt bin, mit dicken Eisenstäben wie bei einem Käfig. Der Betonboden ist kalt unter meinen nackten Füßen, was meine Zehen taub werden lässt, und mein zu kurzes Hello-Kitty-Nachthemd bietet keinen Schutz gegen das Frösteln, das mich durchfährt. In der Ecke der Zelle sitzt eine dunkle Gestalt, die ich nicht identifizieren kann. Ich weiß nur, dass ich Angst habe.

Am anderen Ende des Gangs ist eine Tür und ich kann eine gedämpfte Unterhaltung hören, die von dahinter zu mir herüberdringt. Es ist weißes Rauschen, ein ständiges und stetes Geräusch, das sich nicht verändert, als ich nach Hilfe rufe.

»Ich gehöre nicht hierher!«, rufe ich und umklammere die Gitterstäbe. »Ich will nach Hause.«

Die Tür öffnet sich und das Gerede wird lauter, als meine Großmutter in den Gang tritt. Sie spricht griechisch, während sie auf mich zuläuft, aber ich verstehe jedes Wort.

»Das ist jetzt dein Zuhause, Callista«, sagt sie. »Wir sind deine Familie.«

Sie verwandelt sich in meine Mutter, als sie näher kommt, der Klang ihrer Schritte hallt von den glatten, sterilen Wänden wider. Mom trägt meinen Gitarrenkasten und den braunen Tweedkoffer, den ich weggeworfen habe, nachdem er kaputtgegangen ist. Ihre Lippen sind knallrot angemalt, was ihre Zähne weiß erscheinen lässt, und sie hat ihre glitzernde Spange im Haar, mit der sie sich wie Courtney Love fühlt, wie sie immer sagt.

Hinter ihr geht die Tür zum zweiten Mal auf und das Gerede wird einen Moment lang wieder lauter, als Alex den Gang betritt. Er trägt seinen altmodischen Taucheranzug ohne den Helm, seine Metallschuhe treffen donnernd auf den Beton und der von den Wänden abprallende Lärm tut mir in den Ohren weh.

»Callie, warte«, sagt er. »Warte auf mich.«

Mom bleibt stehen. Als er sie einholt, legt sie den Arm um seine Taille und kuschelt sich an ihn.

»Nein!« Panik steigt in mir auf, als ich begreife, dass er sie für mich hält. »Ich bin hier, Alex. Ich bin hier.«

»Ich habe das Geld.« Mom hebt den Gitarrenkoffer hoch, um ihm zu zeigen, dass sie weiß, wo ich es versteckt habe. »Wir können also los, wann immer du so weit bist. An einen netten Ort. Colorado vielleicht. Du könntest Skifahren lernen.«

»Alex, bitte.« Die Worte klingen wie ein Winseln. Ein Flehen. »Verlass mich nicht.«

Ohne sich noch einmal zu mir umzublicken, gehen sie zurück zur Tür. Alex zieht die Füße aus seinen schweren Stiefeln und lässt sie im Gang stehen. Sein Taucheranzug fällt von ihm ab und sackt wie eine hohle Person auf den Boden.

Sie verschwinden hinter der Tür und ich bleibe allein mit meiner Angst zurück. Bis ich Franks Hand auf meiner Schulter spüre. Sein rauchiger Atem flüstert mir zu, dass es mir richtig gut gefallen wird.

Ich wache zum dritten Mal auf, als Morgenlicht durch den Spalt unter dem Vorhang sickert und mir die Augenlider wärmt. Meine Wangen spannen von den Tränen, die ich im Schlaf vergossen habe. Es ist noch nicht mal sieben und Mom ist schon weg.

Ich steige aus dem Bett und öffne den Schrank, in dem ich meine Gitarre aufbewahre. Sie ist noch da. Ich öffne den Kasten, nehme das Instrument heraus und schüttele es, bis das mit einem Gummi zusammengehaltene Bündel Geldscheine zum Vorschein kommt. Ich spüre, wie sich mein Inneres vor Erleichterung entspannt und gleich wieder voller Schuldgefühle zusammenzieht, weil ich das Schlimmste von meiner Mutter denke. Als ich eine herausgerissene Telefonbuchseite bemerke, auf der die Adresse eines Pfandleihers rot umrandet ist, werde ich wieder sauer. Sie liegt auf der eingebauten Kommode zwischen meiner Haarbürste und einer Tube Lippenbalsam. Ich hatte eigentlich gehofft, dass sie meinen

Computer zurückholen und mich nicht dazu zwingen würde, ihn zurückzukaufen.

Nach einer unglücklichen Nacht gemeinsam mit meinem Dad, Phoebe und den Jungs zu frühstücken ist tröstlich. Die Wärme vom Ofen nimmt der Luft die Kühle und Tuckers ununterbrochenes Geplapper fegt die Dunkelheit wie Spinnweben aus den Ecken meines Gehirns.

»Hast du was Nettes vor an deinem freien Tag, Cal?«, fragt Greg.

Die Anzeige des Pfandleihers steckt in meiner Hosentasche. Auch wenn ich weiß, dass ich für meinen eigenen Computer bezahlen muss, werde ich ihn mir wiederholen. Ich träufele Sirup auf meine Waffeln.

»In der Methodistenkirche bieten sie einen Erste-Hilfe-Kurs an. Vielleicht schau ich da mal vorbei.« Es ist nur halb gelogen. Ich habe eine Anzeige für den Kurs in einer der kostenlosen Zeitungen gesehen, die bei uns im Laden auf der Theke liegen, hatte aber eigentlich vor, erst nach meiner Prüfung hinzugehen.

»Gute Idee.« Greg nimmt mir die Sirupflasche ab. »Ich dachte, wir könnten uns morgen Abend eine Pizza holen – nur wir zwei – und dann einen Blick aufs Haus werfen. Sie sind diese Woche gut vorangekommen. Es ist fast fertig.«

Ich verschlucke mich an einem Stück Waffel und muss husten. Mein Herz fängt an zu rasen bei dem Gedanken, dass er Mom im neuen Haus vorfinden könnte. Und mir wird klar: Ich habe keine Möglichkeit, sie zu warnen. Ich kann nur hoffen, dass sie nicht dort sein wird, wenn wir eintreffen.

Kapitel 16

Der Pfandleiher ist nah genug, dass ich mit dem Fahrrad hinkomme. Es ist ein versteckter, abgeranzter Laden mit einer Klingel, die beim ersten von zwei Tönen hängenbleibt, und in dem der trockene Geruch nach verbranntem Toast – so typisch für alte, staubige Sachen – in der Luft hängt. Im Innern sieht es aus, als hätte jemand um einen Flohmarkt herum ein Gebäude errichtet: Regale und Gänge, die mit Stereoanlagen, Elektrowerkzeug, Fernsehern, Rasenmähern, Rädern und Musikinstrumenten überfüllt sind. Handfeuerwaffen und Gewehre hängen an der Wand hinter einer Glastheke, die gerammelt voll ist mit Uhren, Edelsteinringen und mehreren Dutzend Goldketten. Ich steige über den Griff eines Laubbläsers, als ich nach dem Gang mit den Computern suche, und stelle mir vor, wie meine Mom an diesem Ort den Pfandleiher umgarnt, damit er ihr mehr gibt, als der Laptop seiner Meinung nach wert ist. Sie hat Orte wie diesen schon immer geliebt. Sagt, sie hätten Charakter.

Veraltete Desktopcomputer stehen neben neueren Laptops, aber als ich den Blick über die Regale schweifen lasse, kann ich meinen nicht finden. Ein Mann betritt den Gang. Er ist älter, sein Haar wird an den Schläfen grau und er hat großzügig dasselbe Rasierwasser aufgetragen, das Frank immer benutzte. Wenn er abends in mein Zimmer kam, roch es nur noch schwach und säuerlich, doch ich erinnere mich daran, wie der frische Duft morgens im Bad hing, nachdem er zur Arbeit gegangen war. Bei der Erinnerung kribbelt es mir in den Füßen und ich überlege zu gehen. Aber dieser Mann trägt ein Polohemd mit dem Namen des Ladens darauf.

»Brauchst du Hilfe?«

»Ich, ähm ... Ich suche nach einem bestimmten Laptop.« Meine Stimme zittert, weil sich mein Herz nur mit Schwierigkeiten beruhigt. »Er ist vor etwa einer Woche von einer Frau mit kurzen wasserstoffblonden Haaren und ...« – ich zeige auf meinen Mund – »... sehr rotem Lippenstift abgegeben worden. Er ist, ähm, weiß ...«

»Ich erinnere mich.« Er nickt. »Hab ihn verkauft. Dieses Modell geht immer schnell weg.«

Es überrascht mich nicht, dass der Laptop schon weg ist, doch ich kann nichts gegen das flaue Gefühl in meinem Magen tun. Auch wenn Greg nicht viel Zeit im Wohnwagen verbringt, habe ich jedes Mal, wenn er für einen kurzen Besuch vorbeischaut, Angst, dass er den fehlenden Computer bemerkt. Ich kann es nicht für immer vor ihm verbergen. »Könnte ich, ähm ... könnten Sie mich anrufen, wenn Sie einen anderen reinbekommen?«

Der Mann hebt einen Zeigefinger. »Warte kurz.«

Er geht nach hinten und lässt mich mit dem beunruhigenden Geruch seines Rasierwassers allein. Fünf Minuten später kehrt er mit einem weißen Laptop zurück, der von außen wie meiner aussieht.

»Der hier ist neuer.« Er klappt ihn auf. Die Tastatur ist identisch, aber das Trackpad hat unten keinen Knopf wie bei meinem. Dennoch ähnelt er meinem genug, dass Greg der Austausch nicht gleich auffallen dürfte. Er müsste sich hinsetzen und ihn benutzen, um den Unterschied zu bemerken. »Ist gestern Abend reingekommen.«

»Wie viel?«

»Zweihundertfünfzig.«

Ich schalte den Computer an. Der Pfandleiher steht einfach da, und obwohl ich ihn nicht ansehe, kann ich spüren, wie er mich beobachtet. Es gefällt mir nicht, doch ich glaube, dass er seine Ware im Auge behält und nicht das, was ich zu bieten habe. Der Laptop erwacht mit einem vertrauten Klang zum Leben. Ich öffne alle Programme und tippe ein paar willkürliche Sätze, um die Tastatur zu überprüfen: Der schnelle braune Fuchs sprang über den faulen Hund. Das Einzige, wovor man Angst haben muss, ist die Angst selbst. Hilfe, ich bin ein Geist, der in diesem Computer gefangen ist! Wenn du mich freilässt, gewähre ich dir drei Wünsche!

Der letzte Satz entlockt ihm ein kurzes Lachen.

Ich schalte den Computer aus. »Würden Sie auch hundert nehmen?«

»Zweihundertfünfzig. Das ist nicht verhandelbar.«

Zweihundertfünfzig Dollar bedeutet, dass mir nicht mehr

viel Geld für Weihnachtsgeschenke übrig bleiben wird, aber Mom hat mir keine Wahl gelassen. Ich reiche ihm das Geld und er gibt mir den Laptop, das Netzkabel und eine dreckige pinkfarbene Hülle, die ich auf dem Weg aus dem Laden in den Müll werfe. Dann bekomme ich Gewissensbisse, dass ich eine Computerhülle weggeworfen habe, nur weil sie schmutzig ist. Wer bin ich geworden, dass abgelegte Sachen nicht mehr gut genug für mich sind? Ich gehe zurück, um sie aus dem Müll zu fischen, doch der Pfandleiher beobachtet mich, sodass ich mir verdächtig und bescheuert vorkomme, und die kaputte Türglocke läutet jedes Mal, wenn ich die Tür öffne. Schließlich gehe ich einfach, das Gesicht vor Verlegenheit so pink wie die dreckige, alte Laptophülle.

Es ist immer noch früh und ich habe sonst nichts vor, also lege ich den neuen Computer in den Drahtkorb meines Rads und fahre zum Buchladen. Die Brise kühlt sowohl meine Wangen als auch die Wut auf meine Mom.

Die Tafel vor dem Buchladen ist leer gewischt, und als ich die Tür öffne, werde ich von einem wütenden Bass begrüßt, der einem durch Mark und Bein geht. Die Kissen auf dem Sofa sind so arrangiert, dass man LECK MICH liest, und Ariel steht auf einer Trittleiter und räumt Bücher ins Regal einer neuen Sparte, die mit *Masse macht Kasse* überschrieben ist. Die Bücher sind größtenteils Justizthriller und Krimis von superberühmten Autoren und mir entgeht die unterschwellige Botschaft nicht. Ich bin mir nicht sicher, ob sie so eine Aussage machen sollte, wenn sie diese Bücher verkaufen will. Andererseits bin ich die einzige Kundin im Laden.

»Hi!« Sie muss über die Musik hinwegschreien, als sie von der Trittleiter springt. Sie lehnt sich über die Kasse, um die Lautstärke herunterzudrehen. »Kann ich dir behilflich sein?«

Ich schüttele den Kopf. »Ich schaue mich nur ein bisschen um.«

»Hast du deine Bewerbung mitgebracht?«

»Was?«

»Ich hab gesehen, wie du beim letzten Mal ein Formular mitgenommen hast«, sagt sie. »Bewirbst du dich auf die Stelle?«

»Ich weiß nicht.« Mir entfährt ein Seufzer. »Ich meine, ich habe momentan einen Job in einem Familienunternehmen ...«

»O Mann, ich weiß, wie das läuft.« Ariel hievt sich auf die Verkaufstheke, die metallenen Reißverschlüsse ihrer grünen Karo-Bondage-Hose klirren gegen das Holz. Ihr schwarzes T-Shirt sieht aus, als wäre es in einen Reißwolf geraten, aber der Look steht ihr. »Der Laden gehört meiner Mom und ich habe während meiner ganzen Highschool-Zeit hier gearbeitet. Dann bin ich aufs College gegangen und dachte, ich wäre Tarpon Springs für immer entkommen, und doch« – sie hebt die Arme wie eine Gameshow-Assistentin –, »hier bin ich.«

Sie will von hier entkommen. Alex will von hier entkommen. Ich frage mich, ob ich auch so denken würde, wenn ich mein ganzes Leben in dieser Stadt verbracht hätte und nicht das Mädchen wäre, das genug davon hat, durch die Gegend zu ziehen, das einfach eine Weile an einem Ort bleiben möchte.

Ariel wirbelt den Drehständer mit den Kunstkarten herum und bringt ihn zum Wackeln und Quietschen. »Ich muss von hier weg.«

»Wäre deine Mom traurig, wenn du gehst?« Ich glaube nicht, dass es Theo etwas ausmachen würde, wenn ich den Job aufgäbe, doch Familie ist Greg wichtig. Er wäre wahrscheinlich enttäuscht. Yiayoúla auch. Und ich glaube, Kat würde es überhaupt nicht verstehen. Aber das Einzige, was wirklich für den Geschenkeladen spricht, ist seine Nähe zu Alex.

»Na ja, sie ist wohl wie jede Mom. Wenn sie könnte, würde sie mich wahrscheinlich für immer bei sich behalten.« Ariel lacht. »Aber ich glaube, sie wäre erleichtert, dass der Laden wieder normal geführt wird.«

»Warum lässt sie dir dann freie Hand?«

Sie zuckt mit den Schultern. »Das ist irgendwie unsere Abmachung. Ich arbeite für wenig Geld und sie lässt mich machen, was ich will. Aber wenn ich mich langweile, kommt das dabei raus.«

»Na ja ...« Ich sehe mich um und betrachte die handgeschriebenen Schilder. Sie sind eine hübsche Note und meiner Meinung nach ist Ariels Idee gut – sie ist nur nicht optimal umgesetzt. »*Ich* finde es lustig, aber ich verstehe, dass manche Kunden bei der Andeutung, ihre Lieblingsbücher wären scheiße, beleidigt sein könnten.«

»Oh, das ist mir völlig klar«, sagt sie. »Meine Mom braucht jemanden, der *interessiert* ist, der dafür sorgt, dass das hier keine Oase für kleine alte Damen wird, die Nackenbeißer lesen, aber der eben, na ja, nicht *ich* ist. Jemand wie ... du.«

»Wie kommst du darauf?«

»Du siehst wie ein Buchmädchen aus.«

»Ein Buchmädchen?«

»Als du letztes Mal hier warst, hast du nach den Büchern gesucht, die du wolltest, anstatt dich darüber zu beschweren, dass du sie nicht finden kannst, so wie die meisten Kunden.« Sie hüpft von der Theke. »Ich bin übrigens Ariel.«

»Aus *Der Sturm*?«

»Danke. Mann, du hast ja keine Ahnung, wie viele Leute glauben, ich hätte meinen Namen aus *Die kleine Meerjungfrau.* Was hat sich meine Mom nur dabei gedacht?«

»Es könnte schlimmer sein«, sage ich. »Sie hätte dich Dogberry oder Elbow nennen können.«

»Du kennst dich mit Shakespeare aus.« Sie lächelt. »Das gefällt mir.«

»Ich heiße Callista.« Ich probiere es mit meinem ganzen Namen, ändere dann aber meine Meinung. »Callie.«

»Schön dich kennenzulernen«, sagt sie. »Jedenfalls, denk über den Job nach, okay? Ich habe bei dir ein gutes Gefühl, Callie, und ich glaube an so was.«

Ich erlaube mir, mir vorzustellen hier zu arbeiten. Wie ich die Kissen in nettere Worte arrangiere, die Abteilungen benutzerfreundlicher mache und Musik spiele, die nicht ganz so ... laut ist. Ich male mir aus, wie Mädchen wie Kat auf dem Sofa herumlungern, Kaffee trinken und sich unterhalten. Oder Mädchen wie ich mit einem Buch in der Ecke sitzen. »Mach ich.«

»Lass dir Zeit.« Ariel geht zurück zur Trittleiter und zu

dem Stapel Bücher, der darauf wartet, eingeräumt zu werden. »Ich habe alle anderen, die sich beworben haben, abgeschreckt, weil sie einfach nicht die Richtigen für den Job waren. Er wartet auf dich, bis du so weit bist.«

Nachdem ich den neuen Computer eingerichtet habe, verbringe ich die nächsten beiden Stunden damit, einen kleinen Stapel Bücher auszuwählen. Ein paar, die ich schon gelesen habe, aber immer besitzen wollte. Einige, die ich noch nicht gelesen habe. Und ein Buch über Architektur als Weihnachtsgeschenk für Greg. Ariel zieht missbilligend eine Augenbraue hoch, als sie den Hiaasen sieht.

»Mein, ähm, dieser Typ, den ich ...« Ich verhaspele mich dabei, Alex als meinen Freund zu beschreiben. Ich meine, das ist er. Glaube ich. Doch es fühlt sich merkwürdig an, mit jemand anderem über ihn zu reden. »Er liest das und ... sei nicht so voreingenommen.«

Sie lacht, als sie den Preis für das Taschenbuch in die Kasse tippt. »Ich hab nichts gesagt.«

»Er mag auch andere Sachen.« Ich weiß nicht, warum ich das Bedürfnis habe, ihn – oder mich – vor ihr zu verteidigen, aber ich tue es. »Er liest vor allem Thoreau.«

»Oh Mann, du meinst doch nicht etwa den Typen mit der *Walden*-Tätowierung, oder?« Ariel lässt die Hand über ihren Unterarm vom Ellbogen bis zum Handgelenk gleiten – genau die Stelle, an der Alex' Tätowierung ist. »Er kauft hier andauernd Bücher und, ja, *der* Typ darf lesen, was er will. Seid du und er ...?« Die Worte bleiben in der Luft hängen, ich werde feuerrot.

»Na ja, es ist alles noch ziemlich neu und er ist die meiste Zeit weg, aber, ähm ... ich glaube schon.«

Sie grinst. »Ich sag's dir ganz ehrlich. Ich habe immer heimlich gehofft, dass er mit Kreditkarte bezahlt, damit ich seinen Namen herausfinde, aber er zahlt jedes Mal bar.«

»Er heißt Alexandros. Alex.«

»Natürlich.« Sie fängt an meine Einkäufe einzupacken. »Ich meine, welchen Namen würde ein griechischer Gott sonst haben? Und du, *Callista* ... ihr zwei solltet einfach heiraten und wunderschöne Halbgötter-Babys bekommen und –«

»Halbgötter haben ein menschliches Elternteil.«

Ariel streckt die Hand über die Verkaufstheke und stupst mich an die Stirn. »Halt die Klappe, Schlaumeier. Du machst meine Geschichte kaputt.«

Ich kann mir ein Lachen nicht verkneifen. »Wie alt bist du? Zwölf?«

»Es kommen nicht viele Typen in diesen Laden, geschweige denn scharfe Typen«, sagt sie. »Das ist also eine große Sache für mich. Jedenfalls, er sieht wie ein Typ aus, der ein kompletter Arsch sein könnte, aber er ist immer superhöflich. Und leise. Und bitte sag mir, dass er gut küsst.«

Ich nicke. »Supergut.«

»Ich hasse dich.« Sie reicht mir die Tüte mit den Büchern und meine Quittung. »Verschwinde von hier und komm erst wieder, wenn du bereit bist den Job anzunehmen. Klar?«

»Bis dann, Dogberry.«

Auf der Tafel vor dem Laden liegt ein kurzes Stück weißer Kreide und ich schreibe damit ein Zen-Sprichwort darauf, an das ich mich aus einem Buch erinnere: *Spring, und das Netz wird erscheinen.*

Es ist für Ariel, aber ich hoffe – hoffe inständig –, dass es wahr ist.

Der Mond – der am Abend meiner Schwammlektion auf dem Parkplatz der Tankstelle voll und hell war – ist nicht mehr da und die Dunkelheit erscheint so viel dunkler als sonst, als ich zum Haus auf dem Chesapeake Drive fahre. Die Brise weht durch mein Sweatshirt und lässt mich frösteln. Es tut mir leid, dass ich mich schon wieder mitten in der Nacht davonschleiche – und das andauernd zu tun scheine –, aber wenn Mom im Haus ist, kann ich mit ihr reden. Und dafür sorgen, dass sie nicht da sein wird, wenn Greg und ich kommen.

Ich lasse mein Fahrrad neben der Straße stehen und gehe zu Fuß durch das strubbelige Gras und über das sandige Grundstück. Die Fortschritte, seit ich das letzte Mal hier war, sind deutlich zu sehen. Sie haben die Fenster installiert, und als ich die Stufen zur neuen Eingangstür hochgehe, frage ich mich, ob Mom überhaupt hineingekommen ist. Doch wir reden hier von meiner Mutter. Sie hat mittlerweile eine echte Gabe, in verschlossene Orte zu gelangen.

Der Eingang ist abgesperrt, aber eine der Glasschiebetüren, die zum Bayou zeigen, lässt sich öffnen.

»Mom?« Meine Stimme hallt durch das leere Haus und ich ziehe meine Flip-Flops aus, damit das Echo meiner Schritte verstummt. Ich schalte die Taschenlampe ein, die ich in Phoebes Küchenschublade gefunden habe, und lasse den Lichtstrahl durch den Raum schweifen. Die Wandgestelle sind mit Gipskartonplatten gefüllt und auf dem Betonboden liegt dunkelbraunes Holz. Eine L-förmige Arbeitsfläche markiert die Begrenzung der neuen Küche und ich kann mir vorstellen, wie Phoebe dort das Abendessen vorbereitet und ab und zu aufblickt, um das Wasser zu bewundern oder zu überprüfen, was die Jungs treiben.

Die Treppe zum ersten Stock ist fertig und hat jetzt einen Handlauf aus demselben Holz, aber mit einem modern aussehenden Edelstahlgeländer. Wie im Erdgeschoss sind alle Wände eingezogen und die Dachgaube, die auf die Vorderseite des Grundstücks zeigt, ist fertig und breit genug für Gregs Zeichentisch. Ich betrete mein Zimmer – *mein Zimmer* – und das Loch in der Außenmauer ist nicht mehr da. Stattdessen sind da jetzt eine Fensterbank und Terrassentüren, die auf den Balkon führen. Und um die Fensterbank herum ist das eingebaute Bücherregal, das er mir versprochen hat. In einem der Fächer liegt ein gebundenes Exemplar von *Mandy.* Ich klemme mir die Taschenlampe unters Kinn, nehme das Buch und schlage es auf. Drinnen liegt ein Zettel mit einer Widmung von Greg:

Callie,
Ich kann Dir kein Häuschen im Wald ganz für Dich allein schenken, aber ich hoffe, dass Du damit auch zufrieden bist.
In Liebe
Dad

Meine Augen füllen sich mit Tränen, als ich die Widmung wieder ins Buch stecke und es ins Regal zurücklege, hoffentlich genau an die richtige Stelle. Ganz klar sollte ich das nicht vor morgen sehen. Traurigkeit und Freude verheddern sich in meinem Herzen, als ich mich wieder auf den Weg nach unten mache. Ich will dieses Haus. Dieses Zimmer. Diese Familie. Aber der Preis dafür ist meine Mom und ich bin mir nicht sicher, ob ich bereit bin ihn zu zahlen.

Als ich das Ende der Treppe erreiche, durchbricht das orangefarbene Glühen einer Zigarette die Dunkelheit und ich fange meine Mutter im Schein der Taschenlampe ein. »Mom, du kannst hier nicht rauchen.«

»Schau mal einer an«, sagt sie, als ich kalte Asche, die sie auf der Arbeitsfläche abgeklopft hat, in meine Hand fege und hinaus auf die hintere Terrasse trage. »Ganz Papas Töchterchen, was?« Die Belustigung in ihrer Stimme verfolgt mich und ich kann es nicht ausstehen.

»Niemand darf wissen, dass du hier gewesen bist.« Meine Hände sind staubig von der Asche, als ich wieder reinkomme. Ich wische mir die Reste an der Jeans ab. »Warum musst du so einen Saustall hinterlassen?«

»Weißt du, ich finde es interessant, dass dir ein Ort so wichtig ist, der nicht dein Zuhause ist.« Sie bläst absichtlich Rauch in die Luft und ich kann den Geruch kaum mehr ertragen. »Oder vielleicht würdest du lieber hier beim ihm bleiben. Willst du das damit sagen?«

»Nein, natürlich nicht.« Ich antworte zu schnell und habe Angst, dass es gelogen ist. Dass sie das Buch oben gesehen hat. »Greg ist sehr gut zu mir gewesen, Mom, und es ist nur ... er freut sich darauf, mir das Haus zu zeigen. Bleib also morgen weg, bis wir gegangen sind, okay? Bitte!«

Sie sagt nichts zu meiner Bitte. Sie lässt mich da in der dunklen, betretenen Stille stehen, bis ich das Gefühl habe, dass ich nur noch gehen kann. Und ich bin noch genauso unsicher wie vor meiner Ankunft, was morgen passieren wird.

Kapitel 17

»Ist alles in Ordnung, Cal?«

Greg bemerkt, wie ich an der Salami auf meinem Stück Pizza zupfe. Ich bekomme kaum einen Bissen herunter, weil mein Magen aus Sorge darüber, dass wir im Haus auf Mom treffen könnten, zu einem festen Knoten zusammengezogen ist. Ich möchte diesen Vater-Tochter-Moment genießen, doch stattdessen erzähle ich ihm eine Halbwahrheit, um zu verbergen, was mit mir ist. »Bin nur total aufgeregt.«

Ich freue mich *wirklich* darauf, die Renovierungsarbeiten mit ihm zusammen anzusehen, und ich kann es kaum erwarten, dass er mir das Buch schenkt, von dem er denkt, dass es eine Überraschung sein wird. Aber ... wenn meine Mutter im Spiel ist, muss man mit allem rechnen.

Greg ist so aufgeregt, dass er sich kaum im Zaum halten kann. In diesem Moment kann ich die Familienähnlichkeit erkennen. Er ist genau wie Tucker. »Wir können jetzt gleich gehen«, sagt er. »Wenn du willst.«

Wir fahren von der Pizzeria mit dem Fahrrad zum Haus

auf dem Chesapeake Drive und betreten es durch die Eingangstür. Bei Tageslicht ist es noch hübscher als bei Nacht, und obwohl die verwitterten grauen Schindeln neu sind, lassen sie das Haus genauso aussehen wie das Haus, das seit Jahrzehnten an derselben Stelle gestanden hat. Als wir unsere Schuhe im Eingang ausziehen, ist nirgends eine Spur davon zu sehen, dass Mom je hier war.

»Du hast die Wahl«, sagt Greg, als wir auf das große Zimmer und die Treppe zum ersten Stock zusteuern. »Wir können als Erstes eine Tour durchs Haus machen und dein Zimmer bis ganz zum Schluss aufheben. Oder wir fangen damit an.«

Ich halte nach ausgedrückten Zigarettenstummeln oder zerknüllten Fast-Food-Tüten Ausschau – typische Zeichen für Mom –, entspanne mich aber, als ich nicht mal Ascheреste auf der Küchenarbeitsfläche sehe. »Mein Zimmer auf jeden Fall zuerst.«

Als ich ihm die Treppe nach oben folge, spüre ich, wie Aufregung in mir hochprickelt wie Kohlensäure in einer Limodose, obwohl ich seine Überraschung schon gesehen habe.

»Bist du bereit?« Er öffnet die Tür ...

... und ich sehe es.

Das Buch liegt aufgeschlagen mitten im Zimmer und alle Seiten sind herausgerissen und im ganzen Raum verteilt. Entlang dem Buchrücken sind nur noch kleine, zackige Papierfetzen zu sehen und der Gedanke, dass Mom hier in diesem Zimmer war und mit Absicht ein Buch zerstört hat, das für mich gedacht war, tut mir mehr weh als irgendetwas anderes, an das ich mich erinnern kann.

»Was zum Teufel ...?« Greg geht hinein und kauert sich hin, um die Seiten einzusammeln, während ich wie angewurzelt in der Tür stehe und mir die Hand vor den Mund halte, weil ich nur mit Mühe die Geheimnisse zurückhalten kann, die ich am liebsten herausschreien würde.

Er blickt über die Schulter zu mir herüber, seine dunklen Augen unfassbar traurig. Natürlich weiß er, was hier passiert ist. Wer sonst würde so etwas tun? »Was, ähm ...« Er räuspert sich. »Weißt du irgendwas darüber, Callie?«

Unbändige Wut pulsiert unter meiner Haut. Ich könnte ihm die Wahrheit sagen. Wir könnten sie finden. Sie der Polizei übergeben. Aber es ist nur ein Buch. Sie hätte alle Fenster einschlagen oder etwas beschädigen können, das Tucker oder Joe verletzt hätte anstatt nur mich. Ich schüttele den Kopf und schlucke alle Wörter außer einem herunter. »Nein.«

Eine Träne läuft mir übers Gesicht. Ich tue so, als wäre sie nicht da, als er noch einmal fragt: »Bist du sicher?«

Ich nicke. »Ja.«

»Das sollte für dich sein.« Er steckt alle herausgerissenen Seiten zwischen die beiden Buchdeckel und steht auf. »Damit du wissen würdest, dass ich immer nur eins wollte: dass du dich hier zu Hause fühlst.«

»Das tue ich.« Er weiß nicht, dass ich seine Widmung gesehen habe.

Sein Gesicht verbirgt nichts, als er mich für einen langen

Moment ansieht. Das Unbehagen in der Art, wie er den Kiefer hin- und herschiebt, die verweilende Traurigkeit in seinen Augen, die Verwirrung, als er die Stirn in Falten legt ... er möchte noch so viel mehr sagen, während wir hier in dieser völlig verfahrenen Situation dastehen. Die Träne sickert in meinen Mundwinkel und ich kann den Kummer förmlich schmecken.

»Wirklich?« Greg legt das zerstörte Buch auf die Fensterbank und durchquert den Raum.

Er umarmt mich, und als ich das beständige, beruhigende Schlagen seines Herzens unter seinem T-Shirt höre, habe ich das Gefühl, dass meine Brust aufbrechen und ihm die Wahrheit vor die Füße fallen könnte.

»Ich wünschte ...« Die Worte entschlüpfen Greg wie ein Seufzer, als er mich loslässt. Auf seinem Hemd ist ein kleiner, feuchter Fleck und ich kann nicht hinsehen. »Du kannst mir alles anvertrauen, Callie. Ich wünschte, ich könnte dich davon überzeugen.«

Sogar in meinen frühesten Erinnerungen war er da. Ich vertraue ihm *wirklich.*

Nur nicht, wenn es um meine Mutter geht.

»Also, was hältst du, ähm ... was hältst du von deinem Zimmer?« Zwischen uns macht sich ein Gefühl breit, als hätte jemand gerade eine Kerze ausgelöscht – ich kann es in Gregs Stimme hören.

Die Fensterbank ist auch der Zugang zum Balkon und ich kann mir genau vorstellen, wie ich an einem regnerischen Tag mit einem Buch in der Hand dort sitze. Die Dachfenster über mir tauchen den Raum in Sonnenschein. Und in das Regal, das die ganze Länge der Wand bedeckt, passen mehr Bücher, als ich je besitzen könnte. »Es ist perfekt.«

Seinem Lächeln fehlen die tiefen Falten, die seinen Mund sonst immer wie eine glückliche Parenthese umklammern. »Wir müssen bald Möbel aussuchen gehen. Wenn du Lust hast.«

»Habe ich.«

Ich meine, was ich sage, aber ich sehe den Zweifel in Gregs Augen, als er mich wieder nach unten führt, damit wir uns den Rest des Hauses anschauen.

Mein Handy vibriert in meiner Jeanstasche, als ich einen Wollschwamm, eine Sonnenbrille und ein paar Tickets für die fast ausverkaufte Bootstour um zwei abkassiere.

»Danke«, sage ich und packe die Einkäufe für eine Dame ein, die ein Wisconsin-Badgers-Sweatshirt trägt. Wie Theo vorausgesehen hat, wird der Touristenstrom größer, je näher die Weihnachtsfeiertage rücken. Die Schulferien haben begonnen und Familien reisen an sowie die Leute, die den ganzen Winter hier verbringen. »Und viel Spaß bei der Tour.«

Als sie weg ist, hole ich mein Handy heraus und sehe, dass Alex mir eine SMS geschickt hat.

Bin auf dem Nachhauseweg. Wir sind zwar schon für morgen verabredet, aber ich würde dich total gern heute sehen.

Ich bemerke, wie ich lächele, und schaue schnell auf, um mich zu vergewissern, dass Kat nicht hersieht, aber sie ist gerade damit beschäftigt, einer Gruppe Mädchen passende Armreife aufzuschwatzen, und ich schreibe ihm zurück.

Klingt gut.

Im Laden gibt es den Rest des Nachmittags ununterbrochen etwas zu tun und Kat und ich wechseln uns hinter der Kasse ab. Das ist nicht meine Idee. Wenn es nach mir ginge, würde ich das Verkaufen allein ihr überlassen, aber Theo hat einen Schichtplan für uns erstellt, der mich zwingt Umgang mit den Kunden zu pflegen. Auch wenn es mir kein bisschen leichter fällt, mit ihnen zu reden, ist es einfacher, Sachen zu verkaufen, weil die Weihnachtssaison begonnen hat. Und Kats Idee, einen Wollschwamm mit einem Stück Seife zum »Griechischen Badeset« zu machen – womit sie sich das Theo-Gütesiegel erworben hat –, wird der Verkaufsschlager des Tages.

»Und, gilt unsere Verabredung zum Shoppen noch?« Sie stellt sich neben mich an die Kasse und stupst mich mit der Hüfte an, während ich den letzten Artikel eintippe. Theo hat die Seitentüren abgeschlossen und wartet vorne, um die Kunden rauszulassen. »Ich habe versucht mir etwas richtig Gutes für Nick einfallen zu lassen, weißt du? Wie Baseballkarten für die Devil Rays oder eine Tour des Kennedy Space Centers, aber ich dachte, wir könnten heute Abend nach ein paar kleineren Geschenken für seinen Weihnachtsstrumpf suchen. Eine DVD oder ein nettes T-Shirt oder so was.«

Ich zögere, als ich die Kassenschublade zuschiebe, während ich angestrengt nach einem guten Grund suche, warum ich heute Abend nicht kann.

»Was?«, fragt Kat. »Hast du darauf keine Lust mehr?«

Ich überlege, dass ich einfach Nein sagen könnte, doch sie redet schon die ganze Woche vom Shoppen und ich möchte sie nicht enttäuschen.

»Nein, ich meine ... doch, aber Greg hat beschlossen, dass wir heute Abend alle zusammen essen und danach zum neuen Haus fahren, um uns die Fortschritte anzuschauen. Es war eine sehr kurzfristige Idee.«

In letzter Zeit erzähle ich ständig irgendwelche Lügen und ich kann mich dafür selbst nicht leiden, aber ich mache es trotzdem. Ich halte die Luft an, während ich ihr Gesicht beobachte, als sie den Inhalt der Kasse herausnimmt. Ich hoffe, sie weiß nicht, dass Greg und ich schon gestern Abend beim Haus waren.

»Oh, das ist okay.« Sie steckt das Bargeld und die Kreditkartenquittungen in einen Beutel mit Reißverschluss. »Drück die Jungs von mir und schieß Fotos von deinem neuen Zimmer, okay? Ich kann's kaum erwarten, es zu sehen.«

Ihre Zustimmung macht meine Gewissensbisse nur noch schlimmer.

Als ich mich an dem Abend Alex' Boot nähere, höre ich, wie jemand in einem leisen, harschen Tonfall Griechisch spricht. Ich bleibe stehen und warte neben einem Baum, während ich die beiden dunklen Gestalten an Deck beobachte. Alex ist der Größere, der andere ist untersetzt und klein. Sein Vater. Ich kann Nikos' Worte nicht verstehen, doch seine Wut ist eindeutig zu erkennen in der Art, wie er Alex abwechselnd mit dem Finger droht und ihm dann mit der flachen Hand gegen den Kopf schlägt. Alex' Stimme ist nicht zu hören. Er streitet sich nicht. Wehrt die Schläge nicht ab. Er steht einfach nur da – ergeben, mit hängenden Schultern und gesenktem Kopf – und nimmt die Beschimpfungen auf sich. Ich balle die Fäuste und muss an mich halten, um nicht zu seiner Verteidigung zu eilen, denn dies ist Alex' Geheimnis – das er mir nicht anvertraut hat – und ich bin uneingeladen mitten hineingeplatzt. Ich frage mich, ob ich wegsehen soll, um seine Privatsphäre zu bewahren, tue es aber nicht. Ich beobachte das Ganze, während mir das Herz für ihn wehtut.

Das Gespräch endet, als Nikos in die Nacht davonmarschiert. Er ist so wütend, dass er mich nicht bemerkt, doch Alex sieht mich. Er steigt vom Boot und wir setzen uns auf die Bank.

»Also, wie viel hast du gesehen?« Er blickt zum Boot, auf den Fluss dahinter, aber nicht zu mir.

»Zu viel.«

»Meine Mutter wollte nie, dass ich auf dem Boot arbeite.« Er spielt mit einer meiner Locken. »Sie wollte, dass Phoebe und ich eine College-Ausbildung bekommen und nicht so viel für so wenig Geld arbeiten müssen. Dann ist sie krank geworden und das bisschen Geld, das fürs College da war ... das ist jetzt weg und mein Vater musste eine Hypothek auf das Boot aufnehmen.«

Er legt mir die Hand auf den Hinterkopf und gräbt die Finger in mein Haar, was mir einen angenehmen Schauer über den Nacken jagt, während wir schweigend dasitzen. Ich blicke verstohlen zu ihm. Seine Augen sind geschlossen und er lächelt ein wenig.

»Also«, sagt Alex schließlich. »Ich habe die Highschool abgebrochen, um auf dem Boot zu arbeiten, weil mein Vater den Gedanken nicht ertragen konnte, Mom in einem Pflegeheim unterzubringen. Niemand hat mich dazu gezwungen. Ich habe es freiwillig getan.«

Ich runzele die Stirn. »Aber Phoebe glaubt –«

»Meine Schwester glaubt, was sie glauben soll«, unterbricht er mich. »Klar, es geht mir total gegen den Strich, jede Woche Prügel einzustecken, weil ich nicht genügend Schwämme zurückgebracht habe oder Orfanos unten am Hafen einen besseren Preis als ich herausgeschlagen hat. Aber Pops hat seinen Stolz, verstehst du? Er will nicht, dass alle wissen, dass wir kein Geld mehr haben oder dass das Boot auf dem Spiel steht. Und wenn Phoebe dahinterkommt, würde Greg unserem Vater wahrscheinlich Geld anbieten, und das würde ihn noch mehr beschämen.«

Ich berühre den verblassenden Bluterguss auf seiner Wange vom letzten Mal, als sein Dad ihn geschlagen hat. Von dem er behauptet hatte, dass er von einer Kneipenprügelei stammt. Alex nimmt meine Hand herunter und verschränkt seine Finger in meine.

»Und das Abgefuckteste an der ganzen Sache ist, dass ich tun und lassen kann, was ich will, sobald meine Mom stirbt«, sagt er. »Ich kann sie nicht einmal ansehen, weil ich deswegen so ein schlechtes Gewissen habe. Ich *will* nicht, dass sie stirbt, aber ich bin so verdammt müde.«

»Es ist eine zu große Last für nur eine Person«, werfe ich ein.

»Ja, na ja ...« Alex zuckt mit den Schultern. »So läuft das Leben eben manchmal.«

Die Worte »dein Geheimnis ist bei mir sicher« liegen mir auf der Zunge, aber ich habe das Gefühl, dass sie ihre Macht verlieren könnten, wenn ich sie ausspreche. Stattdessen beuge ich mich vor und drücke ihm den sanftesten Kuss auf die Lippen. *Natürlich ist dein Geheimnis bei mir sicher.* Er legt mir die Arme um die Taille, zieht mich auf seinen Schoß und küsst mich, bis die Welt nur noch ein weit entfernter Ort ist und nur wir beide in ihr existieren.

»Du hast mir gefehlt«, flüstert Alex. Seine Stirn berührt meine Stirn, seine Finger legen sich um meinen Nacken unterhalb meines Haaransatzes und zeichnen winzige Kreise auf meiner Haut. »Die ganze Woche wollte ich nur drei Dinge: scharfe Chicken Wings, kaltes Bier und dich.«

»Komisch. Das sind genau die drei Dinge, die ich auch wollte.«

»Echt?«

»Nein, aber du hast mir auch gefehlt.«

»Weißt du, Geheimnisse bleiben nicht wirklich geheim, wenn man auf Bänken mitten am Hafen rumknutscht.«

Ich muss mich nicht herumdrehen, um Kats Stimme zu erkennen. Doch ich tue es trotzdem. Sie steht nur ein paar Meter hinter der Bank.

»Was, ähm ... was machst du hier?«

»Ich habe meinen Geldbeutel drinnen vergessen.« Sie

steuert auf den Laden zu, schneller, als ihre Keilabsätze es erlauben. »Aber lass dich nicht stören. Ich meine, es ist ja nicht so, als wäre ich jemand, der dir wichtig ist.«

Ich stehe auf. »Ich muss mit ihr reden.«

Alex nickt und drückt meine Hand. »Ich bin hier.«

»Kat«, sage ich und versuche sie einzuholen. »Kat, bitte ... Es tut mir leid.«

»Es ist nicht mal so sehr, dass es Alex ist.« Sie bleibt nicht stehen und sie sieht mich nicht an. »Ich meine, ich kapier's. Du bist wunderschön und *dich* betrachtet er eindeutig nicht als kleine Schwester.« Kat kämpft mit dem Schloss an der Ladentür. »Aber du hättest es mir zumindest *sagen* können. Erst Connor, jetzt das. Als hättest du nicht die geringste Ahnung, wie Freundschaft funktioniert.«

Sie stemmt die Hände in die Hüften und tritt mit einem frustrierten Schrei gegen die Tür, aus der immer noch der Schlüssel herausragt.

»Kat, ich hatte noch nie eine Freundin. Wirklich noch nie.« Ich drehe den Schlüssel sanft und das Schloss entriegelt sich. »Es gab immer nur meine Mom und mich und ich bin nie irgendwo lange genug geblieben, um eine Freundin zu haben. Oder um eine zu *sein.* Ich habe wohl die ganze Zeit gewusst, dass ich dir das mit Alex erzählen sollte, aber ich wollte nicht, dass du dich aufregst. Nur –«

Sie schnieft. »Ja, ich hätte mich so oder so aufgeregt, was einfach bescheuert ist, weil Nick der viel bessere Typ ist. Nichts für ungut.«

»Kein Problem.«

»Es ist nur so, dass ich in meiner Fantasie Alex total aufgebauscht habe zu ... Ich weiß nicht mal was. Ich hatte diese behämmerte Vorstellung, dass ihm eines Tages klar werden würde, dass ich perfekt für ihn bin.« In ihrem leisen Lachen schwingt ein wenig Verlegenheit mit. »Und obwohl ich weiß, dass er nicht der Richtige für mich ist, tut mir seine Zurückweisung immer noch irgendwie weh, verstehst du?«

»Es tut mir leid, dass ich es dir nicht erzählt habe.«

Der Laden wird nur von dem Krustentier-Weihnachtsbaum erleuchtet, als wir eintreten, und Kat geht ins Hinterzimmer, um ihren Geldbeutel zu holen. Sie ist nach ein paar Minuten wieder zurück. »Also, ich hab mir überlegt, dass ich vielleicht ein bisschen aufdringlich war. Ich meine, ich hab mich einfach auf deine Bank gepflanzt und mich zu deiner besten Freundin erklärt, ohne darüber nachzudenken, dass du vielleicht keine willst.«

»Das will ich aber.«

»Danke.« Sie lächelt. »Könnten wir dann also, jetzt, da Weihnachtsferien sind und ich keine Schule habe, am Montag nach der Arbeit shoppen gehen? Und, du weißt schon, reden?«

»Auf jeden Fall.«

»Und du lässt mich nicht wegen Alex hängen?«, fragt Kat, als sie die Eingangstür wieder abschließt.

Ich hebe drei Finger, eine Geste aus den Tagen, als ich so tat, als wäre ich Pfadfinderin, und mir Abzeichen aus Tonpapier bastelte. Bis ich begriff, dass obdachlose Mädchen nicht Pfadfinderinnen werden. »Versprochen.«

Kapitel 18

Greg ist über eine Schüssel Müsli gebeugt und liest eine Computerzeitschrift, als ich am nächsten Morgen zum Frühstück in die Küche komme. Meine Haare sind immer noch feucht von der Dusche und unter meiner Jeans und dem grünen Karohemd trage ich den Bikini, den Kat für mich ausgesucht hat. Auf dem kurzen Weg durch den Garten konnte ich meinen Atem sehen, daher bezweifle ich, dass es warm genug sein wird, um an den Strand zu gehen, doch Alex beharrt darauf, dass sich die kühle Morgenluft bis zum Nachmittag aufgeheizt haben wird. Ich nehme eine Schüssel aus dem Schrank. »Wo sind alle?«

»Phoebe streicht im neuen Haus.« Greg schiebt die Müslischachtel über den Tisch. Sein Lieblingsmüsli, von der gesunden Sorte. Es schmeckt okay, aber es ist ein bisschen, als würde man Zweige essen. »Und die Jungs verbringen den Tag mit meiner Mom.«

»Ich, ähm ... gehe heute mit Freunden an den Strand.«

Zwischen uns hängt zu viel Unausgesprochenes in der

Luft. Und indem ich auslasse, dass es sich bei dem Freund um Alex handelt, der Strand unten in Bradenton ist und ich endlich mein erstes richtiges Date habe, stopfe ich noch mehr in diesen schon überfüllten Raum. Greg nickt. »Wann bist du wieder zu Hause?«

»Weiß ich noch nicht, aber wohl eher nicht zum Abendessen«, erwidere ich. »Und ich habe mein Handy dabei.«

Das Knirschen des Müslis füllt meinen Kopf und blendet das unbehagliche Schweigen aus und ich konzentriere mich auf jeden Bissen, damit ich ihm nicht in die Augen sehen muss. So zu tun, als wäre Donnerstag nie passiert, ist schwerer, als ich gedacht hätte, vor allem wenn das Bild, wie Greg das zerstörte Buch in der Hand hält, schmerzhaft in mein Gedächtnis eingebrannt ist.

Er ist mit seinem Frühstück noch nicht fertig, als ich meine Schüssel auswasche und in die Spülmaschine stecke.

»Dann geh ich jetzt mal.«

»Viel Spaß.« Greg blickt zu mir auf, lächelt mich kurz an und konzentriert sich dann wieder auf seine Zeitschrift. Ich fühle mich irgendwie abgefertigt und das tut weh.

»Danke, ähm ... Dann bis heute Abend.«

Ich gehe zum Wohnwagen zurück, um meine Strandtasche zu holen, bevor ich hinüber zum Grand Boulevard laufe, wo Alex im Pick-up auf mich wartet. Er sitzt seitwärts auf der Sitzbank und blickt durch die offene Fahrertür nach draußen. Die Sonnenstrahlen fallen in einem perfekten Winkel auf ihn und fangen das sonnengebleichte Gold seiner Locken ein. Er sieht wie die Verkörperung des Sommers aus.

»Hi.« Ich schiebe mich zwischen seine Knie und er beugt sich vor, um mich zu küssen. Seine Lippen sind kühl, als ich den fransigen Saum seiner hellroten Surfshorts berühre. »Ist dir nicht kalt?«

»Nein. Ich bin amphibisch.« Er steigt aus der Fahrerkabine, läuft zur Beifahrerseite herum und reißt die klemmende Tür auf. Sie knarzt aus Protest.

»Amphibisch, hm? Du hast Kiemen und legst Eier im Wasser?«

»Na ja, ich wollte damit sagen, dass ich kaltblütig bin.« Er fährt sich mit den Fingern durch die Locken und mein Magen führt einen verrückten kleinen Freudentanz auf. »Aber jetzt ...«

Ich lache. »Entschuldige.«

»Ist schon okay«, sagt er, als ich in den Pick-up steige. »Ich mag schlaue Mädchen.«

Er schlägt die Tür zu und ich lehne mich durch das Fenster zu ihm. Unsere Gesichter sind sich so nah, dass ich den dunklen Ansatz seiner Wimpern sehen kann und wie sie an den Spitzen blasser werden. »Diese Tür wird nie einfach so auffliegen, oder?«, frage ich.

Alex schüttelt den Kopf. »Ich hab das beim ersten Mal nur gesagt, damit du dich näher an mich ransetzt.«

»Hätte ich sowieso getan.«

Er küsst mich noch einmal und berührt meine Nasenspitze. »So ein schlaues Köpfchen.«

Das Hula-Mädchen, das vom Rückspiegel baumelt, führt einen wilden Windtanz auf, als wir mit heruntergelassenen Fenstern auf dem Highway 19 in Richtung Süden aufbrechen, vorbei an Autohäusern, Einkaufsmeilen, Fast-Food-Restaurants und schäbigen kleinen pinkfarbenen Motels, die aussehen, als hätte man seit einem halben Jahrhundert nichts mehr an ihnen gemacht. Reggae kommt aus den zwei kleinen Lautsprechern, die zwischen der Windschutzscheibe und dem ausgeblichenen Armaturenbrett klemmen und an einen tragbaren Kassettenrekorder angeschlossen sind. Alex singt den verzerrten Song mit. Ich mag seine Stimme, heiser und schräg, und dass ihn das kein bisschen davon abhält, mitzusingen. Ich mag die Art, wie er seinen Arm aus dem offenen Fenster hält und gegen den Wind drückt. Und mir gefällt zu wissen, dass, wenn er in meine Richtung blickt, mich seine Augen hinter der dunklen Sonnenbrille anlächeln.

»Ist es unheimlich?« Ich schüttele meine Flip-Flops ab und stütze meine nackten Füße auf den Rahmen des offenen Fensters. Im Seitenspiegel kann ich die Erde an meinen Fußsohlen sehen. »Schnorcheln, meine ich.«

»Nö.« Alex' Nase kräuselt sich ein wenig, als er den Kopf schüttelt. »Na ja, vielleicht am Anfang ein bisschen, weil es noch neu ist, aber sobald du im Wasser bist ... ist es besser als Sex.«

»Besser?«

Er lacht eines seiner leicht anzüglichen Lachen, bei denen es mir ganz heiß in der Magengrube wird. »Okay, vielleicht doch nicht, aber es ist besser als alles andere.«

»Werden da Haie im Wasser sein?«

»Vielleicht.« Er zuckt mit den Achseln. »Aber es ist wahrscheinlicher, dass wir Unmengen von Fischen und vielleicht ein paar Rochen und Seepferdchen sehen werden. Für diesen Teil von Florida ist das Riff nicht schlecht, aber die Keys sind um einiges besser. Ich muss dich irgendwann mal dorthin mitnehmen.«

Mein Herz zieht sich vor Glück ein bisschen zusammen. Mein Leben kommt mir so provisorisch vor, dass es mir gefällt, einen Platz in seinen Zukunftsplänen zu haben. Auch wenn es nie eintreffen sollte, fühlt es sich in diesem Moment gut an. »Ich habe so was noch nie gemacht«, sage ich. »Andererseits habe ich eigentlich nie irgendwas gemacht.«

»Gar nichts?«

»Wenn man ein Leben auf der Durchreise durch viele kleine Nirgendwos führt ... das hat nichts von einem Abenteuer«, erwidere ich. »Meine Mom hat immer so getan, als wäre es das, oder ... ich weiß nicht, vielleicht hat sie es tatsächlich geglaubt, aber eigentlich haben wir immer nur gerade so überlebt. Sie hatte einen beschissenen Job nach dem anderen und ich hatte keine Zeit, neue Freunde zu finden, und konnte nicht in die Schule gehen. Deshalb habe ich die Tage und Wochen von einem Umzug zum nächsten gemessen. Ich habe mir selbst beigebracht Gitarre zu spielen und –«

»Du bist nicht in die Schule gegangen?«

»Nur in die Vorschule.«

»Kein Wunder, dass Greg glaubt, dass ich zu alt für dich bin.«

Ich boxe ihn auf die Schulter und lache. »Halt die Klappe.«

Alex umfasst meinen Oberarm und zieht mich über die Sitzbank, bis meine Füße in der Kabine sind und ich an ihm lehne. Den Blick weiterhin auf die Straße gerichtet küsst er mich.

»Hat nicht Einstein mal was über Autofahren und Küssen gesagt?«, frage ich.

Die Reifen quietschen, als er auf den Parkplatz einer größtenteils leer stehenden Einkaufsmeile fährt, den Pick-up abstellt und mich auf seinen Schoß zieht. »Sinngemäß hat er gesagt, dass, wenn man beides gleichzeitig machen kann ...« Seine Lippen finden eine Stelle an meinem Hals, unterhalb meines Ohrs, und mir wird auf einmal ... überall ganz heiß und ich überlege, ob es möglich ist, nach einer Person süchtig zu sein, wie nach Drogen, Zigaretten und Traurigkeit. »... macht man es falsch.«

Sein Mund schmeckt ein wenig nach Meer, als hätte es ihn schon so durchdrungen, dass sein Blut davon durchsetzt ist. Seine Zellen überflutet. Und auch wenn ich es mir nur einbilde – und das tue ich wohl –, will ich ihn. Ich will ihn so sehr.

Mein Hemd ist vollständig aufgeknöpft, als ich die Augen öffne und mein Hirn wieder in die Atmosphäre eintritt. Wir sind auf einem Parkplatz. Der Highway ist nur ein paar Meter entfernt und das Wusch vorbeizischender Autos ist unablässig.

»Wir sollten das nicht tun«, sage ich. Seine Lippen berühren meine erneut. »Nicht hier.«

»Warum?«

»Greg weiß nicht, dass ich mit dir zusammen bin.« Ich mache den untersten Knopf zu, auf einmal wieder ganz klar. »Kannst du dir seine Reaktion vorstellen, wenn er herausfindet, dass wir nicht nur zusammen sind, sondern auch verhaftet wurden, weil wir Sex auf dem Parkplatz von Pinellas Park hatten?«

Alex atmet laut und frustriert aus. »Der Gedanke an deinen Dad hat dieselbe Wirkung wie eine kalte Dusche.«

Ich knöpfe mein Hemd wieder zu, während er zurück auf den Highway fährt. Ich beobachte ihn aus dem Augenwinkel. Ich habe noch nie irgendjemandem Sex verweigert und ich bin mir nicht sicher, wie das läuft. Er hat seine Sonnenbrille wieder auf und ich kann seine Augen nicht sehen, aber sein Mund lächelt und seine Daumen trommeln auf dem Lenkrad im Takt mit der Musik. Es scheint ihn nicht zu stören.

Alex merkt, dass ich ihn ansehe. »Was ist?«

»Bist du, ähm ... ist es okay, dass wir nicht ...?«

Er drückt seine Fingerspitze auf die Mitte meiner Stirn. »Nur einer von uns hat nachgedacht und das war nicht ich.«

»Dann ist alles in Ordnung?«

Alex grinst. »Du bist hier und bei mir, von daher, ja ... es ist alles in Ordnung.«

Erleichtert nehme ich wieder meine Position von vor dem Parkplatz ein, mit den Füßen aus dem Fenster. Aber diesmal lege ich mich auf den Sitz, betrachte ihn kopfüber und frage mich, ob meine Mom auch so gefühlt hat, als sie Greg kennenlernte. Ich denke darüber nach, wie schnell sich eine Person von einem Fremden in jemanden verwandelt, ohne den man nicht mehr auskommt. Aber vor allem darüber, dass ich mich wie ein normales Mädchen fühle, wenn ich mit Alex zusammen bin. Wie sich meine ganze Welt hier in der Kabine dieses Pick-ups befindet, und das reicht völlig.

Ich bleibe in dieser Position – mit dem Kopf gegen seinen Oberschenkel, während seine Fingerspitzen auf meiner Wange ruhen –, bis wir die Sunshine-Skyway-Brücke erreichen, die die Tampa Bay überspannt. Knallgelbe Kabel verlaufen von zwei riesigen Stützpfeilern schräg nach unten zum Deck, sodass es aussieht, als würden Sonnenstrahlen auf die Brücke scheinen. Ich suche hastig nach meinem Handy und Alex lacht. »Touri.«

Ich zeige ihm den Mittelfinger, während ich wie ein glücklicher Hund den Kopf aus dem Fenster stecke und mein Handy nach oben halte, um ein Foto von der Brücke zu machen. Das Ergebnis auf dem Display ist eine Reihe von schrägen gelben Stäben, von denen sich das kräftige Blau des Meeres und des Himmels abheben.

»Man kann nicht erkennen, dass es eine Brücke ist«, sagt Alex.

»Ich weiß.« Ich drücke den Knopf, um das Handy auszuschalten. »Aber ich werde immer wissen, was es sein soll.«

Als wir zur nächsten Brücke gelangen, über die man Anna Maria Island erreicht, sind meine Füße von der Sonne pink gefleckt. Der Verkehr kommt zum Erliegen, da ein Paar rot-weiße Tore die Straße versperrt.

»Ist das eine Zugbrücke?« Ich hänge mich wieder aus dem Fenster und setze mich dann auf den Rahmen, damit ich beobachten kann, wie sich die Fahrbahn langsam nach oben bewegt, um ein hohes Segelboot mit einem weißen Mast durchzulassen. Der Fahrer hinter uns lässt ungeduldig den Motor aufheulen, als würde das irgendetwas beschleunigen. Die Meeresbrise riecht nach der Flut und nach Abgasen, und Seemöwen gleiten über uns auf unsichtbaren Strömungen. Ich mache Fotos von der Zugbrücke, einer Austernbar am Straßenrand und von Alex, der mich durch die Windschutzscheibe anlacht.

»Das war so cool«, sage ich, als die Brücke wieder heruntergelassen ist und wir uns Stoßstange an Stoßstange mit den restlichen Touristen vorwärtsschieben.

»Du killst mich«, sagt Alex.

Die Reifen des Pick-ups rumpeln über das Gitterrost der Zugbrücke, als wir darüberfahren. Ich mache ein Foto von dem kleinen blauen Brückenhäuschen. »Ich habe noch nie eine Zugbrücke gesehen.«

»Es ist nur ... Du bringst mich dazu, heute alles mit anderen Augen zu betrachten«, sagt er. »Es ist so, als würdest du alles interessant finden.«

»Ich *finde* alles interessant.«

Er streckt hinter mir den Arm über die Sitzbank. »Dann wirst du schnorcheln toll finden.«

Alex parkt vor einem Taucherladen in einer Nebenstraße des Gulf Drive, der Hauptstraße der Insel. Die Glastür ist vollgeklebt mit Flyern für anstehende Tauchtrips und Kurse und ein Autoaufkleber teilt uns mit: »Ein schlechter Tag beim Tauchen ist besser als ein guter Tag bei der Arbeit.« Ich glaube, das ist das Leben, das sich meine Mom immer für uns gewünscht hat, und obwohl ich vor Aufregung Schmetterlinge im Bauch habe, bin ich ein wenig traurig, dass ich es ohne sie lebe. Alex verschränkt seine Finger in meine, als wir hineingehen, und ich schiebe die Traurigkeit beiseite.

Ein Typ in einem ausgewaschenen roten T-Shirt mit dem Ladenlogo hinten auf dem Rücken hängt Tauchermasken an einen Ständer in der Mitte des Ladens. Er blickt auf, als wir eintreten.

»Hi, Alex!« Er steckt sich eine lange dunkle Haarsträhne hinters Ohr, während sie sich die Hand geben, und schenkt mir ein Grinsen. »Ist lange her, Bro. Schön dich zu sehen.«

»Ebenfalls.« Alex stellt uns vor. »Callie, das ist Dave. Er ist einer meiner Tauchkumpels. Dave, das ist Callie. Sie ist das Mädchen, mit dem ich mitten in der Nacht Eis esse.«

»Ach, so nennt man das jetzt.« Dave lacht und ich werde rot. »Geht es heute zum Wrack oder zu den Rocks?«

»Zu den Rocks«, antwortet Alex.

»Gute Wahl. Die Sicht lag in den letzten paar Tagen zwischen vier bis sechs Metern. Ihr müsstet viel zu sehen bekommen. Vielleicht sogar ein paar Delfine. Brauchst du Ausrüstung?«

»Ich habe meine mitgebracht«, sagt Alex. »Aber Callie braucht welche und vielleicht einen Anzug, wenn du einen übrig hast.«

Dave schätzt mich mit den Augen ab. »Ich glaube, die

Sachen meiner Schwester müssten ihr passen. Wartet mal kurz.« Er geht durch den Raum zu einer Holztür, die mit weißen ovalen Aufklebern von verschiedenen Tauchorten überall auf der Welt bedeckt ist. Als er hinter der Tür verschwindet, frage ich mich, ob er an allen diesen Orten gewesen ist. Er kommt mit einem Netztauchbeutel zurück. »Ich habe einen Schnorchel, eine Maske, Flossen, Schuhe und einen Shorty. Braucht ihr sonst noch was? Habt ihr Wasser? Sonnencreme?«

Alex nickt, als er den Beutel nimmt. »Das hier reicht. Danke.«

Dave schnappt sich eine Wegwerf-Unterwasserkamera aus einer der Theken und reicht sie mir. »Nimm eine Kamera mit. Geht auf mich.«

»Danke.«

»Aber gerne. Hör mal, Kumpel, wir machen einen Ausflug nach Roatán im Februar. Bist du dabei?«

Enttäuschung schwappt über Alex' Gesicht, als würde sie ihm direkt aus den Poren sickern. Er schüttelt den Kopf. »Ich arbeite immer noch auf dem Boot.«

»Keine Sorge, Bro. Das wird nicht der letzte Tauchtrip sein.« Dave schlägt ihm auf die Schulter und wendet sich mir zu, um mir die Hand zu geben. »War nett dich kennenzulernen, Callie.«

»Ebenso.«

Alex sagt kein Wort, als er die Ausrüstung hinten in den Pick-up neben seine eigenen Tauchersachen und eine kleine rote Kühlbox wirft. Dann fahren wir wieder auf den Gulf

Drive und machen uns auf den Weg zum nördlichen Ende der Insel. Ich frage mich, ob er auch über verpasste Gelegenheiten nachdenkt.

»Was sind die Rocks?«, frage ich.

»Die Spanish Rocks«, antwortet er. »Es ist ein Riff, das aus Kalksteinplatten am Meeresboden entstanden ist. Ich bin mir nicht sicher, warum es Spanish Rocks heißt, weil es weder spanisch ist noch aus Felsen besteht, aber es hat immer so geheißen, so lange ich mich erinnern kann. Jedenfalls, es ist ein guter Ort, um mit dem Schnorcheln anzufangen.«

Alex biegt nach links auf einen winzigen Strandparkplatz, auf dem ein paar Taucher in Ganzkörperneoprenanzügen Pressluftflaschen und Flossen hinten aus ihren Geländewagen laden. So etwas wie Neid huscht über sein Gesicht, als sie ihre Ausrüstung an den Strand tragen, und ich mache mir Sorgen, dass es langweilig für ihn sein wird, mit mir an der Oberfläche zu schnorcheln, wenn er wie sie unter Wasser sein könnte. Er beugt sich vor und küsst mich. »Bist du so weit?«

»Ich glaub schon.«

Wir steigen aus dem Pick-up. Während Alex die Taschen und die Kühlbox von der Ladefläche nimmt, knöpfe ich mein Hemd auf. Er hält inne und schaut mir dabei zu.

»Muss das sein?«, frage ich. »Du hast mich doch schon in Unterwäsche gesehen.«

Er lacht. »Ich habe dich auch schon ohne Unterwäsche gesehen, aber noch nie in einem Bikini. Ich bin einfach neugierig.«

Der Bikini ist ziemlich schlicht – kleine blau-weiße Karos mit hellgrünen Schnüren –, aber Kat hat ihn für perfekt erklärt. Bei der Art, wie Alex mich ansieht, frage ich mich, ob sie womöglich Recht hatte. »Zufrieden?«

»Absolut.« Seine Locken wippen, als er nickt. Er beugt sich vor, um mich noch einmal zu küssen, und ich habe am ganzen Körper Gänsehaut. Ich bin mir nicht sicher, ob es an der kühlen Brise vom Golf oder an seinen Händen auf meiner nackten Hüfte liegt.

»Die Wassertemperatur beträgt etwa vierundzwanzig Grad, was okay ist, wenn man am Strand im Seichten herumplanscht, aber wenn man längere Zeit im Wasser bleibt, wird es kalt. Das wird dir helfen, warm zu bleiben.« Er reicht mir einen Neoprenanzug, aber im Gegensatz zu den Ganzkörperanzügen der Taucher hat er kurze Ärmel und Hosenbeine. »Du kannst schwimmen, oder?«

Mom hat es mir in einem Sommer an einem See in Indiana beigebracht und im Gemeindeschwimmbad in Michigan gab es einen Rettungsschwimmer, der mich kostenlos reinließ, damit er mir auf den Busen glotzen konnte. Nicht dass Alex darüber Bescheid wissen muss. »Jep.«

Wir ziehen die Anzüge auf dem Parkplatz an und tragen den Rest der Ausrüstung hinunter zum Wasser. Die Taucherbeutel, Handtücher und die Kühlbox lassen wir ganz oben auf dem Sand, damit sie nicht weggespült werden. Die Taucherschuhe passen perfekt, und sobald ich sie anhabe, gehen wir bis zur Hüfte ins Wasser, um die Flossen anzuziehen. Winzige, kalte Rinnsale laufen mir die Oberschenkel hoch und verschlagen mir den Atem und ich muss innehalten, um das Wasser in meinem Anzug warm werden zu lassen.

»O mein Gott, wie machst du das bloß jeden Tag?«

»Das hier ist ein Kinderspiel im Vergleich zu dem, was ich tue.« Ich schaue zu, wie er die Flossen anzieht, und mache es ihm nach. »An vielen Morgen würde ich lieber in meiner warmen Schlafkoje bleiben, anstatt in so kaltes Wasser zu springen, um dann stundenlang am Boden des Golfs entlangzulaufen, meistens gegen die Strömung, und Schwämme vom Meeresboden zu schneiden. Es ist harte Arbeit, aber vor allem ist es langweilig und einsam. Doch krankmachen bringt kein Geld und du hast ja gesehen, was passiert, wenn die Ernte nicht ausreicht.«

»Entschuldige.«

Sein hochgezogener Mundwinkel nimmt meine Entschuldigung an. »Warm genug?«

»Ich glaub schon.«

»Gut. Jetzt nimm deine Maske und spuck rein.«

»Im Ernst? Das macht man wirklich so?«

»Es verhindert, dass die Maske beschlägt.« Alex spuckt in seine eigene Maske, verschmiert den Speichel auf dem Glas und spült es im Wasser. »Und bevor du fragst, ich habe keine Ahnung, warum es funktioniert. Es ist einfach so.«

Ich folge seinem Beispiel und benutze die Spuck-Schmier-Spül-Technik. Dann betrachte ich ihn durch das Glas. Er sieht noch genauso aus wie vorhin. »Woher weiß ich, dass es funktioniert hat?«

»Wenn deine Maske anfängt zu beschlagen, weißt du,

dass es nicht funktioniert hat«, erwidert er. »Dann komm wieder hoch und mache es noch mal.«

»Und jetzt?«

Alex setzt die Maske auf. Der Riemen um seinen Kopf drückt seine Locken platt. Er zuckt mit den Schultern. »Schwimm.«

»Aber –«

Er nimmt meine Maske und zieht sie mir vorsichtig über den Kopf, wobei er darauf achtet, mir nicht an den Haaren zu ziepen. Als sie genau mittig sitzt, nimmt er die Hände weg. »Fühlt sich das gut an?«

»Woher soll ich das wissen?«

»Es würde sich sonst hier locker anfühlen« – er zeigt auf die Seiten in der Nähe seiner Schläfen – »oder der Riemen fühlt sich zu fest um deinen Kopf an.«

»Ich glaube, es ist okay so.«

Er hält mir das u-förmige Ende des Schnorchels hin, wo ich es sehen kann. »Jetzt steck dieses Ende in den Mund und benutz es, um zu atmen, während du schwimmst.«

Ich hebe die Beine und tauche mein Gesicht ins Wasser. Die Welt wird grün und leise, vom Klang meiner eigenen Atmung abgesehen. Zuerst atme ich zu schnell, als würde mir irgendwie die Luft ausgehen, obwohl mich der Schnorchel mit dem Vorrat der Welt verbindet. In seichterem Wasser ist der Sand mit geschwollenen braunen Sanddollars gesprenkelt, die den gebleichten weißen Exemplaren, die wir im Laden verkaufen, kein bisschen ähnlich sehen. Winzige Elritzen flitzen über dem Boden hin und her und halten abrupt inne und prähistorisch aussehende Pfeilschwanzkrebse planieren Bahnen in den Sand. Die einzige Veränderung der Meereslandschaft über Meter hinweg sind hinzukommende größere Fische und Fächerkorallen, die wie vereinzelte Bäume in einer Unterwasserwüste aussehen.

Dann erreichen wir die Spanish Rocks.

Das Riff ist mit grünen und roten Algen sowie weißen, gelben und sogar orangefarbenen Korallen überzogen. Um das Riff herum wimmelt es im Wasser von silbergestreiften Fischen, die in dem gedämpften Sonnenlicht leuchten und sich synchron bewegen, als würden sie zu ihrem eigenen lautlosen Lied tanzen. Es fühlt sich an, als wäre die Welt so viel größer geworden, und ich beginne zu verstehen – wenn auch nur ein bisschen –, warum Alex nicht auf einen kleinen Teil von ihr beschränkt sein will.

»O mein Gott«, sage ich in mein Mundstück, aber die Worte verschwinden durch den Schnorchel nach oben und werden vom Himmel verschluckt. Ich strecke meinen Arm nach einem Fisch aus, doch das Wasser ist trügerisch tief und ich bin enttäuscht, dass sie nicht nah genug sind, damit ich sie berühren kann.

Ich hebe den Kopf aus dem Wasser und ziehe den Schnorchel aus dem Mund, um Atem zu holen. Alex taucht neben mir auf, als ich die Maske auf meine Stirn schiebe.

»Alles in Ordnung?«

Ich nicke. »Es ist nur ... so etwas Aufregendes habe ich noch nie gemacht. Es ist ... da sind so viele Fische und es sieht aus, als wären sie direkt *da* ...« Ich weiß, dass ich plappere, aber ich bin so überwältigt, dass ich nicht aufhören kann. »... als könnte ich sie berühren, aber sie sind zu weit weg. Und es ist so schön. Ich will näher ran. Ich will alles sehen.«

Er strahlt übers ganze Gesicht und seine Augen hinter der Maske sind Halbmonde des Glücks. »Tauchen ist noch besser.«

»Ich will tauchen gehen.«

»Ich glaube, ich habe noch nie jemanden so schnell davon überzeugt.« Alex lacht, als er seine Maske hochschiebt und mich mit Salzwasserlippen küsst. Und diesmal bilde ich es mir definitiv nicht ein, weil meine auch nach Salzwasser schmecken. »Du hast Glück, ich kenne da einen Typen, der es dir beibringen kann.«

»Danke, dass du mich hierher mitgenommen hast.«

»Bedank dich noch nicht.« Er zieht die Maske wieder über die Augen. »Das ist erst der Anfang.«

Ich setze meine eigene Maske wieder auf und tauche das Gesicht ins Wasser. Wir schwimmen zusammen über das bunte Riff und zeigen stumm auf braune Stachelrochen, die am Meeresboden entlangkräuseln, wobei ihre Flügel wie Kleider an einer Wäscheleine tanzen. Alex taucht nach unten und bringt einen Krebs hoch, der sich in die Muschel auf seinem Rücken zurückzieht und sich weigert herauszukommen, bis er ihn wieder zu seinem Zuhause unter einem der Vorsprünge zurückgebracht hat. Bei seinem nächsten Ausflug zum Meeresboden kommt Alex mit einem Sanddollar zurück.

»Möchtest du ihn behalten?«, fragt er, als wir wieder auftauchen.

Ich schüttele den Kopf und gebe ihm den Sanddollar zurück. Aber ich sage ihm nicht, dass ich keine Souvenirs brauchen werde, um mich an diesen Ausflug zu erinnern. »Er könnte eine Familie haben, die ihn vermisst.«

Alex lacht. »Da könntest du Recht haben.«

Der Sanddollar purzelt durchs Wasser, bis er auf dem Sand landet, und wir schwimmen entlang dem Riff weiter.

Alex hält mich am Arm fest und zeigt auf einen braunen Hai, der gemächlich über den Meeresboden schwimmt. Er taucht nach unten und schwimmt auf den Fisch zu und ich spüre, wie mir das Herz bis zum Hals schlägt. Auch wenn es mich beruhigen sollte, dass Alex ihm hinterherschwimmt, habe ich außer im Fernsehen noch nie einen Hai gesehen. Der Hai saust davon, und als Alex wieder vom Meeresboden hochkommt, tauchen wir erneut auf.

»Wie machst du das?«, frage ich.

»Was?«

»Einfach so runterschwimmen.«

»Du hältst nur die Luft an, als wärst du in einem Schwimmbecken«, sagt er. »Es ist genau dasselbe.«

»Ich habe Angst, dass ich aus Versehen durch den Schnorchel atme und ertrinke.«

»Das ist ziemlich unwahrscheinlich«, erwidert er. »Wenn deine Lunge schon voll Luft ist, ist da eigentlich kein Platz für mehr.«

»So habe ich das noch nie gesehen.«

»Fang erst mal langsam an«, schlägt er vor. »Atme ein, halt die Luft an und schwimm nach unten, bis dein Schnorchel völlig unter Wasser ist.«

Ich versuche es ein Mal, zwei Mal und es ist genau so, wie wenn man den Atem in einem Schwimmbecken anhält. Bei meinem dritten Versuch macht Alex ein Foto von mir unter Wasser, während mein Haar wie Seegras um mich aufgefächert ist.

»Siehst du?«, sagt er. »Ist doch einfach. Versuch das nächste Mal ein bisschen tiefer zu gehen, bis du abschätzen kannst, wie lange du unten bleiben kannst. Und mit ein bisschen Übung wird es länger klappen.«

Wir schnorcheln, bis die Sonne hoch am Himmel steht und meinen Rücken durch das Neopren wärmt und mein Körper an Stellen schmerzt, von denen ich nicht wusste, dass ich dort Muskeln habe. Mit den Wellen, die uns von hinten anschieben, ist es einfacher, zurück ans Ufer zu schwimmen, aber als wir seichtes Wasser erreichen, in dem man stehen kann, zittere ich vor Anstrengung. Alex nimmt die Maske ab, zieht die Flossen aus und läuft den Rest zurück zum Ufer, während er wie ein nasser Hund den Kopf schüttelt. Wasser spritzt in alle Richtungen, als seine Locken wieder zum Leben erwachen. Ich schwimme, bis mein Bauch über den Sand schrappt, rolle mich auf den Rücken und lasse die Wellen gegen meine Beine klatschen.

Alex lacht, als er mir eine Flasche Wasser aus der Kühlbox bringt. »Du siehst wie eine Meerjungfrau aus.«

»Eine müde Meerjungfrau.« Der erste Schluck schmeckt

leicht salzig von dem Salz auf meinen Lippen, aber der nächste ist kalt und klar und ich kann beinahe spüren, wie er durch meine Venen fließt. »Wie sagt man ›Meerjungfrau‹ auf Griechisch?«

»*Gorgóna.* Oder bei dir passt *seirína* vielleicht besser.« Ich habe ihn noch nie Griechisch sprechen hören. »*Deleázontas tous naftikoús stin katadíki tous.*« Die Worte fließen ihm sanft und warm über die Lippen. Ich liebe ihren Klang.

»Was bedeutet das?«

»Sie locken Seefahrer ins Verderben.« Er setzt sich neben mich auf den Sand. »Und in der griechischen Mythologie gibt es noch die *nýmfes.*«

»Nymphen.«

»Genau.« Er nickt. »Aber sie sind eher so was wie Meeresgöttinnen.«

»Ich glaube, mir gefällt die Vorstellung, eine Meeresgöttin zu sein, besser als die von jemand, der Seefahrer ins Verderben lockt«, sage ich.

»Ja, das passt.« Er stupst mich mit der Schulter an. Seine Haut fühlt sich an meiner warm an. »Du kommst mir nicht wie eine rachsüchtige Meerjungfrau vor.«

»Könnte ich dich dazu verlocken, mit mir Mittag essen zu gehen?«

Alex lacht. »*Den tha íthela na apogoitéfso tin theá.*«

»Und was heißt *das*?«

»Ich würde die Göttin nicht enttäuschen wollen.« Er beachtet den Sand auf meiner Haut nicht, als er mich auf die Schläfe küsst, und geht dann ins Wasser zu meinen Füßen, um mir die Flossen auszuziehen. »Eines deiner zornigeren Familienmitglieder könnte versuchen mich totzuschlagen.« Alex hebt mein Bein an und küsst die Innenseite meines Knies. Hitze schießt wie ein sommerliches Blitzgewitter durch mich hindurch. Als ich mich erinnere. Er grinst und ich weiß, dass wir uns an dasselbe erinnern.

»Ich würde nie zulassen, dass dich irgendjemand totschlägt«, sage ich.

Er zwinkert mir zu, als er mir die Schuhe auszieht, und hilft mir auf die Beine. »Wenn ich für jedes Mal, wenn ich *das* höre, einen Dollar bekommen würde.«

»Und ich dachte, ich wäre deine erste Meerjungfrau.«

»Göttin«, sagt er. »Du bist meine erste Göttin.«

Als ich ihm den Strand hoch zum Pick-up folge, breitet sich ein warmes Gefühl in meiner Brust aus. Es ist albern, ich weiß. Nur ein Witz. Aber irgendwie gefällt mir der Gedanke, dass ich jemandes Göttin bin.

Kapitel 19

Mein Hemd dient mir als Überwurf und mein Haar ist verknotet und voller Salz, aber ich bin zwischen den ganzen sandigen Füßen und tropfenden Badeanzügen auf der Terrasse des Strandimbisses nicht fehl am Platz. Wir bestellen frittierte Muscheln und Krabben beim Verkaufsfenster und essen sie an einem Plastiktisch neben einer Gruppe von Touristen, die eine Sprache sprechen, die wir beide nicht identifizieren können. Alex drückt Ketchup auf seine Pommes und achtet nicht auf die drei Mädchen, die ihn im Vorbeilaufen anstarren. Sein nackter Fuß ruht unter dem Tisch leicht auf meinem und er bietet mir eine frittierte Krabbe im Austausch gegen eine meiner größeren Muscheln an. Als wir mit dem Mittagessen fertig sind, bringen wir David die ausgeliehene Taucherausrüstung in den Laden zurück und machen uns auf den Heimweg nach Tarpon Springs.

Die Kombination aus frittiertem Essen, frischer Luft und Schnorcheln knockt mich völlig aus, noch bevor wir Bradenton ganz durchquert haben, und ich kuschele mich auf die

Sitzbank, um zu schlafen, den Kopf an Alex' Oberschenkel gelehnt.

Ich träume, dass ich eine Meerjungfrau mit einem blaugrün schillernden, geschuppten Schwanz bin, die an einen Strand in Florida gespült worden ist. Um mich herum aalen sich Leute in der Sonne, spielen Frisbee und tragen nach Piña Colada duftende Sonnencreme auf. Ich schließe die Augen und genieße die schmeichelnde Brise und den warmen Sand unter meinem Rücken, bis sich ein Schatten vor die Sonne schiebt. Ich schlage die Augen auf und Alex steht über mir, mein altes, vertrautes Hello-Kitty-Nachthemd in der Hand. Erst in diesem Moment bemerke ich, dass mein Oberkörper nackt ist, und ich zwänge mich in das zu kleine Nachthemd. Alex kniet sich neben mich auf den Sand und beugt sich vor, um mich zu küssen. Sein Gesicht verwandelt sich in das von Frank, als die Barthaare unter seiner Unterlippe gegen meine Wange streichen, was mich zum Schreien bringt.

Ich wache auf, als der Pick-up unkontrolliert von der Straße schwenkt und schlitternd auf dem Seitenstreifen zum Halten kommt. Mein Herz rast, und obwohl ich mir fast sicher bin, dass es Alex ist, der hinter dem Lenkrad sitzt, traue ich meinen eigenen Augen nicht. Ich drücke mich gegen die Beifahrertür, so weit wie möglich von ihm entfernt.

»Mann, Callie.« Es ist Alex' Stimme, die ich höre, als der Wagen hält. »Du hast mir gerade einen Wahnsinnsschrecken eingejagt.«

Ich taste nach dem Türgriff. »Was hast du gemacht?«

»Ich hab gar nichts gemacht«, erwidert er. »Ich habe nur meine Hand auf deine Wange gelegt und dann bist du ausgeflippt.«

Ich nehme seine Hand und mustere die Innenfläche. An einem Finger ist eine raue Schwiele, die sich auf einer schlafenden Wange leicht wie Barthaare anfühlen kann. »Entschuldige.«

»Du musst dich nicht dafür entschuldigen, dass du einen Albtraum hattest.« Er dreht sein Handgelenk, um meine Hand zu halten. Die Schwiele fühlt sich jetzt normal an. Vertraut. Wie Alex. »Aber du hast geschrien, als hättest du Todesangst. Was zum Teufel war da los?«

»Ich brauche einen Schluck Wasser.«

Ich steige aus der Kabine und nehme eine Flasche hinten aus der Kühlbox. Das Etikett, das durch das schmelzende Eis völlig eingeweicht ist, zerfällt in winzige blau-weiße Fetzen in meiner Hand. Alex lässt die Ladeklappe herunter, setzt sich darauf und wartet geduldig, während ich einen großen Schluck trinke. Der Stahl der Ladeklappe fühlt sich unter meinen Oberschenkeln warm an, als ich mich neben ihn setze ... und ihm alles über Frank erzähle.

Tränen laufen mir übers Gesicht, während ich rede, doch es fühlt sich an, als würde ein Teil des Gifts aus mir herausfließen. Ich fühle mich nicht wirklich sauber, aber sauberer. Leichter. Alex ist von der Ladeklappe aufgestanden und läuft auf dem Kies am Straßenrand auf und ab. Er ballt und öffnet die Fäuste, als wollte er auf etwas einschlagen. Oder auf jemanden.

»Dieser Scheißkerl hat so ein verdammtes Glück, dass ich nicht weiß, wo er lebt«, entfährt es ihm. »Ich würde ihm die Kehle mit meinem Tauchermesser durchschneiden und den ganzen Weg zum Gefängnis jubeln.«

Mir rutscht ein tränenerfülltes Lachen heraus.

»Das sollte nicht lustig sein«, sagt Alex.

»Das ist es nicht.« Ich wische mir das Gesicht an meinem Ärmel ab. »Es ist nur ... Ich weiß auch nicht. Auf eine merkwürdige Art macht es mich glücklich, weil er gesagt hat, dass mir niemand glauben würde, wenn ich es erzähle.« Frische Tränen füllen meine Augen. »Und ich habe es so lange für wahr gehalten.«

»Ich glaube dir«, sagt er. »Und auch wenn er Probleme mit mir hat, bin ich sicher, dass Greg –«

»Du kannst ihm das nicht erzählen.«

»Er muss es wissen, Callie. Deine Mom sollte dafür zur Rechenschaft gezogen werden, und wenn sie dieses Frank-Arschloch finden können, sollte er auch verhaftet werden.«

»Nein.«

Er fährt mit den Fingern durch seine Locken und stemmt die Hände in die Hüften. »Cal-«

»Sie ist meine Mutter, Alex. Ich kann ihr das nicht antun.«

»Sie verdient diese Art von Loyalität nicht.«

Ich schaue ihm in die Augen. »Dein Vater auch nicht.«

»Nein.« Er betrachtet mich einen Augenblick lang schweigend. »Aber meine Mutter.«

»Und Greg auch«, wende ich ein. »Die Wahrheit wird das

Leben, das er jetzt hat, nicht besser machen. Bitte. Sag es ihm nicht.«

»Na gut«, willigt er ein, als ein schwarzbrauner Florida-Highway-Patrol-Wagen hinter ihm vom Highway herunterfährt und anhält.

Eine Polizistin steigt aus und marschiert zu uns herüber. »Ist hier alles in Ordnung?«

»Ja, Ma'am«, antworte ich. »Ich habe heute am Strand nur ein bisschen zu viel Sonne abbekommen. Mir ist schlecht geworden und wir haben hier angehalten, damit ich mir hinten Wasser holen kann und ...« Ich zeige auf das Gestrüpp am Straßenrand, um anzudeuten, dass ich mich dort übergeben habe. Meine vom Weinen geschwollenen Augen bestätigen offenbar diese Lüge.

»Bei der nächsten Ausfahrt ist ein Supermarkt mit Apotheke«, erklärt die Polizistin, deren offizieller Tonfall jetzt ein bisschen freundlicher geworden ist. Sie lächelt. »Ich empfehle Pepto-Bismol und einen kurzen Abstecher in einen klimatisierten Raum, statt hier am Straßenrand zu bleiben.«

Ich hüpfe von der Ladeklappe herunter. »Das machen wir. Danke.«

Sie kehrt zu ihrem Patrouillenwagen zurück und wir fahren wieder auf den Highway. Sie folgt uns eine Weile, dann macht sie eine Kehrtwendung in Richtung Süden. Obwohl ich mich kein bisschen übergeben muss, nehmen wir die nächste Ausfahrt zum Supermarkt, in dem wir zwei Eis kaufen und sie im Gang mit den Zeitschriften essen.

Ich schlafe wieder ein, als wir auf dem Highway 19 weiterfahren, aber diesmal sind meine Träume friedlich und ich wache auf, als Alex auf der Grand Street neben dem Gehsteig anhält. Er lacht, als ich mich aufsetze. Ich drehe den Rückspiegel in meine Richtung, während er aus dem Pick-up steigt, und finde auf meiner Wange den Abdruck des Sitzes. Außerdem steht mein zerzaustes Haar auf einer Seite nach oben ab.

»Wow. Ich sehe im Moment nicht gerade wie eine Göttin aus«, sage ich, als Alex die Beifahrertür für mich aufmacht.

»Nicht wirklich«, stimmt er mir zu und umschlingt meine Taille.

»Danke, dass du mir das Schnorcheln beigebracht hast. Und, du weißt schon ...«

Er drückt seine Stirn gegen meine. »Reden wir nicht darüber. Ich hab nämlich den Rest der Fahrt damit verbracht, mir neue und interessante Arten einfallen zu lassen, wie man jemanden umbringen kann. Ich würde dich lieber einfach küssen.«

Ich lege die Arme um seinen Hals. »Das klingt auf jeden Fall nach einer sinnvolleren Beschäftigung.« Meine Lippen treffen auf seine und er drückt mich fester an sich. In meinem Leben hat es nicht viele Tage gegeben, die es wert sind, dass man sich an sie erinnert, deshalb möchte ich nur ungern, dass dieser zu Ende geht. »Vielleicht könntest du rüberkommen. Du weißt schon, später.«

»Das hatte ich schon vor.«

»Gut«, sage ich und küsse ihn noch einmal. »Ich sollte besser gehen. Ich habe Greg zwar gesagt, dass ich zum

Abendessen wahrscheinlich noch nicht zurück sein würde, aber es wäre ihm bestimmt lieber, wenn ich da bin. Danke, ähm ... danke, dass du verstehst, warum ich es ihm nicht erzählen will –«

»Ich verstehe es nicht wirklich«, unterbricht mich Alex. »Ich finde immer noch, dass du es ihm sagen solltest, aber ... es ist deine Entscheidung und das kann ich respektieren.«

Mein Magen zieht sich zusammen, als ich an Yiayoúlas Plan denke, ihn mit seiner Mutter zusammenzubringen. Und mir wird bewusst, dass ich noch die Chance habe, ihn zu warnen, was morgen passieren wird.

»Alex ...«

»Oh, Scheiße«, sagt er leise. »Wir sind so was von erledigt.«

Ich drehe mich um und sehe Tucker, der die Straße auf Stützrädern heruntergesegelt kommt, einen riesigen weißen Fahrradhelm auf dem Kopf, der ihn wie einen Mini-Außerirdischen aussehen lässt. Direkt hinter ihm ist Phoebe, die Joe im Kinderwagen schiebt, ihre Augen vor Überraschung weit aufgerissen.

»Hi, Phoebs.« Alex begrüßt seine Schwester, als hätte sie uns nicht gerade beim Knutschen erwischt. Ich wünschte, ich könnte so ungezwungen sein, aber ich kann die Fragen in ihren Augen sehen und ich will sie nicht beantworten müssen. Ich senke den Blick und sage Hallo.

»Onkel Alex!« Tucker rutscht von seinem Fahrrad und stürzt sich in Alex' Arme. »Du hast Callie *auf den Mund geküsst.*«

Ich wünschte, ich könnte im Boden versinken, und als ich zu Phoebe aufblicke, verrät ihr Gesichtsausdruck, dass sie sich offenbar dasselbe wünscht.

Alex lacht. »Ja, Kumpel, hab ich.«

»Werdet ihr Hochzeit machen?«

»Nein, aber wenn es mal so weit ist, bist du der Erste, der davon erfährt, okay?«

»Aber …« Tucker blickt verwirrt, als Alex ihn absetzt. Er will gerade noch eine Frage stellen, doch Phoebe unterbricht ihn. »Tuck, wir müssen nach Hause, um Abendessen für Daddy zu kochen. Weißt du noch, ich hab gesagt, dass du Bohnen brechen darfst?«

»Bohnen brechen!«, jubelt er und vergisst die Sache mit dem Küssen. Tucker steigt wieder auf sein Fahrrad und radelt davon.

»Du kannst auch beim Kochen helfen.« Phoebe sieht zuerst zu mir und wendet sich dann an Alex, während sie gleichzeitig Tucker folgt, der bereits um die Ecke verschwunden ist. »Geh nach Hause. Wir *werden* uns später darüber unterhalten.«

Als ich ihr hinterhereile, vibriert mein Handy in meiner Strandtasche. Ich krame es heraus und sehe eine Nachricht von Alex.

Kali tihi, theoula mou.

Ich schreibe zurück, um zu fragen, was es bedeutet, aber da tönt schon das Röhren des Motors um die Ecke, weil er den Pick-up anlässt. Auf dem Weg zurück zum Haus sagt Phoebe kein Wort. Als sie Joe vom Kinderwagen losmacht, windet er sich heraus, watschelt zu mir herüber und nimmt meine Hand. »Hoch, Peach.« Ich trage ihn ins Haus.

»Wir sollten mit dem Brot anfangen. Der Teig braucht Zeit, um aufzugehen«, sagt Phoebe und ich folge ihr mit Joe in den Armen in die Küche. Sie setzt Tucker mit einem Beutel grüner Bohnen und einem Sieb an den Tisch. Er bricht die Enden der Bohnen ab, wobei er so tut, als wären sie mickrige Menschlein und er der Unglaubliche Hulk.

»Kochst du immer alles frisch?«, frage ich, als Phoebe einen großen Behälter mit Brotteig aus dem Kühlschrank nimmt und ein ordentliches Stück abreißt.

»Nicht alles«, antwortet sie. »Aber ich koche gerne, daher versuche ich es.«

»Runter.« Joe windet sich und ich setze ihn ab. »Kochen.«

Er öffnet eine Schublade, die mit Plastiknahrungsmitteln gefüllt ist, und wirft eine Gurke, eine Waffel und eine Dose Traubenlimonade in einen Spielzeugtopf. Phoebe kichert. »Er hat die kulinarischen Fähigkeiten seines Vaters.«

»Was, ähm ... was soll ich machen?«, frage ich.

»Nimm fünf Kartoffeln aus der Vorratskammer«, weist sie mich an. »Der Schäler ist in der Schublade neben der Spüle.«

»Ich weiß nicht, wie man Kartoffeln schält.«

Phoebe legt den Brotteigbatzen auf einen hölzernen Pizzaschieber und zeigt mir, wie man den Schäler über die Kartoffel zieht.

»Meine Mutter hat mir das beigebracht, als ich ein paar Jahre älter war als Tucker«, teilt sie mir mit, was mich wütend macht, weil ich den Eindruck habe, dass sie sich ein Urteil über meine Mom erlaubt. Ich kann einen Koffer in weniger als fünf Minuten packen, ich kann meine Haare in einem Rastplatzwaschbecken waschen und ich kenne den Text zu allen Songs des ersten Pearl-Jam-Albums, aber meine Mutter hat mir nie irgendetwas Praktisches beigebracht, das im alltäglichen Leben nützlich sein könnte. »Am liebsten habe ich Äpfel geschält«, fährt Phoebe fort. »Ich habe immer versucht es, möglichst ohne abzusetzen, zu schaffen. Bin auch ziemlich gut darin geworden.«

Sie reicht mir die Kartoffel und den Schäler zurück und ich mache allein weiter. Es ist nicht so einfach, wie sie es aussehen lässt.

»Ich habe nicht zu den beliebten Mädchen gehört«, erzählt sie mir, als sie anfängt den Teig zu kneten. Ihr geflochtener Silberring und der funkelnde Diamantehering liegen neben ihr auf der Theke. »Ich bin traditionell erzogen worden. Daher waren mir gute Noten wichtig, ich bin freiwillig sonntagmorgens in die Kirche gegangen und habe Klarinette in der Blaskapelle gespielt. Aber deine Mom –«

»Du hast meine Mom gekannt?«

»Nicht persönlich, aber Veronica Quinn war das coolste Mädchen an der Schule, von daher wussten alle, wer sie war«, sagt sie. »Wenn Veronica sich die Haare schneiden ließ, tauchten in der darauffolgenden Woche ein Dutzend Mädchen mit derselben Frisur auf. Und niemand in Tarpon Springs hatte je was von Doc Martens gehört, bis deine Mom angefangen hat sie zu tragen, meistens mit zerrissenen

Strumpfhosen und Babydoll-Kleidern. Und ihr Name ... na ja, ich hatte eine Phase, in der ich meinen Namen gehasst habe, und Veronica kam mir so *normal* und cool vor. Meine Freundinnen und ich haben immer so getan, als würden wir sie schrecklich finden, aber dann haben wir Stunden damit verbracht, uns in der Drogerie darüber zu streiten, welchen Rotton ihr Lippenstift hat.«

»Revlon Certainly Red«, sage ich. »Sie mag ihn, weil es eine der wenigen Farben ist, die nie eingestellt wurden.«

»Ja!« Phoebe stößt die Faust in die Luft und bringt mich zum Lachen. »Volltreffer.« Sie legt das Brot zur Seite und holt ein ganzes Hähnchen aus dem Kühlschrank. »Jedenfalls, ich dachte, dass, wenn ich mehr wie sie bin, Greg mich vielleicht als ein Mädchen betrachten würde und nicht als ein Mitglied seiner Großfamilie. Aber Revlon Certainly Red sah an mir albern aus und ich habe den Lippenstift nach diesem einen Mal weggeschmissen.«

»An mir sieht er auch albern aus«, beruhige ich sie. »Falls du dich dann besser fühlst.«

Phoebe lächelt, als sie das Geflügel in eine Bratenform legt. »Das tue ich. Danke.«

»Dann hast du Greg also schon in der Highschool gemocht?«

»Immer«, erwidert sie. »Sogar als er mit deiner Mom zusammen war und sie ihm das Herz gebrochen hat. Ich bin im College mit ein paar Jungs ausgegangen, aber ... okay, ich muss zugeben, dass es ein bisschen komisch ist, mit dir darüber zu sprechen, weil du Veronicas Tochter bist.«

»Es ist okay, dass er dich mehr liebt als sie.« Ich nehme die nächste Kartoffel und ziehe den Schäler darüber. »Er verdient es.«

»Danke.« Sie schiebt die Bratenform in den Ofen. »Greg ist, war und wird immer die Liebe meines Lebens sein. Und unsere Familie mag dir langweilig erscheinen –«

»Das tut sie nicht«, werfe ich ein. »Das ist sie nicht.«

»Jedenfalls, ich verschweige ihm nichts, daher möchte ich, dass du weißt, dass ich ihm von dieser ... *Sache* zwischen dir und Alex erzählen werde.«

»Hab ich mir schon gedacht.«

»Alex hat sich verändert, seit unsere Mom krank geworden ist. Und nicht zum Guten«, sagt Phoebe. »Er war in der Highschool auf dem Collegevorbereitungszweig, aber dann hat er die Schule abgebrochen. Ich meine, die Sache mit Mom hat uns alle aus der Bahn geworfen, aber sie wollte, dass er aufs College geht. Wenn ich an seiner Stelle wäre, würde ich alles tun, um ihre Wünsche zu erfüllen, und nicht das Leben wegwerfen, das sie für ihn gewollt hat.«

Ich verstehe jetzt, warum sie die Wahrheit nicht erkennt. Sie sucht nicht mal danach.

»Die Sache ist, du bist gerade erst nach Haus gekommen, und das Letzte, was du brauchst, ist, dich mit jemandem einzulassen, dessen eigenes Leben das reinste Schlamassel ist«, fährt sie fort. »Mein Bruder ist kein guter Einfluss.«

Ich mache eine heftige Bewegung mit dem Schäler. »Alle scheinen zu glauben, sie wüssten genau, was ich brauche, aber niemand hat mich je nach meiner Meinung gefragt.

Alex und ich haben nicht vor durchzubrennen oder so was. Wir verbringen einfach nur Zeit zusammen.«

»Ich glaube, dein Dad hat Angst, dass dir das Herz gebrochen wird.«

»Aber ist das nicht meine Entscheidung, ob ich dieses Risiko eingehen will?«

»Du bist erst siebzehn ...«

»Meine Mom und Greg waren sechzehn«, rufe ich ihr in Erinnerung.

»Eben.«

»Es ist nicht dasselbe.«

»Nach dem, was ich heute gesehen habe«, gibt Phoebe zurück, »bin ich mir nicht so sicher, dass ich dem zustimme.«

Die Fliegengittertür am Eingang fällt zu und Greg ruft Hallo. Und rettet mich mal wieder vor einer Antwort, die ich nicht habe. Er kommt in die Küche.

»Also, alles ist ... Hey, Cal.« Greg gibt mir einen Kuss auf die Wange, als wäre die Frostigkeit von heute Morgen in einem anderen Leben passiert, und küsst dann Phoebe. »Ich hab dich noch nicht vom Strand zurückerwartet, aber es sieht aus, als hättest du ihn mit hierhergebracht.«

Ich blicke nach unten und entdecke um meine Füße herum eine dünne Sandschicht – und ein paar Kartoffelschalen. Und ich merke, dass ich immer noch meine Badesachen und mein Hemd anhabe. »Oh, ähm, ich werde alles zusammenkehren, sobald ich damit fertig bin, noch mehr Sauerei zu machen.«

»Ist schon in Ordnung.« Greg stiehlt eine grüne Bohne

aus Tuckers Sieb und isst sie roh. »Jedenfalls, ich wollte gerade sagen ... sie haben heute in der Küche die Haushaltsgeräte installiert und sind mit dem Streichen so gut wie fertig, wir sollten also Weihnachten im neuen Haus feiern können.«

Phoebes Gesicht strahlt. »Ich kann es nicht erwarten, alle um den Esszimmertisch sitzen zu sehen.«

Für einen Moment vergessen sie mich völlig – zusammen mit den Kartoffeln –, während sie darüber sprechen, ob sie einfach nur einen Möbelwagen oder gleich ein professionelles Umzugsunternehmen mieten sollen und wo sie im neuen Haus den Weihnachtsbaum aufstellen könnten. Als ich mit dem Kartoffelschälen fertig bin, lege ich die geschälten Knollen in einen leeren Topf und steuere auf die Hintertür zu.

»Wir bringen das zu Ende, wenn du zurückkommst«, sagt Phoebe und ich frage mich, ob sie über den Kartoffelbrei oder über Alex redet. So oder so, ich will gar nicht zurückkommen, weil ich weiß, dass sie Greg wahrscheinlich alles erzählen wird, während ich unter der Dusche bin.

Kapitel 20

Das Problem, wenn man in einem Wohnwagen lebt, ist, dass man nicht unter der Dusche stehen kann, bis das Wasser kalt wird, weil man dann eine neue Gasflasche kaufen muss. Ich muss also andere Wege finden, das Unausweichliche hinauszuzögern. Zum ersten Mal seit Tagen mache ich mein Bett. Ich gieße die Pflanzen. Schaue die Übersetzung von *Kali tihi, theoula mou* nach und grinse trotz allem wie ein Honigkuchenpferd, als ich herausfinde, dass es »Viel Glück, meine kleine Göttin« bedeutet. Suche im Internet nach örtlichen Taucherläden. Und zum ersten Mal seit meiner Ankunft in Tarpon Springs hole ich meine Gitarre heraus.

Die Schwielen von jahrelangem Spielen sind jetzt weg und die Saiten schneiden in meine weichen Fingerkuppen, als ich sie zupfe. Außerdem sind meine Nägel – der helle pinkfarbene Nagellack ist nach meinem Tag im Meer abgeblättert – mittlerweile so lang, dass sie das Spielen erschweren. Aber die unerschütterliche Beständigkeit des Klangs ist beruhigend. Ich spiele das Intro zu »All Apologies«, bis meine Hände sich erinnern, und singe mit, obwohl ich keine Singstimme habe. Die Fliegengittertür teilt mir mit, dass Greg den Wohnwagen betritt, und meine Finger verfehlen den nächsten Akkord.

»Ich war nie ein großer Nirvana-Fan«, sagt er. »Nur diesen Song. Den habe ich geliebt.«

»Ja. Ich auch.«

»Also, ich bin mit einem ganzen vorbereiteten Vortrag hier raus gekommen und ... das hat mich aus der Bahn geworfen.« Er zeigt auf die Gitarre, als ich sie wegräume. »Es war mir nicht wohl bei dem Gedanken, dass du dich mit irgendeinem geheimnisvollen Typen triffst, aber jetzt, da ich weiß, dass es Alex ist, ist mir noch unwohler.«

»Warum?«

»Er ist nicht, was du gerade brauchst.« Greg sagt genau dasselbe wie Phoebe in der Küche vorhin, aber seine Worte sind wie Benzin und ein Streichholz.

»Woher weißt du, was ich brauche?«, frage ich. »Du kennst mich nicht mal.«

»Und wessen Schuld ist das?« Er stemmt frustriert die Hände in die Hüften, seine Haltung abwehrend. »Du hast mir nichts über dein Leben erzählt. Du hältst dich nicht an die Regeln. Du hast Geheimnisse. Und wir wissen beide, wer für das Chaos im Haus letztens verantwortlich ist. Du hast gelogen, um sie zu schützen, und ich vermute, dass du es warst, der ihr überhaupt erst von dem Haus erzählt hat. Ich habe dir ein Zuhause gegeben, Callie. Stabilität. Eine *Zukunft*. Wie konntest du das tun?«

»Erwartest du von mir, dass ich vergesse, dass sie existiert?« Ich schreie und mir geht durch den Kopf, dass die Nachbarn uns hören könnten, doch das ist mir egal. »Als sollte ich sie einfach mit einem anderen Elternteil austauschen. Richtig oder falsch, sie war mein Ein und Alles, Greg. Nicht *du*. Und jetzt verhältst du dich so, als wärst du mein Retter, aber weißt du was? Ich habe mich mein ganzes verdammtes Leben lang selbst gerettet.«

»Was soll das heißen?«

»Nichts«, lüge ich. »Es bedeutet gar nichts.«

Er betrachtet mich einen Moment lang und ich weiß, dass er mir nicht glaubt.

»Ich bin vielleicht nicht der Retter, aber ich bin auch bestimmt nicht der Bösewicht. Natürlich stelle ich mich nicht zwischen dich und deine Mutter. Als ich dich nach Hause gebracht habe, haben wir eine Abmachung getroffen, dass ich dich gehen lassen würde, wenn du das willst.« Er zeigt auf die Wohnwagentür, seine Stimme ist leise. Kontrolliert. Das ist schlimmer, als wenn er brüllen würde. »Lass dich nicht von mir aufhalten, wenn das Leben mit ihr da draußen so viel besser ist.«

Durch das Fliegengitter kann ich den fortwährenden Grillengesang hören, der in den letzten paar Monaten mein Wiegenlied geworden ist. Ich weiß nicht, warum ich die Lügen erzähle, die ich erzähle, vor allem wenn ich sie nicht so meine. Was ich sagen will, ist, *Greg, ich hab dich lieb. Bitte lass mich nicht gehen.* Aber ich habe Angst, es auszusprechen, deshalb schaue ich einfach zu, als er aus dem Wohnwagen marschiert.

»Abendessen ist um sieben.« Sein Tonfall ist messerscharf und ich frage mich, ob er seinen Mund so zerschneidet wie mein Herz. »Wenn du dich zu uns gesellen willst.«

»Will ich nicht.«

Greg und Phoebe stellen im Garten mehrere Klapptische aneinander, für das Abendessen, das schnell zu einer Feier wird. Jedes Mal wenn jemand Neues eintrifft, steigt Jubel auf wie ein Feuerwerk. Leute lachen. Gläser klirren. Und irgendwie scheint sich das Essen – einschließlich des Kartoffelbreis, den zuzubereiten ich nun doch nicht gelernt habe – auf eine fast biblische Weise zu vermehren. Als Kat mit ihren Eltern und ihrer kleinen Schwester auftaucht, möchte ich rausgehen und mit ihr sprechen, doch ich schäme mich zu sehr, um mich von der Stelle zu rühren.

Diese Leute lieben mich. Ich weiß das. Sie haben mich auch geliebt, als ich gar nicht da war, um geliebt zu werden, aber ich frage mich, ob ich je wirklich zu ihnen gehören werde. Oder ob sie je das Gefühl haben werden, dass sie zu mir gehören.

Vielleicht ist es Zeit zu gehen.

Ich nehme meine Gitarre aus ihrem Kasten und lockere die tiefe E-Saite, damit ich das mit einem Gummi zusammengehaltene Bündel Scheine herausholen kann, meine Lebensersparnisse. Es ist nicht viel – nur ein paar Hundert Dollar –, doch es ist mehr, als ich je besessen habe.

Gregs Lachen dringt durch den Garten zu mir herüber und ich fühle mich leer, als hätte man mir das Herz herausgelöffelt. Ich habe irgendwo gelesen, dass ein gebrochenes

Herz denselben Teil des Gehirns aktiviert, der auf rein körperlichen Schmerz reagiert, und dieselben Empfindungen hervorruft. Der Gedanke, meinen Dad zu verlassen, tut weh. Oder Alex. Sie alle. Und ich bin so verwirrt.

»Callie?«

Kat steht auf Zehenspitzen am Fenster und drückt Nase, Lippen und Handflächen gegen das Fliegengitter. Ich kann mir ein Lächeln nicht verkneifen und mein Herz kehrt an seinen Platz zurück. »Erlaubnis, an Bord zu kommen?«, fragt sie.

»Ja, klar.«

Ich verstecke das Geld in meinem Kissenbezug und lege die Gitarre weg, als sie den Wohnwagen betritt. Kat lässt sich neben mich auf das Bett plumpsen und verschränkt ihre Finger in meine und der Duft ihres Blumenparfüms umhüllt mich wie eine gemütliche Decke. Als ihr Kopf auf meiner Schulter ruht, hat sie die Invasion meiner Privatsphäre fertig abgeschlossen. Es stört mich nicht mehr so sehr. Eigentlich gar nicht.

»Ich wette, du wirst diesen alten Wohnwagen vermissen.« Ihre Worte rütteln mich auf und geben mir das Gefühl, als könnte sie in mich hineinblicken und sehen, was ich vorhabe.«

»Was?«

»Na ja, so wie ich Greg kenne, ist dein Zimmer im neuen Haus wahrscheinlich der Hammer«, sagt sie. »Aber du musst zugeben, dass es echt cool gewesen ist, in einem Wohnwagen zu wohnen.«

Ich gebe einen lautlosen Seufzer der Erleichterung von mir. »Auf jeden Fall.«

»Also, ähm, wie war dein Date?«

»Bist du sicher, dass du es wissen willst?«

Kat drückt meine Hand. »Total.«

Ich lasse den Albtraum mit Frank weg, erzähle ihr aber sonst alles, meinen Streit mit Greg eingeschlossen. Und auch, dass meine Mom immer noch irgendwo in der Stadt ist. »Sie wartet auf mich, damit wir zusammen gehen können.«

»Aber du bleibst doch, oder?« Ihre Augen füllen sich mit Tränen und meine Entschlossenheit bröckelt.

»Ich weiß nicht. Vielleicht.«

»Bitte, geh nicht.«

»Ich gehöre nicht hierher, Kat.«

»Das stimmt nicht. Schau.« Sie nimmt meine Hand, zieht mich in den Hauptraum des Wohnwagens und zeigt auf alles und nichts.

Mein Laptop steht auf dem Tisch. Das Übungsbuch liegt daneben, die orange angestrichenen Seiten werden von dem Textmarker offen gehalten, mit denen ich sie bearbeitet habe. Meine wachsende Sammlung von Büchern steht alphabetisch geordnet im Regal über dem Kühlschrank und an der Kühlschranktür klebt Tuckers Zeichnung von einer Strichmännchen-Figur – man kann an dem dreieckigen Rock erkennen, dass es ein Mädchen ist – mit Unmengen von Kringeln, die von ihrem Kopf ausgehen. Ich und mein Haar. An der Wand am Fuß des Betts hängt ein Schnappschuss von Kat und mir an meinem ersten Arbeitstag, wir beide in T-Shirts der *Tarpon Sponge Supply Co.* Und das Letzte, was ich abends sehe, wie es mit knorrigen Fingern auf mich zeigt, bevor ich mich hinlege, ist der Schwamm, den Alex mir geschenkt hat.

»Bevor du hier angekommen bist, haben sie den Wohnwagen als Stauraum für die Weihnachtsdeko benutzt, aber du hast dein *Zuhause* draus gemacht. Du versuchst dir selbst einzureden, dass du nicht dazugehörst, damit du deiner Mom nicht wehtust«, sagt sie. »Aber wenn du gehst ... Callie, du wirst Gregs Herz noch einmal brechen.«

»Egal was ich tue, einer von ihnen wird verletzt werden.«

»Deshalb solltest du vielleicht aufhören über *ihre* Gefühle nachzudenken und entscheiden, was das Beste für *dich* ist«, erwidert Kat. »Was möchtest *du*, Callie?«

Sie umarmt mich, als wäre das ein Abschied, und ich drücke sie fest und wünschte, ich müsste überhaupt keine Entscheidung treffen.

Am nächsten Morgen verkaufen Kat und ich Tauchtour-Tickets vor dem Laden, als das Auto meiner Großmutter neben dem Gehsteig anhält, mit Alex' Mutter auf dem Beifahrersitz. Kat strahlt und rennt auf die Straße, um Yiayoúla zu umarmen, die mir einen vielsagenden Blick über Kats Schulter zuwirft. Als wüsste sie, dass ich meine Rolle in dieser Aufführung nicht spielen will. Ich trete vor, um Evgenias Tür zu öffnen.

»Ich wusste nicht, dass ihr heute kommt«, plappert Kat, während Yiayoúla den Kofferraum aufmacht. »Komm, ich helfe dir mit dem Rollstuhl.«

Alex' Mom brabbelt mir etwas zu, als ich ihr aus dem Auto helfe. Da sie mir die Hand tätschelt, glaube ich, dass sie etwas Nettes sagt, und ich lächele ihr ausdrucksloses Gesicht an. Es muss schrecklich sein, im eigenen Körper gefangen zu sein und zu wissen, was man will, es aber nicht ausdrücken zu können. Evgenia schlurft gerade weit genug nach vorne, damit meine Großmutter den Rollstuhl hinter sie schieben kann. Die Krankheit ist weiter vorangeschritten, seit ich sie das letzte Mal gesehen habe, und mir kommt der Gedanke, dass Yiayoúla Recht haben könnte. Alex muss seine Mom sehen.

Er kommt durch die Seitentür des Ladens und trägt sein traditionelles griechisches Gewand. Sein Anblick verschlägt mir den Atem. Bis das Lächeln, von dem ich weiß, dass es mir gilt, verschwindet und durch ein wütendes Funkeln in seinen Augen ersetzt wird, als unsere Blicke sich treffen. Sein Lächeln kehrt zurück, als er sich vor dem Rollstuhl auf Evgenias Höhe hinkauert.

»Hey, Ma.« Seine Stimme ist leise und sanft und er macht das so gut, dass ich es beinahe glaube, als er sagt, dass es schön ist, sie zu sehen. Sie streckt eine Hand aus, um sein Gesicht zu berühren, und ihre Worte sind nicht mehr als wirre Laute. Die Tafel liegt auf ihrem Schoß, aber er scheint sie zu verstehen, ohne dass sie es aufschreiben muss. *»S'agapó, ki ego, mamá.«*

Ich liebe dich auch, Mom.

Yiayoúla drückt meinen Ellenbogen und teilt mir so mit, dass sie auf ein gutes Gelingen hofft. Ich sollte mich darüber freuen, aber ich tue es nicht. Alex leidet und es ist meine Schuld. Ich versuche seinen Blick zu erhaschen, als er aufsteht, weil ich ihn unbedingt wissen lassen will, wie sehr mir meine Rolle in dieser Sache leidtut, doch er sieht mich nicht einmal an.

»So einen besonderen Gast habe ich nicht jeden Tag«, sagt er und geht die Rampe hoch voran zum Boot. Am oberen Ende hebt er Evgenia in seine Arme. Sie sieht so klein und zerbrechlich aus, als er sie behutsam auf eine Bank im schattigsten Teil des Boots setzt. »Du bekommst den Ehrenplatz.«

Yiayoúla nimmt neben ihrer Freundin Platz, während ich den Rollstuhl wieder die Rampe hinunterschiebe, wo Kat wartet.

»Was zum Teufel geht hier vor?«, flüstert sie.

Ich erkläre es ihr schnell, während der Rest der Passagiere an Bord geht.

»Mann, Callie, der Schuss wird voll nach hinten losgehen«, sagt sie. »Alex sieht kreuzunglücklich aus, aber mit Mrs Kostas Gesundheit geht es steil bergab. Yiayoúla Georgia hat Recht. Er ist jetzt vielleicht sauer auf dich, aber nicht so sehr, wie er es auf sich selbst sein wird, wenn er keine Gelegenheit bekommt, sich zu verabschieden.«

»Ich möchte das nicht tun.«

»Dann tu ich's«, erwidert Kat.

»Was?«

»Ich hab nichts zu verlieren«, sagt sie. »Ich nehme die Schuld auf mich. Ich erzähle ihm, dass ich das mit ihnen zusammen ausgeheckt habe und nicht du.«

Sie rennt die Rampe hoch, bevor ich protestieren kann, und setzt sich auf die Bank neben Yiayoúla, als das Boot sich vom Kai entfernt. Kats Bereitschaft, sich zu opfern, ist wahrscheinlich mehr, als ich verdiene, aber als Alex zurückblickt, ist da keine Erleichterung, nur Härte in seinen Augen – und ich weiß, dass es das Ganze noch schlimmer gemacht hat, sie die Schuld auf sich nehmen zu lassen.

Im Geschenkeladen zu warten ist die reinste Qual, und als ich eine Kundin nicht frage, ob sie das T-Shirt, das sie sich unschlüssig vor den Oberkörper hält, anprobieren möchte, scheucht mich Theo weg wie eine streunende Hafenkatze. »Geh in deine Mittagspause.«

Der Kloß in meinem Hals macht es mir unmöglich, etwas zu essen. Stattdessen halte ich auf meiner Lieblingsbank Ausschau, bis das Tourboot in den Hafen zurückfährt. Kat geht als Erste von Bord und rennt die Rampe herunter, um den Rollstuhl zu holen. Sobald Evgenia wieder auf festem Boden ist, marschiert Alex auf mich zu. Seine Augenbrauen sind Sturmwolken. Er bleibt nur einen Meter vor mir stehen, doch die Entfernung zwischen uns fühlt sich unermesslich an.

»Ich weiß, dass du dahintersteckst.« Seine Stimme ist ruhig, aber sein Finger durchlöchert die Luft mit wütenden Hieben. »Du hattest nicht das Recht, Callie. Ausgerechnet *du* ... Ich habe *dir* vertraut.«

Er hat mir sein Geheimnis anvertraut und ich ihm meines, doch von uns beiden hat nur er es für sich behalten. Dafür gibt es keine Entschuldigung. »Es tut mir leid.«

Derselbe Mund, der mich geküsst und mir geholfen hat den Schmerz auslöschen, den mir Frank zugefügt hat, verzieht sich zu einem hämischen Grinsen und er schüttelt den Kopf. »Spar dir das. Ich bin mit dir fertig.«

»Alex, bitte ...« Meine Sicht verschwimmt, als er davonmarschiert. Kat rennt an ihm vorbei, doch er nimmt auch von ihr keine Notiz.

»Ich hab's versucht.« Sie kramt in der Tasche ihrer Shorts, holt ein zusammengeknülltes Taschentuch heraus und tupft mir die Tränen vom Gesicht. Ich beobachte, wie Alex seine Mutter auf den Beifahrersitz des Pick-ups hebt, und mein ganzer Körper verzehrt sich nach ihm. »Ich schwöre dir, Callie. Ich habe ihm gesagt, es wäre meine Idee, aber er hat mir nicht geglaubt.«

Ich schiebe ihre Hand beiseite, das ist mir alles zu viel. Ich kann nicht atmen und Yiayoúla eilt auf mich zu, aber ich will nicht mit ihr sprechen. »Ich muss los.«

Ich bahne mir einen Weg durch die Touristen und Autos und laufe den Dodecanese Boulevard hinunter, während ich darauf warte, dass meine Füße ihren vertrauten Fluchtrhythmus wiederfinden. Stattdessen bin ich außer Atem, als ich Hope Street erreiche, und muss meinen Gang verlangsamen, um wieder Luft zu bekommen. Tarpon Springs hat mich verändert.

Auf Hope Street bemerke ich etwas, das mir vorher nie aufgefallen war. Zwischen zwei Häuser ist eine winzige kleine Backsteinkirche gezwängt. Das Schild neben der Einfahrt besagt sowohl auf Englisch als auch auf Griechisch, dass es der Schrein des heiligen Michael ist. Da ich noch nicht bereit bin, nach Hause zu gehen, und unwillig, zum Hafen zurückzukehren, gehe ich den Weg hinunter. Die Stufen hoch. Und hinein.

An den Wänden hängen goldumrahmte Ikonen von Heiligen, die ich nicht erkenne, und der Duft von Weihrauch liegt in der Luft. Von einem Tisch neben der Tür nehme ich eine Broschüre, die erklärt, dass der Schrein zum Dank von einer Frau errichtet wurde, deren Sohn von einer rätselhaften Krankheit geheilt wurde, nachdem er zum heiligen Michael Taxiarchis gebetet hatte. Der Erzengel Michael. Im Laufe der Jahre sind Menschen hierhergepilgert, um für Heilung zu beten. Für Wunder. Die Broschüre zu behalten würde mich einen Dollar kosten, deshalb lege ich sie zurück und setze mich auf eine kleine Holzbank.

»Ich weiß nicht, wie man betet.« Ich komme mir blöd vor, mit einem Raum voller flackernder roter Gebetskerzen und Buntglasfenstern zu sprechen. »Aber es ist alles schiefgelaufen und ich weiß nicht, wie ich es wieder in Ordnung bringen soll. Ich brauche irgendein Zeichen. Oder ein Wunder. Ich nehme, was auch immer du mir gibst.«

Ich sitze da und frage mich, ob ich das Zeichen überhaupt erkennen würde, wenn ich es sehe, aber nichts passiert. Niemand kommt herein. Keine der Statuen rührt sich oder weint oder sagt mir, was ich tun soll. Meine Hosentasche vibriert bei jeder neuen SMS, die ich bekomme, doch keine ist vom heiligen Michael und ich habe keine Lust, mit irgendjemand anderem zu reden. Ich lasse dem Erzengel noch eine Minute Zeit, ein Wunder zu bewirken, dann stecke ich mein Mittagspausengeld, das ich nicht ausgegeben habe, in den Spendenkasten neben der Tür, bevor ich gehe.

Die Einfahrt ist leer, als ich die Ada Street erreiche, und im Haus ist niemand, als ich den Wandschrank im Eingang nach einem Koffer durchstöbere. Ich finde einen roten – größer und hübscher als mein alter Tweedkoffer –, der Phoebe gehört. Ich habe ein schlechtes Gewissen, ihn zu stehlen, tue es aber trotzdem und fülle ihn mit Dingen, die ich einfach nicht zurücklassen kann: dem Computer, meinen Lieblingsbüchern, dem Bild von mir und Kat, Tuckers Zeichnung, dem Fingerschwamm. Ich kann beinahe Moms Lachen hören, weil ich keine Kleider einpacke. Es fühlt sich genauso an wie früher. Packen für eine andere Stadt. Wo ein anderer Secondhandladen wartet. Ein anderes Ich.

Doch ich weiß nicht so recht, wie ich *dieses* Ich zurücklassen soll.

Ich hole das Bündel Geldscheine aus dem Kissenbezug und benutze einen Spanngurt aus dem Schuppen, um die Gitarre am Koffer zu befestigen. Obwohl er schwer ist und die kleinen Räder nicht so geschmeidig laufen, wie ich es mir vorgestellt habe, schaffe ich es, ihn bis zum Buchladen in der Stadt zu schleifen.

»Hi!« Ariel begrüßt mich, als ich durch die Tür komme. Dann bemerkt sie meine verweinten, geschwollenen Augen und die rollende Monstrosität hinter mir. »Was ist los? Gehst du?«

»Ich, ähm ... ja«, sage ich. »Ich hab eine Frage ... wenn

man zur übelsten Bar der Stadt gehen wollte, welche wäre das?«

Sie zieht die Augenbrauen hoch. »Okay, das ist *nicht* die Frage, die ich erwartet hatte, aber am Fluss gibt es diese Kneipe, die ... warte, ich hole meine Schlüssel. Ich fahre dich hin.«

Sie schnappt sich ihre Handtasche hinter der Verkaufstheke und dreht das Ladenschild von Geöffnet auf Geschlossen. Ich bin erleichtert, dass sie bereit ist das zu tun, ohne zu viele Fragen zu stellen.

»Du machst einfach den Laden zu?«, frage ich, als Ariel die Eingangstür absperrt.

Sie zuckt mit den Achseln. »Es ist zu weit weg, um hinzulaufen, vor allem mit diesem Albatros von einem Ding, das du hinter dir herschleifst, und im Laden ist sowieso nichts los. Außerdem könntest du Unterstützung gebrauchen.«

»Ist es so schlimm?«

»Ich bin da mal für eine Mutprobe hingegangen.« Ariel entriegelt die Türen eines alten Porsche, dessen Lackierung verblichen und fast pink ist, mit grauen Grundierungsflecken auf der Motorhaube. »Es ist ein bisschen wie die *Fluch der Karibik*-Fahrt in Disney World. Nur nicht so lustig. Die Leute, die dort abhängen, sind unerwünschte Personen. Drogendealer. Kriminelle. Krabbenfischer, die für den Tag in der Stadt sind, während ihre Boote entladen werden.«

Zehn Minuten später hält sie auf dem Parkplatz einer Kneipe namens *Boat House* an. Der Name klingt beschwingt und nautisch, aber die Bar steht an einem Pier, der aussieht, als könnte er jeden Moment in den Fluss krachen. Ariels Auto ist von Motorrädern umgeben und ich bin mir ziemlich sicher, dass die zwei schmuddeligen Typen, die neben einem verbeulten Pick-up kauern, nicht Telefonnummern austauschen. Diese Kneipe löst ein unbestimmbares Grauen in meiner Magengrube aus und ich will nicht hineingehen. Ich will nicht, dass meine Mutter da drin ist, aber es erscheint mir mehr als wahrscheinlich. Das ist ihre Sorte Bar.

»Erinnere mich noch mal daran, warum wir das machen«, sagt Ariel, als wir uns der Eingangstür nähern. Ich kann schon den abgestandenen Zigaretten- und Biergeruch riechen.

»Ich glaube, meine Mom ist da drin.«

Sie greift nach der Türklinke. »Hättest du nicht einfach anrufen und fragen können?«

Ich schüttele den Kopf, als Ariel die Tür aufzieht. Noch blind von der Sonne blinzele ich, bis ich wieder normal sehen kann. Nahezu alle Kneipengäste starren uns an und keiner wirkt sonderlich freundlich. Außer meiner Mutter, die mich von hinter der Theke anlächelt, als hätte sie mich schon die ganze Zeit erwartet. »Schau an, wen haben wir denn da?« Sie dreht den Bierhahn über dem Krug zu, den sie gerade gefüllt hat. »Leute, das ist mein Mädchen.«

Kapitel 21

Einigen Männern fehlen Zähne und ihre Augen sind hungrig. Ich bin ein Tropfen Honig in einem Raum voller Ameisen. Ein achtjähriges Mädchen in einem Raum voller Franks. Die unterschwellige Bedrohung drückt mich nach hinten gegen Ariel. Ich frage mich, ob ich es mir nur einbilde, bis mir bewusst wird, dass sie auch zittert.

Mom kommt hinter der Theke hervor. »Ich bin überrascht dich zu sehen«, sagt sie und schiebt mir das Haar aus dem Gesicht, als wären wir allein. Hinter ihr grinst uns ein Mann mit grauen Strähnen in seinem dunkelblonden Pferdeschwanz anzüglich an, während er mit einem Typen redet, der neben ihm an der Bar steht. »Aber wie nett. Du hast mir gefehlt.«

»Können wir, ähm ... können wir rausgehen?«, frage ich.

Sie zieht ihre dunklen Augenbrauen hoch – vielleicht weil ich ihr nicht sage, dass sie mir auch gefehlt hat –, ruft aber dem Riesen hinter der Theke zu, dass sie eine Zigarettenpause macht. Draußen überflutet die Florida-Sonne die dunklen Winkel in mir und sorgt dafür, dass ich mich wohler fühle.

»Bin im Auto, wenn du mich brauchst.« Der Kies des Parkplatzes knirscht unter Ariels Turnschuhen, als sie weggeht, damit Mom und ich reden können.

»Mein Gerichtstermin ist bald.« Mom stützt sich auf einen alten roten Hyundai und klopft eine Zigarette aus dem Päckchen in ihrer Gesäßtasche. »Ich werde ehrlich mit dir sein, Callie. Ich will nicht ins Gefängnis. Ich habe den Ball flach gehalten, aber sobald ich meinen Termin verpasse ...« Sie zieht an ihrer Marlboro.

»Ich bin so weit«, sage ich. »Wir können jetzt gehen.«

»Echt?« Ihr Gesicht strahlt und ich erhasche einen Blick auf die Veronica Quinn, die sie einmal war. Ihre Freude sprudelt mit einem glücklichen Lachen aus ihr heraus und ich fühle mich zum ersten Mal seit Tagen wieder ein wenig unbeschwerter. »Okay, wir haben ein Auto.« Sie klopft auf den Elantra. »Tony hat mir ein gutes Angebot gemacht, aber dafür bin ich jetzt pleite.«

Ich zeige ihr die Rolle Geld. »Ich habe meine Ersparnisse vom Geschenkeladen.«

»Mein Mädchen. Glaubst du, wir kommen damit bis nach Oregon?«

Ein Kloß wandert meine Kehle hoch. »Oregon?«

»Ja.« Sie läuft auf und ab und raucht dabei. »Ich musste daran denken, wie schön es dort war, weißt du noch? Und es gibt so viele kleine Orte entlang der Küste, in denen wir uns verstecken können.«

Ich habe nur eine hervorstechende Erinnerung an Oregon. »Was ist mit Colorado?«

»Na ja, du wirst es nie glauben, aber ich habe mit Frank gesprochen«, sagt sie. »Erinnerst du dich noch an ihn? Ich habe ihn im Internet gefunden und angerufen. Deshalb habe ich mir gedacht, dass wir in Oregon vielleicht ...«

»Nein.« Das Wort rutscht mir heftiger heraus als beabsichtigt und ihre Augen verengen sich zu Schlitzen. Abgesehen von meiner einen Beschwerde, als wir packten, um Illinois zu verlassen, habe ich nie meine Meinung gesagt. Habe nie widersprochen. Aber ganz gleich wie verkorkst die Dinge hier in Tarpon Springs sind, es ist hier immer noch unendlich besser, als zurück zu Frank zu gehen.

»Wir gehen nach Oregon«, sagt sie mit dem vertrauten Tonfall, der keinen Widerspruch erlaubt. »Wir hatten es dort gut, Callie. Du hast Frank geliebt.«

»Nein, Mom, hab ich nicht.«

»Natürlich. Du warst jung, vielleicht erinnerst du dich nur einfach nicht mehr ...«

»Ich erinnere mich an alles.« Ich drücke ihr das Geld in die Hand. »Das hier kannst du haben, aber ich gehe nicht.«

»Was zum Teufel ist los mit dir?«

»Frank hat mich sexuell belästigt.«

Ihr Lachen ist kurz, scharf und abweisend. Ich kann in meinem Kopf das Echo seiner Stimme hören, die mich daran erinnert, dass sie mir nicht glauben wird. »Jetzt redest du bloß wirres Zeug. Ich kapier's schon. Du willst nicht nach

Oregon, aber du musst deswegen nicht gleich Geschichten erfinden –«

»Das tue ich nicht.«

Ihr Lächeln verschwindet. »Callie –«

»Es ist wahr, Mom. Wenn du geschlafen hast oder bei der Arbeit warst, ist er manchmal in mein Zimmer gekommen –«

»Nein.« Sie schüttelt den Kopf und ich höre, wie Frank flüstert: *Hab ich doch gesagt.* »Das kann nicht stimmen.«

»Er hat mir dann immer mein Nachthemd ausgezogen.« Meine Stimme zittert. Meine Hände zittern. Ich mache die Augen zu und denke an Alex, wie er wütend am Highway auf und ab gegangen ist, als ich ihm die Wahrheit erzählt habe. Das gibt mir den Mut, den ich brauche, um weiterzusprechen. Tränen laufen mir über die Wangen und sammeln sich unter meinem Kinn, tropfen meinen Hals hinab. »Erinnerst du dich an das Nachthemd mit Hello Kitty vorne? Und dann hat er seine Finger immer ...«

»Callie, hör auf!« Sie hält sich die Ohren zu, als würde die Wahrheit nicht durchkommen, wenn sie mich zum Schweigen bringt. Frank lacht sein verschleimtes Lachen. *Hab ich doch gesagt.*

Ich wische mir das Gesicht mit dem Saum meines T-Shirts. »Weißt du was? Du wirst dich nie ändern. Du wirst den Rest deines Lebens damit verbringen, vor der Wirklichkeit davonzulaufen und eine falsche Entscheidung nach der anderen zu treffen. Du kannst es mir glauben oder nicht, aber Frank hat mich verletzt, Mom, auf eine Art, in der ein kleines Mädchen nie verletzt werden sollte. Und du hast es zugelassen.«

»Ich wusste es nicht.« Ihre Augen füllen sich mit Tränen, ihre Stimme ist heiser vor Reue. »Callie, das musst du mir glauben. Ich habe es nicht gewusst.«

»Ja, aber du hättest es wissen müssen.«

Ich schaue hinüber zu dem Porsche mit den grauen Flecken, wo Ariel wartet und uns beobachtet. Sogar aus der Ferne kann ich die Sorge auf ihrem Gesicht sehen. Um mich. Jemanden, den sie kaum kennt. Das ist, was gute Menschen füreinander tun. Wenn meine Mutter keine Hilfe bekommt, wird sie nie so ein Mensch werden.

»Wir gehen nicht nach Oregon.« In ihrer Stimme schwingt Verzweiflung mit, als sie meine Hände umklammert. Als würde ein neues Ziel alle Probleme lösen. »Diesmal kannst du dir den Ort aussuchen.«

»Ich liebe dich, Mom.« Ich drücke sanft ihre Hand und lasse sie los. »Aber ich gehe nach Hause.«

Ich blicke nicht zurück, als ich auf Ariels Auto zusteuere, weil ich Angst habe, dass ich sonst voller Schuldgefühl zu meiner Mutter rennen werde. Oder, noch schlimmer, ich mich umdrehe und sie bereits weg ist. Ich blicke nicht zurück, weil ich mich, falls ich sie nie wiedersehen sollte, an sie mit Tränen in den Augen erinnern will. Wie sie etwas für mich empfindet.

Traurigkeit breitet sich in mir aus, von einem Organ zum nächsten, von einer Zelle zur nächsten, bis es sich so anfühlt, als würde ich aus Schmerz bestehen. Es tut weh, zu denken.

Es tut weh, zu atmen. Ariel fragt mich nur, wohin sie mich bringen soll, und es ist sogar schmerzhaft, ihr Gregs Adresse – meine Adresse – zu nennen. Aber ich weine nicht mehr. Damit bin ich fertig.

Die Einfahrt ist immer noch leer, als sie mich absetzt, und zuerst frage ich mich, warum Greg und Phoebe so lange außer Haus sind, bis mir bewusst wird, dass ich nur etwa eine Stunde lang weg gewesen bin. Nicht lange genug, damit irgendjemandem auffällt, dass ich verschwunden war. Nicht lange genug, um überhaupt verschwunden zu *sein.*

Ariel hebt mein Gepäck aus dem Kofferraum. »Kommst du allein klar?«

»Ich weiß nicht.« Ich war mir so sicher, dass ich Tarpon Springs heute verlassen würde, dass ich keinen Plan B habe. »Ohne dich wäre ich heute verloren gewesen. Danke.«

»Kein Problem.« Sie steigt in den Porsche und kurbelt das Fenster herunter. »Hey, hast du noch mal über den Job nachgedacht?«

Erst jetzt wird mir klar, dass ich inmitten meiner Schicht aus dem Geschenkeladen abgehauen bin. Obwohl ich mir ziemlich sicher bin, dass Theo mich insgeheim feuern will, würde er mich wahrscheinlich zurücknehmen, wenn ich morgen früh wieder bei der Arbeit auftauche. Ich glaube, es wird Zeit, dass ich uns beide erlöse. »Ich nehme ihn.«

»Ja!« Ariel grinst breit, als sie die Hand hebt, damit ich sie abschlage. »Komm nach den Feiertagen vorbei und ich bringe dir alles bei, was du zum Bücherverkaufen wissen musst, okay?«

Als sie weg ist, lege ich alles wieder dorthin zurück, wo es hingehört – Phoebes Koffer eingeschlossen –, bis keine Spuren mehr davon bleiben, dass ich je weg war, und gehe ins Bett. Eine Sekunde später springe ich vor Schreck fast an die Decke, als die Fliegengittertür zuknallt.

»Oh, Gott sei Dank.« Kat steht neben mir. Der Schlaf in meinen Augen und der Wecker auf der Kommode teilen mir mit, dass ich länger als eine Sekunde geschlafen habe. Sie kriecht neben mir ins Bett. »Ich habe dir elf Millionen SMS geschrieben und du hast nicht geantwortet. Ich hab mir voll die Sorgen gemacht.«

»Es tut mir leid. Ich hab einfach ... Ich musste da was erledigen.«

»Möchtest du darüber reden?«

»Nicht wirklich.« Ich habe sofort ein schlechtes Gewissen, weil ich weiß, dass Kat sich die Art von Freundin wünscht, die ihr Sachen anvertraut. »Ich meine, ich will schon, aber im Moment ist es noch zu schwierig. Gib mir ein bisschen Zeit, ja?«

Sie legt den Kopf an meine Schulter und ihr Haar kitzelt mich an der Nase. »Okay.«

»Du musst einem immer gleich auf die Pelle rücken, weißt du das?«, sage ich nicht unfreundlich. Auch wenn Kat nicht unbedingt die Person ist, die ich mir als beste Freundin erträumt habe, kann ich mir jetzt niemand anderen in dieser Rolle vorstellen.

»Stört dich das?«, fragt sie.

»Überhaupt nicht.«

Wir liegen ein, zwei Minuten lang still da, während die Nachmittagssonne goldenes Licht über die Bettdecke wirft und sie zum Glitzern bringt. Ich bemerke, wie meine Gedanken zu Alex schweifen. Frage mich, was er in diesem Moment tut.

»Hör auf an ihn zu denken.« Kat bricht das Schweigen.

»Tu ich nicht.«

»Lügnerin.« Sie stützt sich auf ihre Ellbogen. »Es ist typisches Trennungsverhalten, an ihn zu denken, aber Callie, er ist ein Idiot. Ich meine, er ist sauer, weil du ihn dazu gebracht hast, etwas zu machen, das er nicht machen wollte. *Na und?*«

»Ist er nicht ein Idiot, weil er deine Gefühle nicht erwidert hat?«

»Ach, bitte.« Sie verdreht die Augen. »Ich habe immer gewusst, dass es nur eine dämliche Schwärmerei war, aber du ... du bedeutest ihm etwas. Und wenn er nicht über diese Sache hinwegkommen kann, dann verdient er dich nicht.«

»So habe ich mich nie selbst betrachtet.«

»Wie? Als jemanden, den man verdienen muss? Natürlich bist du das«, sagt Kat. »Und *jeder* Typ, der das nicht sehen kann, ist ein Idiot.«

»Hey, Kat?«

»Ja?«

»Wärst du sauer auf mich, wenn ich den Geschenkeladen schmeiße, um in der Buchhandlung in der Stadt zu arbeiten?«

»Kann ich trotzdem herkommen und dir auf die Pelle rücken?«

Ich nicke. »Na klar.«

Ein verschlagenes Grinsen kräuselt ihr Gesicht. »Krieg ich einen Bücherrabatt?«

Ich lache. »Weiß ich nicht. Vielleicht?«

»Das reicht fürs Erste.«

Es klopft an der Tür. »Callie, kann ich reinkommen?«

Es ist Phoebe.

»Klar.«

Kat steht auf und zieht mich in eine Umarmung. »Ich muss los, aber ich rufe dich morgen an, in Ordnung?«

»Habe ich die Wahl?«

»Nein.« Sie lacht, als sie im Eingang an Phoebe vorbeigeht. »Du hast mich jetzt für immer am Hals.«

Zwischen meiner Stiefmutter und mir herrscht betretenes Schweigen, bis sie sich räuspert. »Also, ähm ... Ich war heute Abend bei meinen Eltern, um zu sehen, wie es meiner Mom geht, und sie hat zusammen mit meinem Bruder am Tisch gesessen.«

Ich senke den Blick auf den Boden. Ich möchte, dass Alex sich mit seiner Familie versöhnt, aber davon zu hören fühlt sich wie Salz in meiner Wunde an.

»Sie war ...« Phoebes Stimme bricht. »Er war fast den ganzen Tag dort und sie war einfach so glücklich.« Sie wischt sich eine Träne mit dem Handrücken weg. »Danke.«

»Ich habe nichts getan«, sage ich. »Ich hatte bloß eine blöde Idee. Yiayoúla hat alles in die Hand genommen und ich habe mich in letzter Minute gedrückt.«

»Zum ersten Mal seit Jahren fühlt sich unsere Familie

wieder ganz an«, erklärt sie. »Dafür hat nicht Georgia gesorgt, Callie. Sondern du. Ich nenne das ein Wunder.«

Ein Wunder?

Der heilige Michael Taxiarchis muss da was falsch verstanden haben.

Das war nicht das Wunder, das ich wollte.

Kapitel 22

An Heiligabend sieht das Haus aus, als wäre es aus den Seiten einer Einrichtungszeitschrift herausgerissen worden. An allen Fenstern hängen frische Kränze und der Weihnachtsbaum streckt sich bis zur hohen Wohnzimmerdecke. Nirgends ist auch nur das kleinste Anzeichen davon zu sehen, wie viel Schweiß es uns gekostet hat, mit allem umzuziehen. Alles zu dekorieren. Man kann nicht spüren, dass Greg und ich keine Zeit hatten, mehr zueinander zu sagen als: Packst du mal mit an? Oder, hast du den Schraubenzieher gesehen? Wir haben nichts von Bedeutung zueinander gesagt. Wir haben uns nicht entschuldigt.

Das Haus füllt sich schnell, als Gregs Brüder mit ihren Frauen eintreffen, dann Yiayoúla mit einer in ein Geschirrtuch gewickelten Auflaufform voller Cranberry-Apfel-Füllung und schließlich die Kosta-Familie.

Kat hat mein cremefarbenes Weihnachtskleid für »verdammt heiß« erklärt, als sie mir geholfen hat es auszusuchen, aber das ist nur ein kleiner Trost, als Alex braun gebrannt und glatt rasiert und mit seiner Tätowierung, die unter dem hellblauen Ärmelaufschlag seines Hemds hervorspitzt, durch die Tür kommt. Er sieht atemberaubend gut aus und Kat hätte nichts tun können, um mich darauf vorzubereiten. Er reicht Phoebe eine Flasche Wein und Greg nimmt ihm eine Einkaufstüte voller Geschenke ab, die er zwischen den Stapeln bunt eingepackter Päckchen um den Weihnachtsbaum herum verteilt.

»Frohe Weihnachten.« Alex begrüßt mich leise, aber da ist keine Spur von seiner üblichen Wärme. Wir sind uns fremd, auch wenn mein Körper sich an seinen schmiegen will. Als ich »Frohe Weihnachten« erwidere, geht er auch schon weiter.

Ich ziehe mich in die Küche zurück und schenke mir ein Glas Apfelwein ein, aber die Küche ist Teil des großen Raums, sodass ich mich nirgends verstecken kann. Meine Großmutter kommt zu mir und zupft an einer Rüsche am Saum meines Kleides. »Du siehst wie der Weihnachtsengel aus«, sagt sie.

Ich reiche ihr mein Glas und schenke mir ein neues ein. »Vielleicht sollten sie einen Schrein für mich bauen.«

»Heb dir dein Selbstmitleid für einen anderen Tag auf«, rügt mich Yiayoúla. »Er wohnt wieder zu Hause, seit wir Evgenia zur Bootstour mitgenommen haben. Schau sie dir an, Callista. Schau richtig hin. Sie hat endlich ihren Frieden gefunden.«

Ich beobachte, wie Alex lacht, als seine Mutter etwas auf ihre Tafel schreibt, und kann beinahe sehen, wie die Liebe zwischen ihnen golden schimmert. Und ich weiß, dass sie ihn mehr braucht als ich.

Greg schlägt mit einem Messer an sein Glas und bittet alle Platz zu nehmen. Es gibt Kärtchen mit unseren Namen darauf. Mein Platz ist neben Alex. Der weiche Stoff seines Hemds streift meinen Arm und ein Schauer läuft mir das Rückgrat hoch. Wir sprechen während des gesamten Abendessens kein Wort miteinander und danach geht er mit den Männern nach draußen auf die Terrasse, während die Frauen abräumen und das Geschirr spülen. Tucker fragt immer wieder, wann wir die Geschenke aufmachen, und in dem ganzen Chaos überhören wir fast die Türklingel.

»Callie, machst du bitte auf?«, fragt Phoebe.

Ich öffne die Eingangstür und Kat platzt mit zwei Einkaufstüten herein wie die, die Alex vorhin mitgebracht hat.

»Ich bringe Geschenke«, verkündet sie. »Phoebe, diese Tüte ist von unserer Familie für deine. Da sind Weihnachtsplätzchen drin und alle möglichen anderen Leckereien. Und Callie hat ihre ganzen Geschenke bei mir zu Hause versteckt, damit keiner von euch spitzt, und sie dann dort vergessen.«

Sie reicht mir die zweite Tüte und zieht mich die Treppe hoch zu meinem Zimmer. Unsere Absätze klappern auf den Holzstufen.

»O mein Gott, Callie, dieses Kleid sieht heute Abend noch fantastischer aus als im Laden«, sagt sie. »Alex schmiedet da draußen wahrscheinlich gerade einen Plan, wie er dich unter den Mistelzweig kriegen kann.«

»Warum hast du das alles gemacht?«

»Hab ich doch gesagt«, erwidert sie. »Ich liebe Weihnachten. Und ich konnte den Gedanken nicht ertragen, dass du hier sitzt und dich schlecht fühlst, weil du keine Geschenke zu verteilen hast. Und wenn ich dich irgendwann mal brauche, wirst du dich auch total für mich einsetzen. Weil Freundinnen das füreinander machen, oder?« Aber bevor ich antworten kann, redet Kat einfach weiter. »Oh, das habe ich fast vergessen.« Sie kramt in der Tüte und holt einen winzigen Umschlag in Weihnachtsfarben heraus. »Das ist für dich.«

Darin steckt ein auf eine schwarze Schnur gefädeltes Glasauge, genau wie das, das sie trägt.

»Ich kann nicht garantieren, dass es Böses fernhalten wird«, sagt sie, als sie es mir ums Handgelenk legt und festknotet, bis es perfekt sitzt. »Aber vielleicht erinnert es dich daran, dass du nicht allein bist. Du hast mich. Du hast Greg. Du hast diese ganze große, verrückte, nervtötende griechische Familie und wir lieben dich alle.«

Diesmal umarme ich sie. »Du bist die Beste.«

»Und das werde ich dich *nie* vergessen lassen.« Sie schaut auf ihre Uhr. »Aber jetzt muss ich los. Meine Mom wartet und bringt mich um, wenn ich zu lange herumtrödele.«

»Frohe Weihnachten, Kat.«

Sie küsst mich auf die Wange und wischt mir dann mit dem Daumen den Lipgloss weg. »Für dich auch, Callie. Hab dich lieb.«

Ihre Absätze klappern auf der Treppe, und sie ruft »Frohe Weihnachten!«, als sie aus der Tür stürmt. Vom Dachfenster im Büro beobachte ich, wie sie den Weg zum Auto ihrer Mutter hinunterrennt. Nachdem sie weggefahren sind, hole ich mein Handy heraus und schicke ihr eine SMS.

Hab dich auch lieb.

Die Heiligabend-Geschenke werden ausgepackt und Tucker rennt zwischen dem zerrissenen Geschenkpapier herum, als wäre es Herbstlaub – seine neuen Spielsachen hat er bereits vergessen. Phoebe bietet Kuchen an, und während sich alle auf den Nachtisch stürzen, gehe ich nach oben und tausche mein Weihnachtskleid gegen eine Jeans und den roten Kaschmirpulli, den Yiayoúla mir geschenkt hat. Niemand bemerkt, als ich aus der Tür schlüpfe.

Draußen ist die Luft frisch, die Nacht lautlos und auf meiner Fahrradfahrt zur Ada Street begegne ich nur einem Auto. Ich kann nicht anders, als mich zu fragen, wo meine Mutter heute Abend ist. Hat sie Tarpon Springs verlassen? Ist sie in Sicherheit? Ich stelle mir vor, dass sie irgendwo im Westen ist, vielleicht in der Wüste, wo die Weihnachtslichter echt und über den Nachthimmel verstreut sind, und ich stelle mir vor, dass sie mich genauso vermisst wie ich sie.

Das alte Haus sieht so leer, wie es jetzt ist, traurig aus, als ich das Rad gegen die Pforte lehne. Die alte Mrs Kennedy von nebenan erspäht mich durch ihr Küchenfenster und winkt mir zu und irgendwo in der Nachbarschaft hört jemand »Stille Nacht«. Der Klang ist dünn und durch die Entfernung gedämpft, aber er begleitet mich, während ich durch den Garten zum Wohnwagen gehe.

Das Erste, was ich sehe, als ich die Wohnwagentür öffne,

ist der abgewetzte Samt der schwarzen Ballerinas meiner Mutter. Aber mein Gehirn kann das nicht verarbeiten, weil sie an ihren Füßen stecken. Und sie liegt auf dem Boden.

»Mom?«

Ich stürme hinein und schalte die Deckenbeleuchtung ein. Ihre Haut ist weiß und wächsern, und als ich neben ihr auf die Knie falle, bemerke ich, dass die Ränder ihrer Lippen blau gefärbt sind und sie kaum atmet.

»Mom!« Diesmal schreie ich, doch sie reagiert nicht. Sie rührt sich nicht. »O Gott. Mom. Was hast du getan?« Ich packe sie an den Schultern und schüttele sie heftig, aber sie bleibt leblos und wacht einfach nicht auf. Panik steigt in mir hoch und sprudelt mir über die Lippen, als ich sie noch einmal schüttele und schreie. *»Was hast du getan?«*

Meine Hände zittern so heftig, dass ich zwei Versuche brauche, bis ich die Tastatur an meinem Telefon aufrufen kann.

»Warum würdest du das tun?« Ich rede mit meiner Mom, als wäre sie bei Bewusstsein, als könnte sie mich hören. »Wenn ich einen Krankenwagen rufe, werden alle wissen, wo du bist. Du wirst ins Gefängnis kommen. Aber wenn ich es nicht tue ...« Ich betrachte sie noch einmal und sie scheint jetzt gar nicht mehr zu atmen. »Nein. Das kannst du mir nicht antun. Nein, nein, nein, nein ...« Ich sage die Worte immer wieder und wieder, während ich die Notrufzentrale anrufe.

Die weibliche Stimme am anderen Ende der Leitung ist ruhig, als sie fragt, um was für eine Art Notfall es sich handelt, aber ich bin völlig panisch.

»Es ist meine Mom. Sie ist bewusstlos und ich weiß nicht, ob sie überhaupt noch atmet.« Die Worte sprudeln so schnell wie meine Tränen hervor. »Ich weiß nicht, wie man Mund-zu-Mund-Beatmung macht, und ihre Lippen sind blau, und ... bitte helfen Sie mir. Ich will nicht, dass sie stirbt.«

»Ganz ruhig. Kannst du mir sagen, wo du bist?«

Ich nenne ihr die Adresse und erkläre, dass wir uns in einem Wohnwagen hinter dem Haus befinden.

»Nimmt deine Mutter Medikamente?«, fragt sie.

»Ich glaube nicht ...« Ich blicke mich um. Unter dem Tisch liegt eine verknitterte Plastiktüte mit einer einzelnen grünen Tablette darin. Ich krieche darunter und schnappe mir die Tüte. »Ich habe eine Pille gefunden.«

»Kannst du sie mir beschreiben?«

»Sie ist grün«, antworte ich. »Auf der einen Seite steht 80 und auf der anderen die Buchstaben OC.«

»Weißt du ungefähr, wie lange sie schon bewusstlos ist?«

»Keine Ahnung. Ich habe sie gerade erst gefunden.«

»Ein Krankenwagen ist schon unterwegs«, erklärt die Frau von der Notrufzentrale. »Ist jemand in der Nähe, der mit dir warten kann?«

Ich denke sofort an Greg. »Ja.«

Wie immer geht er beim ersten Klingeln ran.

»Dad?«

»Callie, was ist los? Wo bist du?«

»Im Wohnwagen«, antworte ich. »Mom ist hier und sie ... ich brauche dich.«

»Ich bin gleich da.«

Ich setze mich auf den Boden und hebe den Kopf meiner Mutter auf meinen Oberschenkel. Ihre Haut ist klamm und kalt und ihre Haare fühlen sich rau an, als ich ihren Kopf streichele. »Ich bin hier, Mom.« Tränen und Rotz vermischen sich auf meinem Gesicht und ich wische den Sabber mit dem Ärmel meines Pullis weg. »Es tut mir so leid, dass ich dich im Stich gelassen habe, aber ich bin jetzt hier und werde dich nie wieder verlassen. Wir können nach Oregon gehen, wenn dich das glücklich macht. Ich versprech's. Nur bleib bei mir, Mom. Geh nicht.«

Der Krankenwagen trifft zuerst ein und die Welt fängt an an den Rändern zu verschwimmen, als sich der Wohnwagen mit Leuten füllt, die mit medizinischen Begriffen um sich werfen, die ich nicht verstehe. Sie suchen nach Moms Puls an ihrem Hals und sprechen in Zahlen. Sie ziehen ihre Lider hoch und leuchten ihr in die ausdruckslosen Augen und ihre Stimmen werden durch das Bienensummen in meinen Ohren ersetzt. Einer der Rettungssanitäter sagt etwas zu mir, aber das Summen ist zu laut und ich kann nur mit einem Blinzeln antworten. Sie bringen Mom von mir weg, heben sie auf eine Trage und schieben eine Nadel in ihre Vene, die sie mit einem Beutel voller klarer Flüssigkeit verbindet. Und dann gehen sie. Ich rappele mich hoch, um ihnen zu folgen, als Greg in den Wohnwagen kommt und mich in seinen Armen auffängt.

»Ich muss mit ihr gehen.« Sogar meine Worte klingen, als hätte man sie durch Ahornsirup gezogen, und ich zittere. Ich weiß nicht, was mit mir los ist. »Ich hab ihr versprochen, dass ich sie nicht alleinlassen würde.«

»Ich fahre dich«, sagt Greg. Er nimmt eine Decke vom Rücksitz des Geländewagens und legt sie um mich. Hinter ihm schließen die Rettungssanitäter die Türen des Krankenwagens und die blinkenden roten Lichter vermischen sich mit den Weihnachtsdekorationen am Haus auf der anderen Seite der Straße.

»Aber ...«

»Wir sind direkt hinter ihnen«, versichert mir Greg und öffnet die Beifahrertür. »Ich verspreche es.«

Meine Augenlider sind geschwollen und klebrig, als ich sie aufschlage, und der einzige vertraute Anblick ist Greg, der neben mir auf einem Stuhl sitzt. Ich weiß nicht genau, wo ich bin, aber dass er da ist, beruhigt mich. »Hey, hi«, sagt er leise. »Du bist wach.«

»Hi.« Meine Kehle ist trocken und es ist fast zu anstrengend zu sprechen. »Wo ...?«

»Wir sind in der Notaufnahme.«

Erinnerungen stürmen wie grelle Lichtblitze auf mich ein. Wohnwagen. Mom. Rettungssanitäter. Überdosis. Ich versuche mich aufzusetzen, doch mein Körper fühlt sich schwer und unglaublich müde an, als hätte ich zu viele Leben gelebt. »Mom? Geht es ihr gut?«

Greg nickt. »Sie ist jetzt im Aufwachzimmer. Ihr Zustand ist stabil.«

»Ich habe ihr versprochen, dass ich bei ihr bleiben würde.«

»Man hätte es dir nicht erlaubt, Cal. Sie mussten, ähm … ihren Magen auspumpen. Und du hast unter Schock gestanden, deshalb habe ich eine der Krankenschwestern gebeten, dir ein Beruhigungsmittel zu geben, damit du dich entspannen kannst, bis wir sie sehen dürfen.«

»Können wir?«

Er nickt. »Bald.«

Er hat dunkle Ringe unter den Augen und ich frage mich, ob er geschlafen oder die ganze Nacht neben meinem Bett gewacht hat.

»Es tut mir leid«, sage ich. »Alles.«

»Wir müssen jetzt nicht darüber reden.«

»Ich möchte darüber reden«, erwidere ich. »Ich bin so gerne hier bei dir und Phoebe und den Jungs und … ich hab dich lieb, Dad. Ich will nicht gehen.«

Er schiebt mir die Haare zurück, so wie Mom es immer macht, und ich erlaube mir Trost aus dieser Geste zu schöpfen, anstatt das Gefühl zu haben, dass ich sie verrate. Ich folge Kats Rat. Das ist, was ich will. Er lächelt. »Ich will auch nicht, dass du gehst.«

Der Vorhang um uns herum wird aufgeschoben und ein Arzt kommt herein. Sein Name, Dr. Labasilier, ist blau auf seinen weißen Kittel gestickt. »Wie geht es dir heute Morgen?«

»Besser.«

»Das höre ich gerne.« Sein Akzent ist frankokaribisch und erinnert mich an den Mann von der Verkaufsautomatenfirma, der im Waschsalon immer das Geld aus den Automaten einsammelte. Er gehörte zu den Leuten, die hohe Noten pfeifen können, ohne den Ton zu verlieren, und bei seinem Lächeln sprudelte es regelrecht in mir.

»Ich habe auch gute Nachrichten für dich.« Dr. Labasilier legt mir ein Blutdruckmessgerät an und fängt an zu pumpen. »Deine Mutter ist wach und du kannst sie in einer halben Stunde sehen. Du kannst gerne warten, aber ich würde vorschlagen, dass du vorher nach Hause gehst, dich frisch machst und einen Happen isst.«

Die Manschette des Blutdruckgeräts lockert sich mit einem Zischen.

»Du kannst jetzt gehen, wenn du willst«, sagt er. »Frohe Weihnachten.«

Kapitel 23

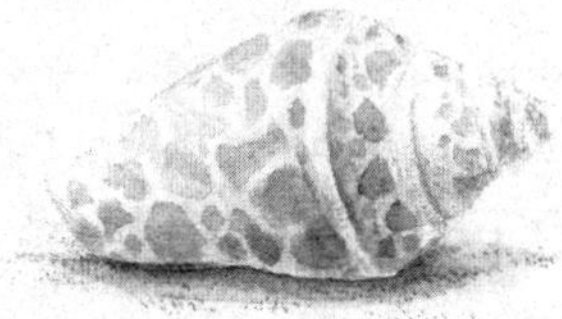

»Ich habe noch nie die Weihnachtsmesse verpasst«, sagt Greg, als wir im Krankenhaus den Aufzug zum dritten Stock nehmen, nachdem wir kurz zu Hause waren, um zu duschen und zu frühstücken. Ein Zettel auf dem Küchentisch lässt uns wissen, dass Phoebe mit den Jungs und ihrer Familie zur Weihnachtsmesse gegangen ist und sie uns später im Krankenhaus treffen wird. Ich habe ein schlechtes Gewissen, dass die Geschenke vom Weihnachtsmann noch unausgepackt unter dem Baum warten, und ich weiß nicht, wann Tucker und Joe die Gelegenheit bekommen werden, sie zu öffnen.

»Ich komme schon klar«, sage ich zu meinem Dad. »Wenn du mit ihnen gehen willst.«

Er schüttelt den Kopf. »Ich glaube, Gott wird verstehen, dass meine Tochter mich mehr braucht als er.«

Das Zimmer meiner Mutter ist das erste auf der linken Seite und eine Krankenschwester überprüft gerade ihre Krankenkarte. Mein Dad bleibt an der Tür stehen, als ich den Raum betrete. Moms Augen sind geschlossen, aber ich kann sehen, wie sich ihr Brustkorb regelmäßig hebt und senkt, und ein Monitor neben ihr piept leise mit ihrem Herzschlag.

»Mom?«, sage ich leise, um sie nicht zu erschrecken, und berühre ihre Finger. Sie sind jetzt wärmer und ein Schlauch reicht von ihrer Hand zu einem Infusionsbeutel. Sie schlägt die Augen auf und eine Träne entwischt aus einem Augenwinkel und läuft zu ihrem Ohr hinunter.

»Es tut mir leid«, flüstert sie. »Es tut mir so schrecklich leid.«

Ich greife nach einem Taschentuch und wische die Spur weg, die die Träne hinterlassen hat. Ihr folgt eine weitere, die ich ebenfalls wegwische. Ihre Finger sind kraftlos, als sie sich um meine legen, aber ich kann das Flehen in ihnen spüren. Ich kann es in ihren Augen sehen.

»Vergib mir.«

Vergebung war nie etwas, das ich mir überlegen musste. Stand nie außer Frage. Ich habe sie ihr immer gewährt, weil sie meine Mutter ist, doch der Preis, den ich für ihre Entscheidungen bezahlt habe, war hoch und ich habe das Recht, wütend zu sein. Aber ... sich für Wut und Schuldzuweisungen zu entscheiden wird nichts von den Dingen zurückbringen, die verloren gegangen sind. Das Einzige, was ich tun kann, ist an dem festzuhalten, was ich gerade habe, damit es nie wieder verloren geht.

Meine Finger antworten zuerst und drücken ihre sanft und dann lehne ich mich vor und flüstere ihr ins Ohr.

Nur ein Wort.

»Immer.«

Sie schenkt mir ein winziges, müdes Lächeln. »Ich muss kurz mit deinem Dad sprechen, okay?«

Greg und ich tauschen die Plätze. Ich lehne mich an die Wand vor dem Zimmer, als Phoebe vom Aufzug um die Ecke kommt. Sie trägt ihr dunkelgrünes Weihnachtskleid und ihre hochhackigen Schuhe ... und sie weint. »Wo ist Greg?«

»Phoebe?« Seine Stimme kommt aus Moms Zimmer und sie erreichen einander genau vor ihrer Tür. »Was ist passiert?«

»Meine Mom ...« Sie drückt sich an ihn und seine Arme legen sich schützend um sie. »Sie ist heute Morgen nicht aufgewacht. Sie ist nicht mehr bei uns.«

Greg tröstet sie leise mit Worten, die nur ihr gelten, als sie an seiner Brust schluchzt. Ich fühle mich wie eine Fremde, während ich sie beobachte, aber ich weiß nicht, was ich tun soll. Ich möchte bei meiner Mom sein, doch das kommt mir egoistisch vor, wenn Phoebe gerade ihre verloren hat.

»Wo sind die Jungs?«, frage ich.

»Alex hat mich hier abgesetzt und sie dann zu uns nach Hause mitgenommen, damit sie sie nicht so sehen müssen«, sagt sie, während ihr Taschentuch den Kampf gegen ihre Tränen verliert. »Es ist ein Segen, dass sie friedlich im Schlaf gestorben ist und nicht wegen ihrer Krankheit verhungert ist, aber ... ich kann nicht glauben, dass sie weg ist.«

»Ich werde nach Hause gehen und bei den Jungs bleiben, damit Alex mit dir und eurem Dad sein kann«, biete ich an. »Ich verabschiede mich nur schnell bei meiner ...« Ich unterbreche mich abrupt, weil ich sie nicht daran erinnern will, dass meine Mom lebt.

»O Gott, Callie.« Phoebe fängt wieder an zu weinen. »Ich kann dich nicht von deiner Mutter wegreißen.«

»Nein, ist schon in Ordnung«, versichere ich ihr. »Sie braucht Ruhe. Ich kann später wiederkommen.«

Mom hebt müde die Hand, als ich wieder in ihr Zimmer gehe, und winkt mich weg. »Deine Familie braucht dich«, sagt sie. Ich versuche eine Spur von Sarkasmus oder Wut herauszuhören, aber da ist keine. Sie klingt einfach schläfrig und blinzelt langsam, während sie mit dem Schlaf kämpft.

»Ich komme so bald wie möglich zurück«, sage ich. »Versprochen.«

Alex sitzt auf der obersten Stufe der hinteren Terrasse, während Tucker und Joe glücklich in den Überresten von Weihnachten toben. Sie haben jedes Geschenk geöffnet, einschließlich der Geschenke von Kat und des Architekturbuchs, das ich für Greg gekauft hatte. Ein blaues *Sesamstraßen*-Monster plappert im Fernsehen, während Tucker ein schwarzes Samtschmuckkästchen aufreißt. Darin funkeln ein Paar Saphirohrringe. »Schau, Joe! Es ist ein Piratenschatz!«

Protestgeschrei bricht los, als ich Tucker das Kästchen wegnehme. »Der Weihnachtsmann hat die nicht für dich gebracht.« Ich lege die Ohrringe auf den Kaminsims, sammle dann alle Geschenke ein, die nicht für Kleinkinder gedacht sind, und werfe das Geschenkpapier weg. Ich lasse die Jungs mit richtigem Weihnachtsspielzeug spielen und gehe nach draußen zu Alex.

»Ich kann bei den Jungs bleiben, wenn du losmusst«, sage ich und setze mich auf dieselbe Stufe. Meine Hände zittern vor Verlangen, ihn zu berühren.

»Noch nicht.« Er schüttelt den Kopf. »Wie geht es deiner Mom?«

»Sie, ähm ... sie wird wieder auf die Beine kommen. Ich meine, sie wird wahrscheinlich ins Gefängnis müssen, aber ...« *Aber meine Mutter ist noch am Leben.* »Es tut mir leid. Es tut mir so schrecklich leid.«

»Danke.« Seine Stimme ist hohl. Traurig. Und er lehnt sich nach vorne und lässt seine verschränkten Arme auf seinen Knien ruhen. Diese Geste schmerzt ein wenig, als wäre ich zu nahe bei ihm und er müsste sich von mir entfernen, bis ich seine Fingerspitzen sanft wie ein Flüstern auf meiner Wade spüre. Ich sollte irgendetwas Tröstliches sagen, doch ich weiß nicht, was. Stattdessen sitzen wir eine lange Zeit schweigend da. Das tiefe Blau des Bayou glitzert im Sonnenschein und hinter uns nehmen Tucker und Joe gar nicht wahr, wie sehr sich die Welt über Nacht verändert hat.

»Ein Job wartet auf mich in einem Taucherladen in den Keys.« Alex bricht das Schweigen zuerst. »Jetzt, da meine Mom nicht mehr da ist, hält mich hier nichts mehr.«

Es tut weh, dass ich mit dem Vater, der ihn schlägt, und dem Job als Schwammtaucher, den er nie wollte, in einen Topf geworfen werde. Dass ich *nichts* bin.

»Jetzt kannst du im Februar mit auf den Tauchtrip nach Roatán fahren.« Ich hoffe, dass ich unbeschwert und begeistert klinge, obwohl mir das Herz bricht und blutet. Er dreht sich zu mir und seine haselnussbraunen Augen sagen mir, dass ich nicht erfolgreich war.

»Ach, Mist. Callie, nein.« Er berührt mein Gesicht mit beiden Händen und sein Daumen fängt eine Träne auf, die ich nie weinen wollte. Ich muss um Atem ringen. »Ich habe nicht dich gemeint. Du bist das absolute Gegenteil von nichts.«

»Geh nicht.« Es ist egoistisch von mir, das von ihm zu verlangen, wo er schon so viel geopfert hat, doch er gehört mir und ich möchte ihn behalten.

»Komm mit mir.« Sein Kuss ist so sanft, so perfekt, dass ich meinen ganzen Willen aufbringen muss, um nicht Ja zu sagen. Ich war noch nie verliebt, aber dieser Moment ist bittersüß und zärtlich und schrecklich und perfekt. Dies muss es also sein.

Ich möchte mit ihm gehen, aber dann denke ich an meinen Dad und Phoebe. An meine kleinen Brüder. Yiayoúla und Kat. Meinen Job. Meine Mom. Ich habe viel mehr Gründe zu bleiben. Ich bin noch nicht bereit zu gehen. »Meine Familie ist hier.«

»Ich weiß.« Er drückt seine Stirn gegen meine und seufzt. »Das ist ätzend.«

Mir rutscht ein Lachen heraus. »Ja.«

»Was machen wir also?«

»Ich weiß es nicht«, gebe ich zu. »Aber wir können nicht einfach aufgeben. Das werde ich auf keinen Fall tun.«

Alex' Mund entspannt sich zu einem Grinsen und er küsst mich noch einmal. »Dann müssen wir uns wohl was überlegen.«

Hoffnung blüht auf der Oberfläche meiner Traurigkeit. Es ist unwahrscheinlich, dass unsere Beziehung die Zeit und die Entfernung überleben wird. Aber unwahrscheinlich bedeutet nicht unmöglich. Es gibt so viele Vielleichts im Leben, doch manchmal muss man einfach darauf vertrauen, dass Dinge möglich sind.

Wir halten uns bei der Hand, als wir ins Haus gehen, wo Joe auf dem Boden eingeschlafen und Tucker auf einen Stuhl geklettert ist, um den »Piratenschatz« vom Kaminsims herunterzuholen. Alex und ich tauschen ein schuldbewusstes Lächeln, bevor er mich auf die Wange küsst und mir sagt, dass er nach Hause muss. Es fühlt sich wie ein Abschied an. Ich meine, ich weiß, dass ich ihn auf Evgenias Beerdigung wiedersehen werde, aber das hier ist der Moment.

Das Ende von uns.

Für den Augenblick.

Kapitel 24

Mom kommt in den Besuchsraum und trägt eine weite blaue Uniform, die mehr wie OP- als Gefängniskleidung aussieht. Ihr Haar ist kürzer als je zuvor und von einem dunklen Rotbraun, das ich sonst nur von ihrem Ansatz kenne. Ohne ihre typischen roten Lippen wirkt die untere Hälfte ihres Gesichts unfertig. Nicht wie sie. Sie lächelt, als sie mich erblickt, und ich bin überrascht, wie viel jünger sie wirkt. Ausgeruht. Vielleicht sogar ein bisschen ... glücklich.

»Mein Mädchen«, flüstert sie mir ins Haar, als sie die Arme um mich legt und mich ganz fest drückt. Sie ist jetzt fülliger. Weicher. Sie küsst mich auf die Wange und drückt ihre Stirn gegen meine. »Ich hatte Angst, dass du nicht kommen würdest.«

Es hat einen ganzen Monat gedauert, bis die Gefängnisbehörde von Florida Gregs und meinen Besuchsantrag genehmigt hat. »Natürlich komme ich.«

Mom tritt einen Schritt zurück und schiebt auf ihre vertraute Art mein Haar aus dem Gesicht. Sie lässt die Hand auf meiner Wange ruhen. »Schau dich an. So verdammt hübsch.« Sie lächelt noch einmal und blickt über meine Schulter zu meinem Dad. »Greg, danke, dass du sie hergebracht hast.«

»Geht es dir gut?«, fragt er.

Sie legt den Kopf schief und kräuselt die Nase. »So gut, wie man es erwarten kann, denke ich.«

Dad berührt meinen Ellbogen. »Ich hole mir ein Sandwich und werde vielleicht ein wenig lesen. Sag Bescheid, wenn du fertig bist, okay? Lass dir Zeit.«

Ich nicke. »Danke.«

An den Tischen um uns herum sitzen wiedervereinte Familien, die Stimmung ist gesellig und alle sind in Plauderlaune. Manche Angehörige kennen sich von ihren wöchentlichen Gefängnisbesuchen und rufen sich etwas zur Begrüßung zu. Andere streiten sich darüber, welche Tische am besten sind.

»Gehen wir nach draußen«, schlägt Mom vor. »Da ist es ruhiger.«

Wir gehen durch ein Paar Doppeltüren nach draußen auf eine überdachte Terrasse, ziehen uns an einem Verkaufsautomaten zwei Wasserflaschen und setzen uns an das freie Ende eines Picknicktisches. Am anderen Ende ist ein Paar. Sie sitzen sich gegenüber, ihre dunkelhäutigen Finger verschränkt, und sprechen so leise, dass nur sie es hören können. Es gibt mir einen traurigen Stich, als sie sich über den Tisch beugen, um sich zu küssen, aber ich schiebe das Gefühl beiseite und erinnere mich daran, dass ich Alex wiedersehen werde.

»Mir gefallen deine Haare«, sage ich zu meiner Mutter.

Sie berührt den Rand ihres Kurzhaarschnitts im Nacken. »Wirklich? Die Farbe war schon am Herauswachsen, deshalb habe ich mir gedacht ... es ist nicht leicht, sich hier die Haare zu färben.«

»Wie geht es dir, Mom? Wirklich?«

»Es ist nicht wie im Film, weißt du?« Sie zupft mit unruhigen Fingern an dem Etikett ihrer Wasserflasche. Ich bemerke, dass sie sich noch keine Zigarette angezündet hat. Das ist für gewöhnlich das Erste, was sie tut. »Ich bin in Sicherheit und weiß, wo ich abends schlafen werde. Ich meine, wir haben an schlimmeren Orten als hier gelebt und das Essen ist nicht schlecht.«

»Mom.« Ich strecke die Hand über den Tisch aus, lege sie beruhigend über ihre und sehe sie an, bis sie mich ansieht. »Mich interessieren nicht die Bedingungen im Gefängnis.«

»Ich bin krank, Callie, und ich weiß, dass ich ohne Medikamente impulsive und dumme Dinge tue, wie dich mit Frank allein zu lassen. Oder deinen Vater zu verlassen. Aber ich fühle mich nicht mehr wie ich selbst. Es ist, als würde ein Teil von mir fehlen, und das kann ich nicht ausstehen.«

Ihre Gefängnisstrafe wurde auf sechs Monate verkürzt, unter der Bedingung, dass sie ihre Medikamente nimmt und in Therapie geht. Ich habe Angst, dass sie wieder rückfällig werden und wegrennen wird, sobald sie auf Bewährung herauskommt. Ich habe Angst, dass sie es mir verübeln wird, dass ich sie hierhergeschickt habe. »Es tut mir leid«, sage ich.

»Nein.« Sie hebt einen warnenden Finger und für einen Moment erhasche ich Feuer in ihren Augen.

»Wenn ich nicht gewesen wäre, wärst du nicht hier«, wende ich ein. »Du wärst ...«

»Wenn du nicht gewesen wärst, wäre ich jetzt *tot*«, unterbricht sie mich. »Gott, Callie, wenn ich zurückgehen und noch einmal von vorne anfangen könnte ...«

»Tu dir das nicht an.«

»Ich verdiene es.«

»Ich hab dich lieb, Mom.«

Sie hat Tränen in den Augen, als sie mich anlächelt. »Du hättest dich so anders entwickeln können. Du könntest wie ich sein, mit Gefühlen, die dein Körper nicht fassen kann. Das Leben, das wir geführt haben, hätte aus dir jemand Harten und Nachtragenden machen können. Aber du bist stark und du hast so ein gutes Herz ... du bist genau wie Greg, weißt du? Und deshalb weiß ich, dass du immer klarkommen wirst.«

»Und wirst *du* klarkommen?«

Sie deutet ein Schulterzucken an. »Ich hoffe es.«

Ich wünschte, sie hätte eine bessere Antwort, aber im Moment ist es die bestmögliche, die sie mir geben kann. »Ich auch.«

»Reden wir über was anderes.« Sie trinkt einen Schluck und grinst. »Wie heißt die Hauptstadt von Nebraska?«

Ich lache. »Ich bin nicht mehr sechs. Ich kenne meine Hauptstädte.«

»Beweis es mir. Hauptstadt von Nebraska.«

»Lincoln, Mom –«

»Nein, es ist Omaha.«

»Es ist *Lincoln.*«

Mom lacht, streckt die Hand über den Tisch aus und fährt mir mit den Fingern über die Wange. Sie sind weich und einen Moment lang bin ich wieder sechs Jahre alt und die Zukunft erstreckt sich vor uns wie ein Highway. »Ein so schlaues Mädchen wie du kann alles tun, was sie will«, sagt sie.

Diesmal ... glaube ich ihr.

Anmerkung der Autorin

∗ Tarpon Springs ist eine Stadt in Florida und den griechisch geprägten Schwammhafen gibt es wirklich. Auch wenn es nur ein Scherz ist, als Kat sagt, dass Connor ein nicht griechischer Alibi-Freund sei, gibt es in Tarpon Springs eine sehr aktive griechisch-amerikanische Gemeinde und Namen wie Ekaterina, Callista und Alexandros sind nicht ungewöhnlich.

∗ Den Schrein des heiligen Michael Taxiarchis gibt es ebenfalls. Marie Tsalichis ließ ihn in den vierziger Jahren errichten, nachdem ihr Sohn an einer mysteriösen Krankheit (möglicherweise Meningitis) erkrankte und wie durch ein Wunder geheilt wurde. Es gibt Berichte von Menschen, die nach einem Besuch des Schreins von ihren Gebrechen genesen sind.

∗ Schwämme, bei denen es sich um primitive Tiere und nicht um Pflanzen handelt, sind ein erneuerbarer Rohstoff, weil sie nachwachsen, nachdem man sie abgeschnitten hat. In Tarpon Springs haben Taucher seit mehr als hundert Jahren Schwämme von denselben Betten geerntet.

∗ Pastitsio (Pa-STIE-tsie-o) ist ein Nudelauflauf mit Fleisch und einer Tomaten-Käse-Soße. Wie Greg erwähnt, ähnelt Pastitsio Lasagne, hat aber aufgrund der Zugabe von Zimt und Muskatnuss einen völlig anderen Geschmack.

* Galaktoboureko (Ga-lak-to-BU-re-ko) ist ein in Filo-Teig gehüllter Grießpudding, der mit Honig serviert wird. Es ist eine meiner griechischen Lieblingsspeisen.

* Ein weiteres griechisches Gericht ist Dolmades (Dol-MA-thes), mit Reis und Kräutern gefüllte Weinblätter, die manchmal auch Fleisch beinhalten. Wie Callie bin ich kein großer Fan, aber in Griechenland und in den meisten Nachbarländern ist es ein beliebtes Gericht. Es wird auch Dolmas genannt.

* Ein paar griechische Redewendungen:

korítsi mou (ko-RIE-tsie-MU): mein Mädchen

yiayoúla (ja-JU-la): Großmutter (das eigentliche Wort ist yiayiá, aber die Silbe -oula macht es noch ein wenig liebevoller)

matákia mou (ma-TA-kia-MU): meine kleinen Augen, mein Augapfel

latría mou (la-TRIE-a-MU): meine Liebste, meine Angebetete

gorgóna (gor-GO-na): Meerjungfrau

seirína (sie-RIE-na): Sirene, Meerjungfrau

yia sou (ja su): Hallo

efharistó (EF-ha-rie-STO): danke

s'agapó (sa-ga-PO): Ich liebe dich.

Danksagung

Großen Dank schulde ich ...

Tarpon Springs, weil es so eine tolle Stadt ist. Ich entschuldige mich für erfundene Geschäfte, Parkbänke und Bäume, die es sonst nicht gibt. Für etwaige Ungenauigkeiten, die die Welt der Schwämme und des Schwammtauchens betreffen, bin allein ich verantwortlich.

Tumblr. Ja, Tumblr, weil es so ein glücklicher Ort ist, wenn ich einen brauche. Und efharistó an Georgia dafür, dass sie einer völlig Fremden bei den griechischen Übersetzungen geholfen hat.

Carla Black, Kelly Jensen, Ginger Phillips, Grace Radford und Gail Yates fürs Lesen und Aufmuntern, während ich das Buch geschrieben habe. Ohne euch hätte ich es nicht geschafft. Und Carla, du Brainstorming-Star, danke für den hervorragenden Titel.

Josh Berk, Cristin Bishara, Tara Kelly, Miranda Kenneally, Amy Spalding und dem Team von Barnes & Noble 2711 in Fort Myers, Florida, aus genau denselben Gründen wie beim letzten Mal. Ihr seid spitze.

Suzanne Young ist die beste Schreibpartnerin der Welt. Danke, dass du die ganzen Jahre zu mir gehalten hast, Suz.

Dem verstorbenen Charles Singler, der meine Strafverfolgungs- und Auslieferungsfragen beantwortet hat. Onkel Charlie, wir werden dich vermissen.

Kate Schafer Testerman, Victoria Wells Arms und dem Team von Bloomsbury dafür, dass ihr euch wie ich in Callie und Alex verliebt habt. Mein besonderer Dank gilt Regina Flath für das amerikanische Buchcover, das mein Herz jedes Mal ein bisschen höherschlagen lässt, wenn ich es mir ansehe.
Meiner Familie ... Mom, Jack und Marilyn, Caroline, Scott und vor allem, immer, Phil. Weil ich dich von allen am meisten liebe.